KB154113

스발바르의 순록

BEYOND THE FROZEN HORIZON

스발바르의 순록

니콜라 펜폴드
장편소설

조남주
옮김

Beyond
the
Frozen
Horizon

나무를심는사람들

환경운동가들 그리고
경이로움을 찾아다니는 사람들에게

추천사

스발바르, 북극의 땅.

위기가 현실로 되어 버린 미래의 어느 시점에서 벌어지는 또 다른 자연 파괴의 현장.

순록, 푸른어우, 벨루가 고래, 북극곰 그리고 하루에 세 시간밖에 해가 뜨지 않는 극야 직전의 폐탄광촌을 배경으로 우정과 사랑 그리고 음모와 모험이 펼쳐진다.

이 책을 읽는 사람이 청소년이라면 부모, 친구와의 갈등과 화해, 음모와 모험, 현실과 상상을 넘나드는 그 만화경 같은 세상 속으로 빨려들 것이다.

부모 세대의 어른이라면 오늘날의 기후 위기 피해의 불평등과 모순으로 가득 찬 현실 투영, 진정으로 우리가 바뀌지 않으면 위기가 현실이 된 그 시간에도 인류는 또 다른 위기를 스스로 만들어 낼 것이라는 교훈까지 촘촘하게 짜여 있는 이야기에 감탄할 것이다.

기후 위기를 걱정하는 학자라면 (아직은 명확하지 않은 이유로) 북극 기온이 다른 위도에 비해 가파르게 상승하고 있고, 그 상승하는 기온을 따라, 오랜 시간을 살아 낸 북극 바다와 육지 얼음과 인간의 역사를 뛰어넘는 시간을 이어 온 생물들이 사라지고 있는 바로 그곳, 북극에서 기후 위기의 이야기가 시작되어야 하는 것에 깊이 공감할 것이다.

자연을 사랑하는 사람이라면 긴 파장의 빛을 흡수하여 푸르게 빛나는 빙하, 너무나 사랑스러운 푸른빛의 여우, 빙하가 공기를 뱉어 내며 숨을 쉬는 소리, 북극의 황무지, 거칠게 휘몰아치는 눈 폭풍, 허파에 차가운 북극의 공기를 담고 설원을 달리는 순록과 그들을 지키려는 사람들을 만나러 당장 북극으로 달려가고 싶을 것이다.

'고대로부터 이어진, 완전한 힘과 아름다움과 고요함을 간직한 생명체'인 북극고래가 등장하는 마지막 페이지를 덮으며, 지구라는 행성과 인류가 어떤 새로운 관계로 거듭나야 하는지 답을 찾고 싶은 마음이 피어오른다.

기후 위기 시대에 북극의 푸른 아름다움과 지구와 인류의 새로운 관계 정립을 한 번이라도 그려 본 모든 이에게 이 책을 추천한다.

김추령(서울 신도고등학교 과학 교사)

차례

이야기의 배경

　2030년 세계 지도자들은 기후 위기에 전례 없는 공동 대응을 약속했다. 화석 연료의 채굴과 연소 금지, 육류와 유제품 소비를 줄이기 위한 엄격한 목표 설정, 일회용 플라스틱 사용 금지가 포함된 '지구 기후법'이 도입되었다. 또한 탄소 재흡수와 야생 동물의 피난처 역할을 할 수 있도록 광대한 지역을 '세계 야생 지대'로 지정했다. 그곳에서는 인류 역사상 처음으로 야생 동물이 인간보다 우선시되었고 사람들은 쫓겨났다. 북극에 가까운 고위도 지역은 이러한 지정 구역 중 하나로, 스발바르 제도도 여기에 포함되었다.

　기온은 계속 상승하고 있지만, 그래도 온난화 속도가 느려질 거라는 희망이 남아 있었다.

모험의 서막

1

하늘 위로 올라온 건 처음이었다.

뭔가 부자연스럽다. 모든 물리 법칙과 기후 법칙이 뒤집힌 느낌이랄까. 확실히 인간은 하늘에 속한 존재가 아니다.

그런데 기다란 금속 원통이 하늘로 치솟는 순간, 내 두뇌가 흥분으로 경련을 일으키리라는 건 예상하지 못했다. 나는 구름 위에서 우리가 6주 동안 떠나 있게 될 영국을 내려다보았다.

신축 아파트와 잘 정비된 녹색 공간이 있는 상자 모양의 우리 동네 주택 단지와, 여러 채의 건물이 넓게 펼쳐진 내가 다니는 중학교가 이른 아침 햇살에 반짝이고 있었다. 이어서 스포츠 센터와 슈퍼마켓, 병원, 스타디움 등 더 많은 건물이 나타났고, 빙글빙글 돌아가는 도로에는 전기 자동차가 달리고 있었다. 그러다가 누군가 지표면에 페인트 통을 집어 던진 듯 갑자기 녹색이 펼쳐졌다. 탄소를 흡수하고 위기에 처한 야생 동물을 되살리기 위해 조성한 새로운 숲이다. 오리나무, 벚나무, 단풍나무, 자작나무, 버드나무, 산사나무 등이 심어진 숲은 다양한 붓놀림으로 만들어 낸 다채로운 음영과 질감의 콜라주다. 나무들이 뒤엉켜 있는 저기 어딘가에 태양광 지붕을 얹은 아빠의 나무 오두막과 2주마다 내 차지가 되는 작은 별채가 있다.

나는 창문에서 살짝 물러났다. 테이블 위에는 책이 놓여 있다. 《극북의 생물》. 이번 여행을 위한 아빠의 선물이다. 그 옆으로 노란색 폴라로이드 카메라와 작은 필름 상자가 놓여 있다.

"모험의 순간을 포착할 수 있게."

아빠는 그렇게 말했다. 아빤 휴대폰 카메라는 신뢰하지 않는다.

"기분이 어때, 로리?" 옆자리에서 엄마가 물었다. "북극에서 6주를 지낼 거야! 정말 엄청난 일 아니니? 이걸 위해 학교를 빠지기로 한 게 부디 올바른 결정이 돼야 할 텐데."

난 엄마 말을 대충 흘려들었다.

"엄마, 나 이제 8학년이야. 입시나 뭐 그런 게 있는 것도 아니잖아."

"그래도 정해진 대로 공부는 해야 해. 내가 너희 선생님하고도 약속한 건데…."

비행기 안에 갇혀서 아무 데도 도망을 못 가는 순간에 학교 이야기를 시작하다니, 전형적인 엄마 방식이다. 난 듣지 않겠다는 듯 눈을 감았다.

엄마가 내 손을 잡더니, 나지막이 말했다.

"미안. 그 문제는 나중에 정리해도 되겠지. 우선은 좀 쉬는 게 좋겠다. 두뇌를 재설정할 시간이 필요하니까. 스위치를 전부 끄는 거야."

우리 둘 다 '그 문제'가 무엇인지 모르는 척하고 싶어 한다. 하지만 눈을 감으면 내게 비난과 조롱을 퍼붓는 얼굴들이 떠오른다. 그 문제란, 내가 말이 없는 이상한 아이라는 거다. 내가 그들과 다르다는 것. 아빠를 따라 숲속에 들어가서 사는 게 낫다는 것. 엄마는 내가 노력하면 학교에 적응할 수 있을 거라고 장담하지만, 나로서는 그 방법을 알 수가 없다. 어렸을 때는 이렇지 않았다. 그때는 뒷마당이 옆집과 나란히 붙어 있는, 비슷비슷한 집들이 줄지어 서 있는 주택 단지에서 살았다. 그리고 세상에서 가장 친한 친구인 베티가 바로 옆집에 살았다. 베티와 난 매일 아침 학교까지 같이 걸어 다녔고, 아빠가 웃으며 우리에게 손을 흔들어 주곤 했다.

그 주택 단지는 지금은 사라지고 없다. 우리가 다녔던 초등학교도 마찬가지다. 그 건물들은 너무 낡고 외풍이 심해서 새 에너지 효율 기준을 충족시키지 못했다. 아니면, 아빠 말을 믿는다면, 개발업자들이 녹색 주택 보조금과 두툼한 현금 뭉치를 흔들며 밀고 들어왔기 때문이었다. 어느 쪽이었든 결국은 거대한 철거용 쇠망치가 날아들었고, 부서진 잔해는 아파트를 짓는 벽돌로 용도 변경되었다.

베티네는 부모님이 원자력 발전소에 일자리를 얻어 해안 지역으로 이사했다. 우리 가족도 새 거주지로 옮겼다. 이전 집과는 다른 스타일의 방 두 개짜리 작은 아파트로 10층에 있었다. 작은 발코니가 바깥으로 나 있고 화분 두어 개가 딸려 있었다. 아빠는 공중에서 식물을 키우고 벽 하나를 사이에 두고 이웃집 소리를 듣는 게 아빠의 영혼에 해롭다고 말했다. 공중은 산소가 충분하지 않다는 말도 했다. 엄마 아빠는 서로에게 점점 더 화를 냈고, 결국 더 이상 참을 수 없는 지경에 이르렀다. 아빠는 새로 조성한 숲의 관리자로 취직했고, 그 숲에 살 곳을 마련했다.

가끔가다 나는 버스를 타고 우리가 예전에 살던 동네에 가보곤 했다. 갈대밭과 야생화 꽃밭, 새 모이통과 어린이 놀이터를 만들어 놓아서 그런대로 괜찮아 보였다. 그러나 우리 옛집을 생각하면, 언제까지나 슬플 것 같다. 우리 집 뒷마당에는 관목 덤불이 있었는데 그 속에 나만의 비밀 장소가 있었다. 베티와 난 몇 시간이고 거기 누워서 새들의 노랫소리와 꿀벌들이 붕붕거리는 소리를 듣곤 했다. 가끔 동네 고양이들이 찾아올 때도 있었다.

"무슨 생각해?"

엄마가 내 얼굴을 찬찬히 살피며 물었다.

"그냥 학교 생각."

그러자 엄마가 내 손을 꼭 잡고 앞 좌석 밑으로 다리를 쭉 뻗었다. 엄마 얼굴에 갑자기 미소가 번졌다.

"우리가 이러고 있다니, 믿을 수가 없어. 너랑 나, 두 여자가 말이야. 우린 멀리 북쪽으로 가는 거야, 로리. 곰과 얼음과 빛의 나라로!"

"엄마가 거긴 24시간 내내 캄캄할 거라고 했던 것 같은데!"

난 참지 못하고 이렇게 응수했다. 우리가 도착할 무렵은 극야가 거의 임박한 때일 테니까. 극지방에서는 하루하루 낮이 점점 짧아지다가 마침내 봄이 될 때까지 해가 뜨지 않는 극야 현상이 일어난다.

엄마가 웃음을 터뜨렸다.

"처음 2, 3주까지는 빛이 있을 거야. 게다가 북극광도 볼 수 있어. '오로라 보레알리스!'(새벽 북풍이라는 라틴어로 북극광을 뜻함-옮긴이) 우리가 스발바르에 있는 동안 반드시 나타날 거야."

"오로라 보레알리스."

나는 입 안에서 모음이 발음되는 방식을 음미하며 그 말을 따라 했다. 그런 다음 이번에는 자음을 강조하며 "스피츠베르겐" 하고 말해 보았다. 스피츠베르겐은 스발바르 제도에서 가장 큰 섬이다. 그 섬에 오래된 탄광촌이 있는데, 엄마와 난 앞으로 6주 동안 그 마을에서 지내게 될 거다. 엄마가 새로 들어간 회사인 그린라이트에서 희토류 원소를 추출하기 위해 광산을 다시 열 계획이라고 한다. 희토류는 전자기적 성질을 지닌 은회색 원소들을 말하는데, 무언가를 더 빠르고 더 강하고 더 가볍고 더 작게 만들 수 있다. 배터리와 풍력 터빈, 전기 자동차, 스마트폰, 암 치료제 등에는 전부 희토류가 들어간다.

"스피츠베르겐. 침을 안 뱉고 발음하기가 힘들어!"

엄마 발음을 듣고 내가 웃자, 엄마가 한층 더 어색한 발음으로 좀 더 크게 되풀이했다. 나는 혹시 다른 승객들이 듣지나 않았을까 둘러보았지만, 다들 귀마개를 끼고 무언가에 열중하고 있었다. 엄마가 내 나이였을 때 만났다면 우린 친구가 되었을까.

머릿속에서 학교 생각을 애써 몰아낸다. 내가 어울릴 수 없는 애들도. 생각하고 싶지 않다. 이번 여행의 목적은 그런 게 아니니까.

"엄마, 우리가 날고 있어! 신난다! 구름 위로 올라왔어!"

"엄마도 어릴 때 이후로는 비행기를 타 본 적이 없네. 네 이모랑 할머니, 할아버지와 함께 포르투갈에 갔었는데." 꿈꾸는 듯한 목소리로 엄마가 말을 이었다. "수영장 딸린 별장이 절벽 꼭대기에 있었어. 기후법이 시행되기 2년 전이었지. 천국 같았는데! 지금 가는 곳에선 수영하기 힘들 거야."

엄마는 몸을 떠는 시늉을 했다.

난 얼굴을 찡그렸다.

"거기 수영장이 있다며? 지구상에서 가장 북쪽에 있는 수영장이라고 엄마가 그랬잖아."

북쪽 첫 마을에 있는, 첫 번째 수영장. 게다가 그 마을은 한때 자기네 마을에 있는 학교가 북쪽에서 첫 번째 학교라는 걸 자랑삼아 내세운 적도 있었다.

"아, 그럼! 수영장에 갈 수 있을 거야. 만약…."

엄마가 고개를 끄덕였지만, 목소리는 점점 작아졌다.

"시간이 난다면 말이지."

내가 대신 끝맺음을 했다. 엄마의 눈가와 이마에 주름이 깊게 패었다. 엄마가 일에 정신을 빼앗겼다는 표시다.

"엄마는 시간이 없을지도 모르지만, 난 얼마든지 시간이 있을걸."

나는 누가 듣든지 전혀 상관하지 않고 퉁명스럽게 내뱉었다. 머리가 희끗희끗한 중년의 승객들로 가득 찬 비행기 안에서는 상관없다. 다른 승객들은 대부분 수천 미터 상공을 날고 있다는 사실에 거의 신경을 쓰지 않는다. 저 사람들은 어떻게, 마음을 홀리는 저 창밖을 내다보지 않을 수가 있을까?

비행기는 꼭 필요한 이유가 있을 때만 탈 수 있는 건데, 몇몇 승객은 너무나도 익숙해 보였다. 테이블 위 음료 잔에서 얼음이 부드럽게 부딪히는 소리가 나는 옆에서 노트북을 펴 놓고 일하는 사람, 어느새 눈을 감고 잠에 빠진 사람도 보였다. 너무 아깝다!

기준이란 건 시간이 흐름에 따라 서서히 무너지기 마련이다. 엄마는 그게 스발바르 희토류 프로젝트가 중요한 이유라고 했다. 사람들은 너무 많은 제약을 견디기만 해 왔다, 그것도 너무 오랫동안. 그래서 이젠 삶이 다시 발전하기를 바란다. 그린라이트는 그렇게 될 수 있다고 약속하는 회사들 가운데 하나다. 그런 회사들이 녹색 경제의 키를 잡고 있다.

아빠는 그게 위험한 선전일 뿐이며, 우리 모두 덜 쓰고 사는 법을 배워야 한다고 하겠지. 난 두 의견의 중간쯤에 서 있다,

아무도 내 생각에 신경 쓰지 않겠지만. 뭐가 맞는지는 잘 모르겠다. 근데 가장 중요한 사실은, 6주 동안 학교를 빠지고 엄마를 따라갈 수 있게 내가 엄마를 설득했다는 것, 그리고 엄마는 또 나를 데려갈 수 있게 그린라이트를 설득했다는 거다. 이번 여행은 말 그대로 일생일대의 사건이 될 것이다!

나는 노란 폴라로이드 카메라를 들고 창을 향해 셔터를 눌렀다. 잠시 뒤 카메라가 검은 정사각형 재생 필름을 뱉어 냈다. 엄지와 검지로 조심스럽게 필름을 잡고 흔들자 네모 칸 안에 구름이 나타났다. 내 여행 일지의 첫 페이지에 붙여 두어야지. 지금의 이 느낌을 영원히 기억하고 싶다. 우린 날고 있다!

2

노르웨이의 트롬쇠 공항은 병원 대기실을 연상시키는 공조 장치에서 나오는 더운 공기로 가득 차 있었다. 아무도 오래 머물지 않는 낯설고 답답한 공간. 이곳에서 시간을 보내는 사람은 비행기를 기다리는 승객들뿐이다, 커피숍 종업원만 빼고. 젊은 여성이다. 나보다 고작 몇 살 위인 것 같은데, 학교 반대쪽 세계에 있는 게 분명해 보였다. 독립적이고 자유롭고 매력적인 삶. 어떤 사람들은 시도조차 하지 않는 방식이다.

종업원이 내 시선을 감지한 듯, 나를 보고 오라는 손짓을 했다. 혹시나 내 뒤에 앉아 있는 누군가를 부르는 건 아닌지 주위를 둘러보았다. 나보다 좀 더 나이가 많고 좀 더 시선을 끌 만한 사람이 있지 않을까 하고. 하지만 아무도 없어서, 자리에서 일어나 커피숍 쪽으로 갔다.

엄마는 서류에 코를 박고 있었다.

"멀리 가지 마, 로리. 곧 우리 비행기를 부를 거야."

엄마는 지질 조사 보고서에서 이상한 점을 발견한 듯 곤혹스러워하며 입술을 오므렸다. 엄마는 스피츠베르겐섬에 대한 초기 현장 보고서에 나와 있는 가설들 때문에 스트레스를 받고 있었다. 그 보고서는 다른 지질학자들이 썼지만, 북극위원회에서 광산에 대한 최종 환경 심사를 할 때 마지막 보고서를 제출하는 건 엄마의 몫이었다. 나는 엄마가 심도와 지층, 파이프라인 길이 같은 것에 빠져 있게 내버려 두었다.

"비행기를 타기엔 어린데?"

내가 커피숍 카운터로 다가가자 종업원이 말했다.

"아, 네."

나는 발을 살짝 헛디딜 뻔했다. 가까이에서 본 종업원은 더 예뻤다. 여자에게선 꽃잎 향기가 났고, 그 향기는 우리 옛집 정원에 대한 기억을 불러일으켰다. 여름이면 장미 꽃잎으로 향수를 만들었다. 베티와 난 그 향수를 목에 톡톡 두드려 발랐고, 그러면 아이스크림 냄새가 났다.

"전 영국에서 왔어요. 롱위에아르비엔으로 가는 비행기를 기다리는 거예요."

"롱위에아르비엔? 스발바르에 있는?"

놀랐는지 종업원의 목소리가 높아졌다.

"네. 거기서 피라미든으로 가는 배를 탈 거예요. 북쪽에 있는 광산 마을이에요. 우린 그린라이트 소속이거든요. 그게… 우리 엄마가요. 엄만 스발바르 프로젝트를 맡고 있어요."

나는 신이 나서 주먹 쥔 손에 힘을 주고 빠르게 말했다.

종업원은 눈썹을 치켜올렸지만, 여전히 미소 띤 얼굴이었다.

"이 계절에 거기엘 간다고? 껴입을 옷은 충분히 챙겼겠지?"

"챙겼어요. 따뜻한 종류로요. 특별 주문했거든요."

내 여행 가방은 방한용품으로 가득했다. 두꺼운 방수 바지와 비바람을 막아 줄 누비이불 같은 재킷, 처음 보는 푹신한 부츠 등등. 특히 그 스노부츠는 진짜 눈밭에서 신는 거다!

"뭐 마실 거 좀 줄까? 내가 살게. 아니면 우리 사장님이 살 거야!"

여자가 장난스럽게 윙크하고 어깨 너머를 돌아보는데, 뒤편의 작은 주방은 비어 있었다. 나는 금속 진열대를 내려다보았다. 샌드위치 몇 종류가 종이로 포장되어 있었고, 무슨 맛인지 알 수 없는 과일 주스병들이 놓여 있었다.

"골라 봐. 평소에는 마흔 살이 안 된 손님을 만날 일이 없거든. 너를 보니 신선하다."

나는 여자의 단어 선택이 마음에 들었다. 노르웨이 억양으로 발음하는 영어도. 종업원의 이름표를 보았다. 노라.

"차 한 잔 주시겠어요?"

난 최대한 어른스럽게 말했다.

노라는 마치 내가 일부러 웃기려고 그랬다는 듯 웃음을 터뜨렸다.

"진짜 영어네! 차 한 잔 주시겠어요?" 차를 만들면서 노라의 웃음은 더욱 격렬해졌다. "행운의 영국 소녀, 처음으로 비행기를 타다."

"스발바르에 가 본 적 있어요?"

나는 회색 하늘이 보이는 아치형 유리 천장으로 고개를 돌렸다.

"물론 못 가 봤지! 난 커피숍의 종업원이야. 비행기를 타는 건 절대 허락받지 못할걸. 넌 나보다 더 중요한 사람이겠지."

노라가 머리를 뒤로 빗어 넘기며 웃었다.

억울하거나 화난 것 같지는 않았지만, 노라가 한 말은 재순환된 공항의 공기 속에 오래도록 머물렀다.

"중요한 사람은 우리 엄마예요. 최소한 엄마가 하는 일은 그래요. 엄마는 현장을 확인하고 온갖 일에 자문해 주거든요."

난 애매하게 손을 저었다. 사실 난 엄마가 하는 일이 구체적으로 어떤 건지 잘 모른다. 다만 새로운 공사를 하게 되면서, 엄마가 지반 상태에 관해 기술자들에게 조언해 주고 현장 지도를 만들기로 계약을 체결했다는 사실만 알고 있을 뿐이다. 엄마가 광산 회사와 일하는 건 이번이 처음이지만, 대학에 있으면서 영구 동토층을 주제로 중요한 논문을 썼기 때문에 북극에 관해서라면 누구보다도 적임자라는 건 분명하다.

"엄마가 과학자시구나."

노라가 카운터 건너로 머그잔을 밀며 확신하듯 말했다.

"환경 지질학자예요."

내가 정정해 주었다.

"아!" 하지만 노라는 여전히 확신에 찬 목소리로 말을 이었다. "금속을 찾아내시는 거겠지. 그 귀중한 금속들 덕분에 사람들은 다시 비행기를 타고 호화롭게 살 수 있을 테고."

노라의 말에서 이상한 어조가 느껴졌다. 우리 학교 여자애들이 자기들끼리만 농담을 주고받다가 내가 끼어들려고 하면 무시할 때와는 달랐지만, 노라의 태도에는 세상이 미래에도 지금과 그다지 다르지 않을 거라는 좀 더 일반적인 불신이 깔려 있었다.

난 오해를 피해야겠다는 간절한 마음으로 고개를 저었다.

"우리 엄마도 스발바르에는 아직 가 본 적이 없어요. 엄만 그저 환경 평가의 최종 단계를 감독하는 것뿐이에요. 저는 엄마가 학교에서 빼내 줘서 엄마를 따라갈 수 있게 된 거고요."

이 말을 하지 않을 수가 없었다. 노라도 그게 중요하다는 걸 알아야 한다. 노라 역시 어깨를 빳빳이 세운 교복을 입고 학교생활을 한 게 그리 오래되지 않았을 것이다. 끊임없이 돌아가는 쳇바퀴 속 햄스터 같은 생활. 난 거기서 잠시 튕겨 나오려는 것뿐이다.

"노라!"

안쪽에서 화난 듯한 목소리가 노라를 부르더니, 알 수 없는 말을 내뱉었다. 하지만 난 무슨 뜻인지 곧바로 알아차릴 수 있었다. 노라는 나와 이야기를 하면 안 되는 거였다. 난 그럴 만큼 중요한 사람도 아니고, 노라는 치워야 할 테이블도 있었으니까. 화가 나서 빨개진 얼굴을 한 남자가 나타났다.

노라는 얼른 싱크대 쪽으로 돌아서서 행주를 짜면서 어깨너머로 말했다.

"행운을 빌어, 영국 소녀. 곰 조심하고!"

구정물이 회색 행주에서 은빛 설거지통으로 떨어졌다.

"차 잘 마실게요!"

난 조용히 대답하고 남자의 시선에서 벗어나, 김이 모락모락 나는 머그잔을 들고 창가로 걸어갔다. 바큇살처럼 칸막이가 있는 크고 둥근 창이다. 이렇게 먼 북쪽까지 왔는데 창밖 활주로에는 눈이 아니라 비가 내리고 있었다. 비도 차만큼이나 영국적이라고 생각한다. 비가 전혀 내리지 않는 여름 몇 주 동안은 예외지만. 그 기간에는 옥외 물 사용이 금지되고, 공원과 도로변 화단은 마른 짚으로 변하며, 소방서는 산불 경계 태세에 돌입한다.

엄마가 내 옆으로 와서 흰색과 빨간색이 칠해진 비행기들이 서 있는 활주로와 항공관제탑을 내다보았다.

"마실 걸 샀어?"

엄마가 놀란 목소리로 물었다.

"엄마도 좀 마실래?"

내가 찻잔을 내밀었지만, 엄마는 고개를 저었다.

"아니, 괜찮아. 엄마 잠깐 화장실에 갔다 올게! 탑승 시간까지 10분밖에 안 남았어. 다음 목적지가 롱위에아르비엔이야!"

저 멀리 주황색 이끼와 지의류가 군락을 이루고 있는, 바위 투성이 잿빛 언덕이 눈에 들어왔다. 툰드라, 즉 수목한계선 이북의 풍경이다. 경사면에 서 있는 유일한 수직 물체는 꾸준히 돌고 있는 풍력 발전기뿐이다.

"거기는 지금 눈이 올 땐가?"

궁금하던 걸 입 밖에 냈다. 활주로 위에 고인 빗물이 새어 나온 기름처럼 번들거렸다.

"눈이 오는 날이 있을 거야. 듣자 하니 바람도 많이 부나 봐. 가끔 바람이 눈을 바다로 날려 버리기도 한다니까."

"눈이 오면 좋겠다. 눈길을 걸어서 발자국을 만들어야지. 아니면 스노 엔젤(눈밭에 누워서 팔다리를 휘저어 만든 천사 모양의 자국-옮긴이)이나."

내가 결연한 눈빛으로 말하자, 엄마는 뭐든 허락한다는 듯 너그러운 미소를 지었다.

"예전에 눈이 온 적이 있었어, 네가 아기였을 때. 그때 다 같이 공원에 갔는데 네가 얼마나 천방지축으로 돌아다니던지, 장갑을 끼고 고무장화를 신었는데도 손가락 발가락이 다 얼 정도였다니까. 미리 양말을 두 켤레쯤 더 신겼어야 했는데, 그땐 미처 생각을 못 했어. 네가 하도 울어서, 아빠가 집까지 널 업고 갔다니까!"

엄마가 웃음을 터뜨렸다.

"그때는 아기였잖아. 근데 그게 마지막이었다니… 10년이나 지났는데 눈이 한 번도 안 왔어."

말을 하면서도 짜증을 누를 수가 없다. 이 이야기는 전에도 엄마가 해 주었는데, 어떤 이유에서인지 들을 때마다 짜증이 났다. 눈에 관한 단 한 번의 기억인데 그때는 내가 너무 어려서 눈을 제대로 누리지도 못했고, 제대로 기억하지도 못한다.

난 창밖을 내다보며 스발바르에 도착하는 장면을 상상했다. 눈과 얼음, 곰과 순록과 북극여우의 땅. 그런 땅이 여전히 존재한다는 게 거의 불가사의한 일 같았다.

3

처음 눈에 들어온 건 눈 덮인 산이었다. 진짜 눈이다! 별에서 쏟아져 내린 슈가 파우더나 햇빛에 표백된 흰색 면 시트 같기도 하다.

어깨뼈를 타고 찌르르한 자극이 느껴졌다.

"저기 봐! 엄마, 저기!"

작은 소리로 엄마에게 속삭이는데, 떨리는 목소리를 감출 수가 없었다.

섬을 둘러싸고 피오르들이 형성되어 있고, 짙푸른 바다 위로 삼각형 암벽이 솟아 있었다. 우리는 아래로 급강하했다. 우리 비행기는 거대한 새다. 비행기가 높은 산 아래 평평하게 펼쳐진 주황색과 노란색 풍경 속으로 깊이 가라앉는 순간, 나는 숨을 참았다.

비행기 창문으로 회색빛 산 하나가 불안한 느낌이 들 정도로 가까워 보였다. 그다음 작은 도시가 왼쪽으로, 우리 아래에 나타났다. 스피츠베르겐섬의 롱위에아르비엔이다. 내일 배로 피오르를 건너 피라미든으로 가기 전에 하룻밤 묵기로 한 소도시다. 빨간색, 주황색, 노란색, 연두색, 파란색 등 다채로운 색깔의 목조 주택이 줄지어 서 있었다. 눈이 쌓이지 않고 쉽게 떨어지도록 지붕이 가팔랐다. 낡은 리프팅 장비와 철제 창고, 운송용 공중 케이블, 크레인 등 예쁜 사진을 방해하는 과거 광산 시절의 건물과 장비도 남아 있었다.

작은 도시의 일부는 눈으로 덮여 있었지만 내가 제대로 보기도 전에 우린 그 소도시를 지나 활주로 위를 더 빠르게 날아갔다. 난 우리 비행기가 앞에 있는 피오르의 시커먼 물속으로 빠질 것 같은 공포심에 사로잡혔다. 하지만 다음 순간 비행기 바퀴가 활주로에 닿으면서 덜컥하는 충격이 전해졌고, 브레이크가 걸리기 시작하면서 낮게 끼익하는 소리가 났다.

비행기가 속도를 늦추었고, 엄마가 내 손 위에 엄마 손을 얹었다. 난 그제야 내가 팔걸이를 얼마나 꽉 붙잡고 있었는지 깨달았다. 튀어나온 내 손가락 관절이 거의 돌멩이처럼 단단했다.

"로리, 심호흡해! 다시 단단한 땅으로 내려왔어."

엄마가 웃으면서 부드럽게 말했다.

"저긴 눈사태가 난 거야?"

난 창밖으로 보이는, 반쯤 눈에 파묻힌 산 아래 건물들을 가리켰다.

"아직 사람들이 사는 구역은 눈 울타리로 보호하고 있어."

그 말은 내 질문에 대한 대답은 아니었다.

"저기 있는 건물들은 더는 쓸 일이 없을 거야. 이제 스발바르 제도에는 남아 있는 사람이 별로 없어. 소수의 기후 과학자와 대학생들, 그리고 요즘은 물론, 광산으로 가는 그린라이트 관계자들 정도지."

"그럼 우리가 가는 피라미든 광산 마을에도 저런 눈 울타리가 있어?"

불안한 마음에 난 이렇게 물었다. 풍경과 건물을 다 덮어 버리는 눈의 위력은 여태껏 한 번도 생각해 본 적이 없었다. 날 업어 줄 아빠는 지금 이곳엔 없다.

"당연하지! 안전하지 않다면 널 데려오지도 않았을 거야. 기본적인 수준밖에 안 되는 생활 환경일 테지만 적어도 위험하지는 않아. 눈 울타리가 마을에서 안전하게 머물 수 있는 경계를 알려 줄 테고. 어쨌든 곰 때문에라도 울타리는 필요해."

다시 엄마가 내 손을 꼭 쥐었다.

나는 고개를 끄덕이며 무릎을 감싸 안고 흥분된 마음을 가라앉혔다. 고래, 북극곰, 순록, 북극여우, 뇌조, 고리무늬물범, 바다코끼리. 난 비행기에서 일 년 중 이맘때 스발바르에 있을 법한 온갖 동물과 새의 목록을 만들었다. 전부 다 사진으로 찍어야지. 지구상에서 가장 멋진 빛의 쇼 '오로라 보레알리스'야 말할 필요도 없다.

　　　　　　　　　　　　　　모험의 서막

어렸을 때 아빠가 읽어 준 책 내용처럼 진정한 모험을 하게 될 거다. 숲과 얼어붙은 호수, 그리고 몇 광년이나 떨어진 우주에서 불타고 있는, 알려지지 않은 수많은 별에 관한 이야기들. 우리가 있는 이곳은 책에 나온 이야기의 배경보다 훨씬 더 북쪽이다.

난 모서리를 둥글린 정사각형 창에 손을 갖다 댔다. 유리를 통해 찬 공기가 느껴졌다.

"자 내리자, 로리! 호텔을 찾아서 체크인하고 나면 관광을 할 수 있을 거야! 그린라이트에서 우리한테 가이드를 붙여 주겠다고 했거든."

안전띠 표시등이 꺼지자, 엄마가 머리 위 선반에서 우리 가방을 꺼내서 내려놓았다.

나는 가슴속에서 흥분과 설렘이 요동치는 것을 느끼며 자리에서 일어났다.

비행기에서 나와 활주로에 내려서자, 갑자기 건조하고 차가운 공기가 얼굴을 때렸다. 나는 찬 공기를 온몸으로 느끼고 싶어 폐 속 깊이 들이마셨다.

"준비됐니, 로리? 모험의 시작이야."

새로 산 두꺼운 외투로 몸을 감싼 엄마가 맑은 공기 속으로 입김을 내뿜으며 말했다.

4

롱위에아르비엔 공항은 트롬쇠보다도 작았다. 우리 동네 버스 터미널만큼도 안 될 정도였다.

여권 심사대의 남자는 엄마가 그린라이트 소속이라고 말하자, 인상을 찌푸리며 두 가지 양식을 작성해야 한다고 서류를 내밀었다.

나는 '여행의 목적' 칸에서 잠시 멈추고 엄마 팔을 잡아당겼다. 엄마가 상체를 앞으로 기울여 대문자로 이렇게 써넣었다. '그린라이트 직원의 자녀(한부모 가정).' 난 얼굴을 찡그렸다.

엄마는 출장에 나를 데려가려고 면제 신청이라는 걸 내야 했다. 그건 아빠가 부모로서 부적합하므로 양육을 면제한다는 공식 선언 같은 것이다.

아빠는 반대하지 않았다. 아빤 내가 얼마나 간절히 휴학을 원하는지 잘 알고 있었다. 내 상태가 최악일 때를 보았으니까. 학교를 빼먹고 혼자서 버스를 두 번 갈아타고 숲으로 갔던 날, 엄마는 나보다 아빠에게 더 화를 냈다. 엄마는 아빠가 날 부추겼기 때문이며, 그건 옳지 않다고 말했다.

아빠도 우리랑 같이 왔으면 좋았을걸. 아빤 평생 비행기를 타 본 적이 없다. 아빠의 부모님은 비행기 같은 것에는 그다지 끌리지 않으셨던 거 같다. 그분들은 환경 영향 최소화 의무가 법으로 정해지기 이미 몇 년 전부터 그러한 생활 방식을 유지했다.

입국 심사관은 내가 작성한 서류를 미심쩍은 눈으로 들여다보았다. 그 남자가 웃음기 없는 얼굴로 고개를 끄덕인 걸로 봐서, 무슨 테스트였는지는 몰라도 통과한 것 같았다. 우리가 수하물 찾는 곳으로 가려고 급하게 모퉁이를 도는 순간, 난 숨이 턱 막혔다. 갖가지 여행 가방이 얹혀서 돌고 있는 컨베이어 벨트 위에, 거대한 흰색 북극곰 형상이 보였다.

"인형이 있어!"

거대한 짐승의 모습에 경이로움과 공포를 동시에 느끼며 내가 탄성을 내뱉었다.

"인형인 게 다행이지. 우리가 정말로 곰의 나라에 오긴 했나 보다."

엄마가 그쪽으로 걸어가며 말했다.

"진짜 곰이야!" 내가 꺅 하고 비명을 질렀다. "사냥은 금지인 줄 알았는데."

"진정해, 로리. 분명히 이 곰이 너나 나보다 훨씬 더 나이가 많을 거야. 아빠네 오두막 근처 여우들만큼이나 지저분해 보이기는 하지만. 어쨌든 기분 좋지? 보고 싶은 동물 목록 1번이 북극곰이었잖아."

엄마가 다정하게 웃었다.

"엄마! 박제 동물은 치면 안 되지."

내가 투덜거렸다.

"로리, 저기 우리 가방! 빨리 와!"

엄마가 컨베이어 벨트 쪽으로 뛰어가며 소리쳤다. 우린 여행 가방을 컨베이어 벨트에서 내려서 카트로 옮겨 싣고, 택시를 타기 위해 공항 밖으로 카트를 밀고 나갔다.

거리 한쪽에는 치워 놓은 눈이 수북이 쌓여 있었다. 나는 우리보다 먼저 줄을 서서 기다리는 사람들을 힐끔 쳐다보았다. 이 사람들은 여기서 무슨 일을 하는지, 이들의 여행 목적은 무엇일지 궁금했다. 그런데 대다수가 기후 과학자나 박물학자라기보다는 사업가에 더 가까워 보여서 조금 실망스러웠다.

지구 기후법이 시행된 뒤, 스발바르 제도에서는 동물의 개체 수가 증가했다. 완만하긴 했지만, 사실이었다. 또한 러시아와 캐나다의 숲에서는 시베리아호랑이와 회색곰이, 아프리카 보츠와나의 오카방고 삼각주에서는 검은코뿔소와 사자의 수가 늘었다. 야생 지대 지정이 중요한 이유다. 야생 지대는 탄소를 흡수하기 때문에 우리 인간도 살릴 수 있다. 가만히 내버려 두기만 한다면 말이다.

사람들은 관성적으로 반응하게 마련이다. 한번 '예'라고 하면, 다음에 '아니요'로 바꾸기 힘들다. 그리고 황무지가 진정한 야생을 유지할 수 없게 만드는 데에는 그다지 많은 사람이 필요하지 않다.

엄마와 나는 시내로 들어가는 짧은 시간 동안 택시 창문에 바싹 붙어 앉아 있었다. 한쪽은 시커먼 피오르, 즉 북대서양 그린란드해가 내륙 쪽으로 좁고 깊게 들어와 만들어진 협만이다. 반대편은 산이다. 바다와 산, 양쪽 다 서로 못지않게 삭막한 회색빛이었다. 그래서 밝게 칠해진 집들이 시야에 들어왔을 때

무척 반가웠다. 비록 그 집들 대부분은 버려진 것처럼 보였지만.

우리는 몇몇 상점과 판자로 막아 놓은 건물이 들어선 긴 거리에 택시를 세웠다. 호텔 네온사인이 켜져 있어서 우리 목적지를 분명히 알 수 있었다.

"즐거운 여행 하세요."

택시 기사가 일상적인 인사를 건넸다. 엄마가 지갑을 꺼내자, 기사는 손을 흔들어 거절했다.

"그린라이트 계정에서 지급될 거예요."

호텔 문을 열고 들어가, 엄마는 곧장 체크인하러 안내 데스크로 성큼성큼 걸어갔다. 숙박부를 작성하다가 뭘 잘못 썼는지 나지막이 투덜거릴 때조차 나는 엄마가 여기서 지낼 생각에 얼마나 흥분하고 있는지 느낄 수 있었다.

호텔 로비에는 책장이 하나 있는데, 맨 꼭대기에 '얼음 도서관'이라는 표지판이 붙어 있었다. 대충 훑어보니, 모조리 극지방 관련 제목을 단 책들이다. 나는 욕심스럽게 책등을 손으로 쓸어 보았다. 지금 당장이라도 이 책들 속으로 뛰어들고 싶어 견딜 수가 없다.

안내 데스크의 젊은 남자가 나에 관해 묻고 있었고, 난 듣고 싶지 않아서 책장 옆에 무릎을 꿇고 앉았다. 책을 한 권 뽑았다. 표지에 잿빛 산으로 둘러싸인 하얀 호수 사진이 있었다. 아마도 좀 전에 우리가 지나온 것 같은 피오르일 것이다. 나는 나지막이 소리 내어 책 제목을 읽어 보았다.

"《다크 매터: 유령 이야기》."

앞표지에 누군가가 커피 잔을 내려놓은 듯 갈색 동그라미 자국이 있었다.

엄마가 내 어깨에 손을 얹는 바람에 깜짝 놀랐다. 엄마는 입술을 깨물었다.

"무슨 일이야? 날 집으로 돌려보내는 건 아니지?"

질문만으로도 가슴이 철렁 내려앉았다. 내 말에 엄마가 더 놀란 것 같았다.

"널 돌려보내? 당연히 아니지. 너랑 관련 있는 건 아니야. 여기 호텔 회의실에서 브리핑이 있는데, 엄마가 거기 참석해야 한대."

엄마가 손가락으로 머리를 빗어 넘겼다.

"지금?"

난 약간 짜증이 나서 입을 삐죽거렸다. 우리 답사 계획은 어쩌고?

엄마가 한숨을 쉬었다.

"15분 뒤에. 그린라이트의 안드레이 대표 이사도 참석한대. 안드레이 대표가 여기 롱위에아르비엔에서 투자자들을 만나고 있거든. 내일 우리가 배를 타기 전에, 먼저 날 봐야 하나 봐. 내가 아직 못 들은 배경 정보가 있다네."

난 무슨 말인가 싶어 저절로 눈썹이 치켜 올라갔다.

"정착민 얘기야. 피라미드에 남아 있는 옛날 광부 가족들."

"하지만 피라미든은 유령 마을이잖아!"

내가 쏘아붙였다.

엄마가 가까운 소파에 깊숙이 앉더니, 생각에 잠긴 듯 쯧쯧 하고 혀 차는 소리를 냈다.

"광산이 완전히 문을 닫은 뒤에도 일부 노동자들이 남았던 것 같아. 예전에 가족이 함께 살던 때와 비슷한 상태로. 그러니까 아이들도."

마지막 단어를 말할 때 엄마 이마의 주름이 깊어졌다.

"그곳에서 애들이 어떻게 살 수가 있어? 먹을 게 있어?"

난 새로운 정보에 깜짝 놀랐다.

"순록. 그 사람들은 생존 사냥권을 주장해. 살아남는 데 필요한 최소한의 사냥은 할 수 있어야 한다는 거지. 그 외에 건조식품이든 통조림이든 손에 넣을 수 있는 건 다 이용하는 것 같아. 야생 지대 규칙에는 완전히 위배되는 일이야." 엄마가 고개를 가로저었다. "그곳에 사람들이 얼마나 많이 있는지 아무도 제대로 모르니까, 답답한 노릇이지. 이런 일을 다 처리해야 하는 게 북극위원회야."

"근데 사람들이 남아 있는 게 그린라이트랑 무슨 상관이야?"

"로리, 이건 야생 지대 프로젝트야. 주변에 사람이 살지 않으니까 콕 집어서 거길 택한 거라고."

나는 약간 빈정대는 듯한 엄마의 말투에 반응하지 않으려고 마음을 다잡았다. 엄만 새로운 일을 시작할 때면 항상 스트레스를 받곤 했는데, 이번 프로젝트만큼 중대한 일은 정말 오랜만이었다. 이 정도 일은 아마 앞으로도 없을 것이다.

난 고개를 갸웃했다.

"그린라이트도 광산에서 일할 사람이 필요할 거잖아. 정착민들 중에서 고용하면 안 돼? 그러면 노동자를 많이 데려오지 않아도 되잖아. 당연히 비행기도 덜 필요하고, 그러니 그 방법이 더 좋을 것 같은데."

엄마가 내 제안에 동의할 거라고 생각했지만, 엄마는 내 얘기를 듣고 입술을 앙다물었다.

"그 시절 광부들은 아마 지금 일하기에는 너무 나이가 많을 거야. 어쨌든 우리는 방법이 아주 달라. 게다가 젊은 사람들이 있다 해도 평생 그곳에 살면서 세상과 단절되어 있었다면, 그들이 뭘 알겠어?"

난 엄마를 쳐다보았다. 본 적도 없는 사람들을 무시하는 건 엄마답지 않았다.

"어쨌든 우린 성사시킬 거야." 엄마가 억지로 밝게 말하며, 내가 들고 있는 책으로 시선을 옮겼다. "유령 이야기? 네가 악몽을 꿀까 봐 걱정되는데!"

"재미있을 것 같아."

방어적으로 대답하긴 했지만, 난 그 책을 책장에 도로 꽂아놓았다. 악몽은 내 약점이다. 우리가 예전 집을 떠난 다음부터 난 악몽을 많이 꾸었고, 아빠가 집을 나간 뒤로 점점 심해졌다.

"엄마, 우리 방 보러 갈까?"

분위기를 바꾸려고 내가 말했다.

호텔에서 묵을 수 있다니, 고작 하룻밤이라고 해도 너무 좋았다. 휴가를 간 게 벌써 몇 년 전 일이다. 게다가 베티가 이사 간 뒤로는 친구네 집에서 잔 적도 없다.

엄마는 안내 데스크 위에 걸려 있는 시계를 돌아보았다. 커다란 시계에 뉴욕, 도쿄, 모스크바, 방콕의 시간을 알려 주는 작은 시계가 딸려 있었다. 데스크 직원이 미소 띤 얼굴로, 로비 한가운데에 작은 섬들처럼 버려져 있는 우리 여행 가방을 가리켰다.

"손님 방은 3층입니다. 원하시면 가방 옮기는 걸 도와드릴게요. 무거워 보이네요."

"아 네, 부탁드려요. 정말 친절하시네요. 근데 우리 딸이 여기서 좀 기다려도 될까요? 제가 브리핑 때문에 빨리 회의실로 가 봐야 해서요."

엄마가 자리에서 일어나며 말했다.

남자는 안됐다는 듯 날 흘깃 쳐다보았다.

"따님이… 로리 양이죠? 로리, 아직 빛이 있을 때 시내를 탐험해 볼래? 해가 지려면 한 시간도 안 남았지만, 두 분은 여기서 하룻밤만 묵을 거잖아요."

"네, 하지만…. 애 혼자서는 안전하지 않을 것 같은데요, 곰 때문에."

엄마가 얼굴을 찡그렸다.

나는 가슴이 두근거렸다. 바로 어제까지만 해도 따분한 동네에 있었는데, 지금은 북극곰을 마주칠 걱정을 하다니!

호텔 직원이 나를 보고 웃으며 말했다.

"시내에만 있으면 괜찮을 거야, 로리. 철조망 경보 시스템도 있고 경계 표시도 잘되어 있으니까. 그것만 넘어가지 않으면 돼."

난 신이 나서 고개를 끄덕였다. 호텔 직원이 내 마음속 탐험 욕구를 눈치챈 게 틀림없다.

"조심할게, 엄마. 종자 저장고를 꼭 보고 싶어. 아빠한테 보여 줄 사진도 찍어야 하고."

내가 다짐하듯 말했다.

국제 종자 저장고는 다가올 기후 재해나 핵전쟁 또는 다른 비극적 종말이 닥칠 경우를 대비해 롱위에아르비엔의 산비탈을 파서 만들었다. 수많은 종류의 씨앗이 보관되어 있어서, 농작물 재배를 처음부터 다시 시작해야 할 때 이용할 수 있다. 아빠와 나는 마을 도서관에 있는 컴퓨터에서 종자 저장고를 찾아보았다. 난 목에 걸고 있는 카메라 끈을 만지작거리며 잠시 슬픔에 잠겨서, 숲에 있는 아빠를 생각했다. 나도 없이 혼자서 나뭇잎의 색이 물드는 것을 지켜보겠지.

호텔 직원이 고개를 저었다.

"종자 보관소는 시내에서 너무 멀어서 힘들 거야."

난 엄마가 무슨 말이든 해 주길 기대하며 엄마를 바라보았다. 엄마는 우리가 여기 머무는 짧은 시간 동안 그린라이트에서 여행 가이드를 보내 줄 거라고 굳게 믿었는데, 지금은 그저 멍하니 미소만 짓고 있다.

"로리, 그냥 큰길을 따라 죽 걸어 봐. 어떤 곳인지 느껴 보는 거야. 다니면서 간식 같은 것도 좀 사고, 사진도 찍어서 저녁 먹을 때 보여 줘. 이따 저녁때 엄마가 제대로 보상해 줄게. 약속해."

직원이 또다시 내게 동정 어린 미소를 던졌다. 아무래도 롱위에아르비엔은 나 혼자 탐험해야 할 것 같다.

리바이어던호

1

큰길은 거의 텅 비어 있었다. 해는 이미 산 뒤로 숨었고, 우리가 도착했을 때보다 날씨는 더 추워졌다. 도로 위에는 얼어붙은 눈이 흩날리고 있었다.

'어두워질수록 겨울이 깊어진다.' 내가 본 북극 책에 이런 말이 쓰여 있었다. 난 호텔 간판을 배경으로 셀카를 찍었다. '롱위에아르비엔 호텔, 북위 78도.' 지리 교실에 있는 지구본에서 찾아보면, 나는 거의 꼭대기 쪽에 있을 거다.

롱위에아르비엔은 석탄을 채굴해 돈을 버는 광산 마을에서 시작되었다. 그때는 그 일이 지구에 어떤 영향을 미치는지 몰랐다. 혹은 알았지만, 신경 쓰지 않았다. 시커메지는 공기와 눈에 보이진 않지만 대기 중에 쌓이는 가스에는 관심을 두지 않았다. 그런데 늘어난 가스는 지구가 견딜 수 있는 것보다 훨씬 더 많은 태양열을 흡수했다.

표지판에 노르웨이어로 뭐라 적혀 있고, 빨간색 테두리를 한 경고용 삼각형 안에 하얀 북극곰이 그려져 있었다.

공항 수하물 찾는 곳에서 본 것 같은 곰이 어슬렁거리며 내게로 다가오는 모습을 상상해 보았다. 어쩌면 어슬렁거리는 게 아니라, 빠르고 정확하게 목표물을 향해 다가올지도 모르겠다.

난 휴대폰에 그 노르웨이어 문장을 입력했다. '스발바르 전지역에 해당함'이라는 뜻이다. 초조하게 주위를 둘러보았다. 북극곰을 보고 싶은 마음이야 간절하지만, 아직은 살아 있는 북극곰을 만날 준비가 안 되었다.

작은 슈퍼마켓이 보여서 안으로 들어갔다. 배 속에서 꼬르륵 소리가 나기도 했고, 엄마가 급하게 회의에 들어가면서 내 손에 쥐여 준 돈도 있었다.

가게 안에 들어서자 강한 생선 냄새가 코를 찔렀지만, 난 상관하지 않고 피클과 잼이 놓인 선반을 지나갔다. 상표에 적힌 걸 전부 이해할 수는 없었지만, 밝은 색상이 인상적이었다.

"뭐 찾아요? 여기서 처음 보는 얼굴인데…."

카운터에 있던 가게 주인이 날 이상하다는 듯 쳐다보았다. 그러고 보니 가게 안에 손님은 나뿐이다.

"그린라이트 일로 왔어요."

나는 약간 자부심을 느끼면서 대답했다. 아줌마의 표정이 바뀌더니, 눈을 가늘게 뜨고 나를 보았다.

"사람들이 더 왔다고, 벌써? 아직 위원회의 승인이 안 났잖아?"

"전 엄마를 따라온 거예요. 엄마가 지질학자거든요."

고개를 끄덕이긴 했지만, 주인 여자의 시선이 예리하게 번득였다.

난 주춤거리며 뒤로 물러나다가 선반에 부딪혔다. 요란하게 덜컹거리는 소리가 났다.

"아, 죄송해요! 저는 그냥, 과자 좀 사려고요."

나는 얼굴을 붉히며 얼른 선반에서 물러났다. 그러고는 처음 눈에 들어온 과자를 집어 들었다. 캐러멜 같은 걸로 속을 채운 하트 모양 초콜릿 봉지였다.

카운터 너머로 지폐를 건넸다.

"이거면 될까요?"

주인 여자는 말없이 고개를 끄덕이며 돈을 받아 들고 금전등록기에서 은 동전을 꺼내서 세고는 내 앞에 동전을 내려놓았다. 폴로 사탕처럼 가운데에 구멍이 나 있는 동전이다.

"고맙습니다."

난 거스름돈을 호주머니에 집어넣으며 조용히 말했다. 외국 동전을 손에 넣은 건 처음이었지만, 여기 서서 그걸 들여다볼 생각은 없었다. 가게 주인의 적대적인 시선에서 벗어나고 싶은 마음이 간절했다.

밖으로 나오자 차가운 공기가 상쾌했다. 길을 따라 조금 더 올라가 보았다. 아웃도어 의류 상점이 두 곳 있었지만, 텅 비어 있었다. 그 뒤로는 모든 가게가 판자로 가려져 있었다.

이제 날이 더 어두워졌다. 주황색 가로등이 켜져 있긴 했지만, 혼자서 호텔에서 더 멀어지는 건 불안했다. 나는 뒤돌아서서 호텔로 향했고, 가는 길에 초콜릿 봉지를 뜯었다.

하트 초콜릿은 진하고 달콤했으며, 속에 든 캐러멜은 끈적끈적한 동시에 퍽퍽했다. 진열대 위에 너무 오래 놓여 있었던 게 아닌지 의심스러웠다. 난 봉지의 지퍼를 채운 뒤 외투 주머니에 집어넣었다.

길 건너 비어 있는 가게 문간에 북극곰 박제가 있는 게 보였다. 곰을 좀 더 잘 보려고 급하게 길을 건넜다. 작고 검은 눈동자가 어둑한 거리를 응시하고 있다. 가만히 마주 보았다. 내가 기억하기로, 사실 북극곰의 털은 투명한데 시각적인 착각 때문에 하얗게 보이는 것이다. 그런데 이 북극곰은 그냥 오래되고 낡은 누런색을 띠고 있다. 불쌍한 곰. 마지막으로 온몸에 피가 돌았던 게 언제였을까? 기괴한 설치 미술 작품처럼 곰을 여기에다 두고 사람들이 보게 하면 좋겠다는 아이디어를 도대체 어떻게 생각해 냈을까?

그 표지판을 다시 지나간다. '스발바르 전 지역에 해당함.' 호텔 직원은 큰길은 안전하다고 말했지만, 먹이를 찾아 거리를 어슬렁거리는 북극곰을 어떻게 막을 수 있다는 거지? 철조망으로는 곰을 막을 수 없는 것 아닌가? 북극곰은 먹이사슬의 맨 위에 있는 포식자다.

목덜미의 털이 곤두서고, 추위가 실제로 뼛속까지 파고드는 느낌이 들었다. 호텔에 돌아오자 비로소 마음이 놓였다.

로비의 의자들 옆 난로에서 통나무가 탁탁거리며 타고 있다. 아빠가 지내는 숲처럼 세심하게 관리되는 숲에서 가져왔을 것이다. 익숙한 매캐한 냄새가 났다.

　나는 안내 데스크를 등지고 있는 등받이가 높은 의자에 앉아서, '얼음 도서관'에서 가져온 책들을 휘리릭 넘겨 보았다. 긴장감이 슬금슬금 몸속으로 스며들었다. 마치 내 속에 갇힌 나방이 밖으로 나가려고 파닥거리는 것 같다. 제발 그만 멈췄으면. 여기서까지 긴장하고 싶지는 않다. 스발바르를 처음 발견한 옛날 옛적 탐험가들처럼 나도 용감하고 열정적인 사람이 되고 싶다.

　유령 이야기는 제쳐 두고 스발바르의 새들을 소개하는 책을 집었다. 대부분이 여름 철새들로, 따뜻한 계절에 물고기와 갑각류를 잡아먹으러 찾아온다고 한다. 새들은 포식자로부터 안전한 바위 절벽 면에 둥지를 튼다. 그러다 날이 추워지면 떠난다. 오직 뇌조들만 일 년 내내 머무르는데, 이 새는 아담한 몸집에, 겨울이 되면 하얀색 깃털로 바뀐다. 아빠가 준 책에서 봐서 이미 알고 있는 내용이 많았다.

　그다음으로 스발바르의 사냥꾼들에 관한 역사책을 훑어보기 시작했다. 마치 달처럼 황량해 보이는 외진 해변에 있는, 나무 오두막 사진이 실려 있었다. 초등학교 때 배운 게 생각났다. 북극은 비가 아주 적게 내리기 때문에 사실상 한랭 사막인데 기후 변화가 그걸 바꿀지도 모른다고 했다. 사람들은 지금 우리가 겪고 있는 지구 온난화가 어떤 궤도를 그리고 있는지 알지 못한다.

나는 의식적으로 그런 생각을 밀어냈다. 이 지역이 녹고 있
다는 사실은 생각하고 싶지 않았다.

오두막 사진 밑에 재미있는 설명이 있었다. 130여 년 전에
한 오스트리아 여성이 사냥꾼인 남편과 함께 그레이 훅이라는
스피츠베르겐섬의 외딴곳에서 겨울을 보냈다는 이야기였다.

"로리, 갔다 왔구나."

엄마 목소리가 머리 위에서 들리더니, 엄마가 내 맞은편 의
자에 털썩 주저앉았다. 엄마 표정을 보니 무슨 얘기가 나올지
알 것 같았다.

"저녁 먹기 힘든 거지?"

말하면서 눈시울이 뜨거워졌다. 저녁 식사 때문만은 아니
었다. 오늘이 이곳에서 엄마랑 보내는, 아마도 평생을 통틀어
딱 하룻밤이기 때문이었다.

"당연히 먹을 수 있어."

엄마는 이렇게 말했지만, 입술의 움직임을 보면 엄마가 원
래 하려던 말은 이게 아니었던 것 같다.

"저녁은 같이 먹을 거야. 다만 합석할 사람이 있어."

"누가 합석한다는 거야?"

내키지 않았지만, 내가 물었다.

"안드레이 대표는 내가 투자자들을 만났으면 하거든. 그 사
람들은 내일 아침 바로 노르웨이 본토로 돌아가는 비행기를
탈 거야. 안드레이 대표가 시내 식당을 예약해 두었대. 넌 그

책을 가져가면 되겠다. 재미있어 보이네."

엄마가 책을 흘낏 쳐다보며 말했다.

"하지만 오늘이 우리 여행 첫날인데, 게다가 여기서는 하룻밤만 자는 거고…"

난 그다음 말은 얼버무렸다. 엄마한테 가게 앞 북극곰도 보여 주고, 차가운 공기 속에서 입김을 내뿜으면 어떻게 되는지도 보여 주고 싶은데. 둘이 함께 잿빛 산을 올려다보며, 회사에서 약속한 대로 산 위에 있는 국제 종자 저장고를 안내해 줄 가이드를 만날 수 있기를 바랐다. 종자 저장고의 입구는 하늘의 별처럼 반짝이고 있을 거다.

"알아, 로리. 하지만 엄마 상황이 어떤지 너도 봐서 알잖아. 회사 대표의 요청이야. 투자자들의 지원을 받는 게 전체 프로젝트에서 정말 결정적인 부분이거든."

나는 주먹을 움켜쥐었다. 엄마의 일과 비교하면 내 희망 사항은 하나도 중요해 보이지 않았다. 세계 녹색 에너지라는 말은, 다른 모든 걸 하찮게 만드는 위력을 지녔다. 전 세계적인 재난 앞에서 고작 나 같은 애 하나가 무슨 대수겠는가?

"알겠어. 저녁이 몇 신데? 방에 가서 준비할게."

내가 숨을 크게 내쉬며 말했다.

"로리, 미안해. 여기 로비에서 7시에 만나자. 새 외투 꼭 챙기고. 2, 3분밖에 안 되는 거리지만, 바깥 기온이 급강하하고 있어."

자리에서 일어나는데, 엄마가 내 어깨에 손을 얹고 다시 한

번 힘주어 잡았다.

2

식당은 바깥의 얼어붙은 거리와는 뚜렷한 대조를 이루며, 따뜻하고 밝았다. 나무로 된 피크닉 벤치 스타일의 긴 테이블이 줄지어 놓여 있고, 낮게 매달린 조명 아래 빨간색 테이블보가 덮여 있었다.

문간에서 부츠를 벗은 뒤, 나는 창문과 외투 걸이 사이에 있는 테이블의 끝자리에 자리를 잡았다. 가능한 한 사람들 눈에 띄지 않도록.

여기는 이미 밤이다. 아니, 어쩌면 이상한 종류의 황혼인지도 모르겠다는 생각이 들었다. 달빛을 반사하는 눈 때문에 거리가 여전히 빛나고 있었다.

엄마는 식당으로 오는 길에 하늘을 쳐다보지도 않았다. 고개를 숙인 채 새 상사인 안드레이의 뒤를 따랐다. 엄마는 날 인사시킬 생각조차 하지 않았다. 나는 말없이 뒤쳐져 걸었다.

아빠라면 하늘을 올려다봤을 거다. 발걸음을 멈추고 꼼짝하지 않고 서서, 아마 발이 얼어서 인도에 붙어 버릴 때까지 하늘을 응시했을 것이다. 이곳의 별들은 유난히 총총하다.

나는 메뉴를 찬찬히 살펴보았다. 영어로 쓰여 있었지만, 의미가 없었다. 모든 메뉴에 생선이나 고기가 들어가는 것 같았다. 나는 '순록 고기'라는 단어를 보았다. 진짜 순록 고기일까?

엄마가 눈살을 찌푸리는 게 보였다.

"북극위원회에서는 그런 방법이 이곳에선 지속 가능한 선택지가 될 수 있다고 생각해요. 가능한 얘기예요. 영국에서와는 다르니까요."

"근데 우리 뭐 먹어?"

내가 속삭였다. 영국에서는 생선이나 고기를 집에서 일주일에 세 번까지 먹을 수 있지만, 난 신경 쓰지 않았다. 무언가를 할 수 있다고 해서 꼭 그걸 할 필요는 없다. 엄마도 보통은 그런 음식을 먹지 않는다.

"연어 안 먹고 싶어? 좋은 기횐데… 이렇게 추운 곳에선 기름진 생선이 너한테도 이로울 것 같은데. 사람은 환경에 맞게 적응해야 해."

엄마가 내 화난 얼굴을 애써 무시하며 말했다.

우리 맞은편에 앉은 사람들 중 가장 젊어 보이는 여성이 테이블 앞으로 몸을 기울였다.

"채식주의자니, 로리?"

그 사람이 내 이름을 알고 있는 게 반가워서, 난 기분 좋게 고개를 끄덕였다.

그녀가 한쪽 눈을 찡긋했다.

"그럼 레프세를 시켜. 납작한 빵 같은 건데 감자로 만들어. 피자같이 치즈나 야채를 곁들여 주문하면 돼. 맛은 내가 장담해. 나도 그걸 먹을 거야. 난 카테리나야. 내가 주문해 줄까?"

그녀는 웃으며 자기 배를 살짝 쓰다듬었다.

"아, 네, 감사해요."

"너한테는 엄청난 여행일 것 같은데…. 롱위에아르비엔에서 본 사람 중 네가 가장 어린 것 같아!"

카테리나가 말했다.

"로리는 진짜 똑똑한 조수지."

엄마가 한쪽 팔을 내게 두르며 말했다.

"엄마도 참. 카테리나도 그린라이트 직원이에요?"

나는 몸을 비틀어 빠져나온 뒤, 카테리나에게 물었다.

카테리나는 우리 테이블에 앉아 있는 다른 사람들과는 좀 달라 보였다. 일단 나이가 어렸고, 대화에서도 약간 떨어져 있는 것 같았다.

"아니. 난 오슬로 대학에 다니는데, 졸업반이야. 여기에 소규모지만 극지학과가 있거든. 우리는 희토류 프로젝트에 관심이 많아."

카테리나가 가벼운 말투로 대답했다.

'관심'이라는 말에 묘하게 무게가 실리긴 했지만, 카테리나는 식당에 있는 모든 사람과 두루 친해 보였다. 하지만 안드레이가 단호한 태도로 그린라이트의 환경 기록에는 오류가 없다고 목소리를 높였을 때, 난 카테리나가 그에게 이상한 시선을 던지는 것을 알아챘다.

테이블 이쪽으로는 그린라이트 직원 세 명, 남자 둘에 여자 하나에다 엄마와 내가 앉았다. 이제 엄마도 그린라이트 소속이니 직원이 네 명인 셈이다. 우리 맞은편, 안드레이와 같이 앉아 있는 사람들이 투자자라는 걸 금방 알아보았다. 안드레이는 주인공인 듯 상석을 차지하고 있었다.

"이 사람들은 피라미든에서 막 돌아왔어. 아마 자신들이 기대했던 것과는 달랐을 거야."

카테리나가 투자자들을 슬쩍 돌아보고 숨죽여 말했다.

"카테리나도 거기 가 봤어요?"

앞으로 6주간 지내게 될 우리 근거지에 직접 가 본 사람의 이야기를 무척 듣고 싶었다.

카테리나가 고개를 끄덕였다.

"섬에 도착하자마자 여름에 갔었어."

"옛날 광부들도 만나 봤어요? 어떤 사람들이에요?"

내가 캐물었다.

카테리나가 생각에 잠긴 듯한 얼굴로 다시 고개를 끄덕였다.

"그 사람들은 낯선 사람이 자꾸 찾아오는 게 달갑잖을 거야. 대형 장비들이 들어오는 것도. 그린라이트가 이미 초기 발굴을 시작했는데… 거기 사는 사람들한테는 엄청난 혼란이지. 그 사람들은 순록한테 나쁜 영향이 있을까 봐 걱정하는 거야. 그 지역은 순록에 대한 의존도가 매우 높거든!"

카테리나가 다시 미소를 지으며, 테이블 위에 펼쳐져 있는 내 여행 일지를 보았다.

"비행기 탔던 거랑 오늘 있었던 일을 적고 있었어요."

내가 수줍어하며 설명했다.

"나도 일지를 쓰고 있어. 이 지역도 영원히 버티지는 못할 거야. 지구 기후법에도 불구하고 얼음이 계속 녹고 있거든. 아무튼 기록하는 건 좋은 습관이야."

카테리나의 목소리는 편안했다.

"맞아요, 그거예요! 게다가 난 정말 운이 좋은 것 같아요."

그건 내 진심이었다.

카테리나는 광산과 관련된 대화로 끌려 들어갔고, 나는 비행기 창으로 내려다본 섬의 모습을 끼적거리면서 스발바르 순록을 상상해 보았다. 거기 가면 순록을 많이 볼 수 있겠지.

난 주변에서 들리는 대화를 따라잡으려는 시도조차 하지 않았다. 투자자들은 질문이 많았다.

레프세가 나왔다. 맛있고 만족스러웠다. 카테리나가 내 빈 접시를 보고 웃었다.

"맛있지?"

하지만 그녀는 곧 어른들 쪽으로 몸을 돌렸다. 이어지는 카테리나의 질문에 투자자들은 긴장했고 안드레이는 화가 난 것 같았다. 카테리나는 폐기물을 어떻게 처리할 계획인지, 그 과정에서 물은 어떻게 쓰이는지, 그리고 물이 다 얼어 버리는 겨울에는 어떤 대안이 있는지 물었다.

난 식당 창밖을 내다보았다. 마을 위로 어슴푸레 보이는 산은 이제 푸르스름한 빛을 띠고 있다. 활주로에 내릴 때 본 눈 덮인 건물들이 생각났다. 문득 이 마을이 얼마나 많은 눈사태를 목격했을지 궁금했다.

안드레이는 그린라이트의 '혁명적인' 정제 기술에 대해 열변을 토하고 있었다. 그린라이트에서는 박테리아를 이용해 암석에서 희토류 원소를 빼내는데, 안드레이는 이 방법을 쓰면 땅에 아무런 흔적도 남지 않는다고 주장했다. 그건 카테리나가 말한 거대한 장비나 발굴에는 부합하지 않는 주장이었지만, 내가 모든 대화를 처음부터 끝까지 신경 써서 들은 게 아니라서 잘 모르겠다.

난 일지에 끼적거린 그림 옆에 글을 써넣었다. 비행기가 이륙할 때 아드레날린이 폭발했던 일과 우리 동네를 공중에서 내려다본 조감도에 대해. 우리 학교도 그렇게 멀리서 보니 거의 아름다워 보일 정도였다. 그리고 바다와 비행기 밑으로 새롭게 나타난 섬들과 트롬쇠 공항 커피숍에 있던 노라 얘기까지. 나는 '얼음 도서관' 책장을 그리고 생각나는 대로 책 제목들을 써넣었다. 《다크 매터: 유령 이야기》, 《극야의 여인》, 《북극을 꿈꾸다》.

엄마랑 둘이서만 식당 구석 자리, 들보가 드러나 있는 천장 아래 아늑한 작은 테이블에 앉아 있을 수 있으면 좋으련만. 간간이 긴장된 목소리도 들리고, 와인이 들어갈수록 모든 사람이 더 조급해지는 것 같다. 투자자들은 폐기물이나 화학 물질에 관한 카테리나의 질문에는 그다지 신경 쓰지 않았지만, 광산의 '장기 지속성'과 관련해 엄마에게 계속 압력을 가했다. 투자자들은 '매장량'이 풍부하지 않아서 자신들이 '충분한 이익'을 얻지 못할까 봐 걱정했다. 그들은 엄마가 아직 광산에 가 보지도 않았다는 사실을 모르는 것 같았다.

엄마는 정중하고 열린 태도를 보였지만, 나는 엄마가 거의 한계에 다다랐다는 걸 알아챘다. 엄마가 안돼 보였다. 스발바르에 오겠다고 결정한 뒤부터 엄마는 문서 더미에 파묻혀 지냈다. 엄마는 군데군데 추측 연구를 할 수밖에 없다고 투덜거렸다. 하지만 오늘은 분명히 긍정적인 답변만 하라는 이야기를 들은 터였다. 심지어 안드레이는 엄마가 잠시 말을 멈추기만 해도 끼어들어, 모든 게 얼마나 훌륭하고 성공적일지 확신한다는 식의 두루뭉술한 발언을 내뱉었다.

하품을 억지로 참고 있는데, 엄마가 날 측은한 눈빛으로 돌아보았다.

"호텔에 데려다줄까, 로리?"

카테리나가 우리 쪽을 보았다.

"있잖아요, 저도 완전히 지쳤어요. 제가 로리를 데려다줄게요. 로라 선생님은 남아서 질문을 더 받으세요."

"그래도 괜찮을까? 카테리나 학생을 귀찮게 하고 싶진 않은데…"

엄마가 곤란하다는 듯 그린라이트의 직원들을 흘깃 돌아보고 말했다. 안드레이는 거만하게 테이블을 내려다보고 있다.

"전혀 상관없어요. 이만하면 충분히 들었고요. 전 기숙사로 돌아갈 건데, 가는 길에 로리를 호텔까지 바래다줄게요."

카테리나는 자리에서 일어나, 식당 문 옆 옷걸이에서 외투를 집어 들었다.

엄마가 내 의견을 구하듯 날 바라봤다. 엄마는 내가 낯을 심하게 가리니까 모르는 사람과 가려고 하지 않을 거라고 걱정하는 눈치였다. 하지만 나는 한시바삐 호텔 방의 깨끗하고 하얀 침대 시트 속으로 들어가고 싶었다. 게다가 엄마가 직장 상사 앞에서 곤란해지는 건 싫었다.

"좋아요."

난 여행 일지를 배낭에 집어넣으며 카테리나에게 말했다.

밖으로 나오니 깜짝 놀랄 정도로 추웠다.

"로리, 괜찮니?"

내가 긴장한 걸 알아채고 카테리나가 물었다.

"적응하는 중이에요."

나는 이를 앙다물었다.

"추위에 익숙해질 거라고 말하고 싶지만, 아마도 그냥 옷을 더 많이 껴입는 데 익숙해질 거야."

카테리나가 미소를 지었다.

난 방울 털실 모자를 잡아당겨 귀를 덮었다.

올 때는 없었던 눈이 바닥에 살짝 뿌려져 있었다. 어떻게 눈이 내리는 걸 몰랐을까? 식당 창에서 비쳐 나오는 불빛에 보니, 눈은 이미 섬세한 무늬를 만들며 얼어붙어 있었다.

"잠깐만 기다려 주실래요?"

난 수줍게 말하고는, 감각이 무뎌진 손가락으로 낑낑거리며 겨우 전화기를 꺼냈다. 추위로 온몸이 떨렸지만, 꾹 참고 쪼그리고 앉아서 얼어붙은 눈이 소용돌이무늬를 그리고 있는 모양을 찍었다.

"당연하지. 나도 처음에 사진을 얼마나 많이 찍었다고!"

카테리나가 따뜻하게 말했다.

나는 일어서다가 거의 미끄러질 뻔했는데, 카테리나가 팔을 껴서 잡아 주었다.

"여기 온 첫날 밤에 네가 땅바닥에 나동그라지게 놔둘 수는 없지!"

우린 호텔 바로 옆에 있는 술집을 지나갔다. 성에가 껴서 창문은 흐릿해 보였지만, 유리창 밖으로 소리가 흘러나왔다. 음악 소리와 이야기하는 소리, 웃음소리…. 이렇게 외진 곳에서 시끌벅적한 모임이 있다는 게 이상해 보였다.

"그린라이트 투자자들의 저녁 식사보다 여기가 더 재미있어 보이지 않니?"

카테리나가 내게 윙크를 하며 말했고, 난 웃음으로 답했다.

"해마다 이맘때면 난리가 나지. 겨울이 되기 전에 마지막 파티를 하는 시즌이거든."

"겨울에는 무슨 일이 있는데요?"

궁금해하며 내가 물었다.

카테리나가 어깨를 으쓱했다.

"아, 사람들이 대부분 떠나가거든. 남는 사람도 일부 있지만, 그들 역시 겨울잠에 들어가야 해. 점점 속도를 늦추고, 잠드는 거지!"

우리는 호텔에 도착했다. 로비에 불이 켜져 있고, 안내 데스크에는 다른 직원이 있었다.

"혼자 들어가도 되겠니, 로리?"

카테리나가 확인하듯 물었고, 난 당연하다는 듯 고개를 끄덕였다.

"호텔까지 바래다줘서 고마워요."

"고맙긴. 나도 좋았는걸. 로리, 피라미든에 가서 잘 지내. 사진도 많이 찍고!"

나는 은은한 가로등 불빛 속으로 되돌아가는 카테리나의 뒷모습을 지켜보았다.

카테리나는 피곤하다고 말했지만, 우리가 지나쳤던 떠들썩한 술집으로 들어갔다. 아마도 카테리나가 지쳤던 건 안드레이와 투자자들이었던 같다.

3

엄마는 울퉁불퉁한 길을 따라 여행 가방을 끌며 롱위에아르비엔 항구로 가는 길을 재촉했다. 나는 조금 작은 내 여행 가방을 주체 못 해 뒤처져 걸었다. 날은 아직 어둑하다. 하늘은 보라색과 분홍색으로 물들어 있고, 수평선에서 괴기스러운 노란색이 뻗어 나왔다.

"아침이나 좀 다 먹게 해 주지."

내가 졸린 눈을 비비며 투덜거렸다. 호텔 식당에서 와플을 내놓았는데, 나 혼자 여섯 조각은 먹을 수 있을 것 같았다. 여태까지 먹어 본 중 가장 맛있는 잼이 듬뿍 들어 있었다. 진들딸기로 만든 거라고 웨이터가 말해 주었다. 다홍색 잼에서는 숲과 꽃의 맛이 났다. 하지만 내가 겨우 두 개쯤 먹었을 때, 엄마가 방에 올라가서 짐을 싸라고 했다.

앞서 걷던 엄마가 내게로 돌아섰다.

"로리, 미안! 여기서는 해가 있는 시간을 최대한 활용해야 해. 그래서 안드레이 대표가 동틀 녘에 출발하도록 일정을 짠 거야."

엊저녁에 만났던 그린라이트 직원 한 명이 우리와 동행했다. 마크라는 사람인데, 안드레이의 비서쯤 되는 것 같다. 마크는 어깨 위로 총을 메고 있었다. 보호용이라는 걸 알면서도 총을 보자 불안한 마음이 들었다.

우리가 어느 배를 탈지는 자명했다. 항구에서 물이 새지 않는 배는 그 배가 유일해 보였으니까. 나머지는 폐선 처리장에 있는 게 더 어울릴 것 같았다. 작은 잔교 앞에는 배에 실으려고 쌓아 놓은 화물 상자들이 있었다. 그 옆에 우리 여행 가방을 두었다.

안드레이나 다른 사람들의 모습은 보이지 않았다.

마크가 어깨를 으쓱했다.

"다른 사람들도 곧 도착할 거예요. 안드레이 대표님은 시간 낭비 같은 건 안 하시니까요."

마크는 휘파람을 불며 부둣가를 어슬렁거렸다.

엄마와 난 큰 오리들이 먹이를 찾아 자맥질하고 있는 해변으로 천천히 걸어갔다.

"저기 봐, 참솜깃오리야. 바다오리 종류에 속해!"

나는 기운을 회복하고 휴대폰으로 사진을 찍기 시작했다.

어제 책에서 본 것과 거의 똑같았다. 참솜깃오리 암컷은 갈색이고, 수컷은 검은색과 흰색 몸통에 목에는 어린 나뭇잎 같은 무늬가 있었다.

엄마가 몸으로 다정하게 나를 밀었다.

"네 목록에 체크할 게 생겼네! 바다를 건너갈 때 또 뭘 볼 수 있을지 궁금한걸. 몇 시간은 걸릴 텐데."

피라미든은 롱위에아르비엔과 같은 섬에 있지만, 피오르를 건너야 들어갈 수 있다. 사람이 많이 사는 도시처럼 넓은 도로가 나 있지 않으니까.

바다 건너편에 보이는 산은 꼭대기가 눈으로 덮여 있다. 구름이 빙 둘러싸고 있는 산 그림자가 그대로 피오르에 비쳤다.

엄마와 나는 이미 집에서부터 지도를 보며 신나 했지만, 이런 모습은 미처 상상하지 못했다. 그런데 지금 우리는 이곳에서, 눈 덮인 산으로 둘러싸인 북극해 피오르에서 헤엄치는 참솜깃오리를 보고 있다. 도저히 믿을 수 없는 일이다.

"다른 사람들이 어디 있는지 모르겠네. 선장은 벌써 와 있을 텐데."

생각에 잠긴 채 물속을 응시하는 마크를 바라보며 엄마가 말했다. 마크는 우리와 이야기를 나누고 싶지 않은 것 같았다.

내가 뭐라고 말하기 전에, 갑자기 목소리가 들렸다.

엄마는 안드레이가 어젯밤에 같이 있던 그린라이트 직원들과 함께 시내에서 길을 따라 내려오는 걸 보자, 긴장한 듯 똑바로 섰다. 마크가 그들을 맞이하러 다가가 안드레이의 가방을 넘겨받았다.

나는 배 사진을 찍기 위해 휴대폰을 들고 바닷가를 서성거렸다. '리바이어던', 선체에 그렇게 적혀 있었다. 북극 책에서 본 적이 있는 단어다. 원래는 바다 괴물을 뜻하는 말이지만, 고래잡이들과 탐험가들은 바다에서 만난 거대한 고래를 묘사할 때 이 단어를 사용했다. 사람들이 이 섬에 처음 왔을 때, 피오르와 북극해에는 고래 외에도 바다표범과 바다코끼리가 득시글거렸다.

리바이어던호가 포경선일 리는 없을 텐데, 보기에는 아주 옛날 배 같았다. 하지만 그렇게까지 오래되지는 않았을 거다. 낡았지만 이 배를 타고 북쪽으로 여행할 생각을 하니 전율이 일었다.

나는 어깨를 누르는 불길한 예감을 떨쳐 버리려고 노력했다. 이제 모험이 시작된 거다!

그 순간 내 생각을 방해하는 사람이 있었다. 어떤 남자가 배에서 항구 쪽으로 뛰어내리더니, 거칠게 목청을 가다듬었다. 그는 두꺼운 스웨터에 빨간 모자를 썼을 뿐, 추위 따위는 아랑곳없다는 태도다.

안드레이가 그를 맞으러 앞으로 나서며 자신의 손목시계를 두드렸다.

"아이고, 우리 선장님! 30분밖에 안 늦었죠."

안드레이가 농담 투로 말했다.

나는 놀라서 안드레이를 쳐다보았다. 다 기다리게 해 놓고!

"저것들을 피라미든으로 가져가려면 지금 바로 실어야 할 겁니다."

선장이 화물 상자를 가리키며 퉁명스럽게 말했다.

"그래서 우리가 돈을 내는 거죠. 물건을 피라미든으로 날라 달라고요. 그리고 다시 여기로 실어 오고요."

안드레이가 오로지 치아와 입술만으로 웃음을 지으며 너스레를 떨었다.

"난 배를 모는 대가로 돈을 받는 거요."

선장이 무시하듯 대답하곤 의도적으로 안드레이를 피하자, 안드레이는 마크와 다른 사람들에게 짐을 실으라고 지시했다. 엄마는 우리 여행 가방이 제대로 실리는지 확인하러 갔고, 선장은 배에서 부두 쪽으로 작은 나무다리를 걸치느라 바쁘게 움직였다. 나는 돌아서서 휴대폰으로 롱위에아르비엔의 마을과 하늘에 보이는 신기한 색의 혼합을 마지막으로 몇 장 더 찍었다.

"승선을 환영해."

내가 불안정한 나무다리를 건널 차례가 되었을 때 선장이 말했다. 그의 눈은 강철 같은 회색이었는데, 마치 옛날이야기 책에 나오는 등장인물같이 생겼다. 나는 선장에게 호감이 생겨

수줍게 웃었다.

안드레이와 마크는 곧장 배 밑바닥으로 내려가는 계단으로 향했다. 선장은 두 사람이 내려가는 걸 지켜보다가, 모자를 고쳐 쓰고 뭔가 불쾌한 맛을 본 것처럼 거칠게 숨을 내뱉었다. 나도 안드레이가 사라져서 기뻤다. 어젯밤에 그가 엄마에게 명령하는 방식이나 투자자들의 질문에 대답하는 가식적인 태도가 마음에 들지 않았다.

엄마와 난 갑판에 앉았다.

"마음 단단히 먹어야 할 거예요! 항해가 시작되면 처음엔 파도가 거칠 수도 있으니까. 일단 난바다로 나가면 바람이 바닷물을 잘게 부숴 놓죠."

선장이 우리 쪽으로 주황색 구명조끼 두 벌을 던져 주며 말했다.

"괜찮을 거야."

가벼운 말투로 말했지만, 엄마는 내 구명조끼의 끈이 잘 조여졌는지 신경 써서 확인했다.

닻을 올리자, 리바이어던호가 삐걱거리며 흔들렸다. 나는 심호흡을 한 뒤 물병의 물을 한 모금 마시고, 앞으로 펼쳐질 여행을 생각하며 마음을 굳게 다졌다. 파도가 심하게 일지도 모르지만, 나는 하나도 놓치지 않고 지켜보겠다고 결심했다.

4

롱위에아르비엔의 창고 건물과 다채로운 색깔의 집들이 곧 우리 뒤로 멀어졌다. 배는 피오르의 어두운 바다와 이제는 우리 옆에 낮게 떠 있는 물에 젖은 신비로운 구름을 가르며 나아갔다. 때때로, 금속 배가 지나간 흔적을 뒤따르던 갈매기가 하늘 높이 솟아올랐다.

"구름이 걷힐까?"

내가 엄마에게 소곤거렸다. 나는 구름 틈새로 양쪽 산을 살펴보려고 기웃거렸고, 바다 위로 솟은 울퉁불퉁한 얼음 언덕에 북극곰이 있는지 찾아보았다.

"바람이 우리 편이기를 바라 보자."

엄마가 대답했다.

또 다른 그린라이트 직원 두 명이 갑판에 있었는데, 엄마가 광산의 장비 기술자들이라고 소개해 주었다.

"학교 친구들이 보고 싶겠다."

그중 한 명이 말을 건넸다.

난 고개를 세차게 가로저었다. 화요일 아침이니까 아직 주초반이다. 평소였다면 점심시간에 구내식당에서 누구랑 같이 앉을지 고민하고 있었을 거다. 속으로 베티가 이사 가지 않았더라면, 우리 학교 여학생들이 자기들끼리만 똘똘 뭉쳐서 다니지 않았으면 하고, 백 번쯤 바랐겠지.

엄마가 슬픈 눈으로 날 바라봤지만, 난 아무 말도 하지 않왔다. 이제 그런 건 생각조차 하지 말아야지. 난 오로지 지금, 여기에만 집중한다.

나한테 말을 건 직원이 손가락으로 앞을 가리켰다.

"널 위해 구름이 걷히네."

난 그가 가리키는 곳을 가만히 바라보았다.

바다에 얼음이 떠 있다. 낮은 구름 사이로, 황량하고 아름다운 얼음 왕국이 모습을 드러냈다. 윤곽이 뚜렷한 산꼭대기는 눈으로 덮여 있고, 바다로까지 눈이 이어지는 곳도 있다. 배가 아니면 닿을 수 없는 회색빛의 외딴 해변. 어제 책에서 본 것과 같은 오두막이 눈에 띄었다.

엄마가 옆에서 한숨을 내쉬었다.

"그림 같지 않니? 진짜가 아닌 것 같아."

"안드레이랑 마크는 어떻게 아직까지 갑판 밑에 있을 수가 있는 거지?"

그들은 비행기에서 잠자는 사람들이랑 똑같다. 나라면 이런 경치에 절대로 질리지 않을 텐데.

우리는 얼음같이 차가운 바다를 항해하는 중이다. 나는 추위로 손가락이 아렸지만 장갑을 벗고, 휴대폰 카메라로 사진을 찍었다.

그때 갑자기 풍덩 하는 큰 소리가 들렸다. 배 옆을 내려다보니, 동그란 회색 머리가 물 밖에 나와 있었고, 반짝이는 까만 눈동자가 우리를 쳐다보고 있었다.

"바다표범이야!"

엄마와 난 둘 다 너무 놀라서 숨이 턱 막혔다. 계속 보고 있으니까 점점 더 많아졌다. 바다표범들은 물 위에 떠다니는 얼음 조각 위에 앉아서, 우리가 너무 가까워지면 언제라도 물속으로 미끄러져 들어갈 준비를 하고서, 우리 배가 나아가는 방향을 지켜보고 있었다.

"마치 세상 끝으로 항해하고 있는 것 같아."

난 누구에게랄 것도 없이 이렇게 중얼거렸다.

"그러니까 와서 좋다는 거지?"

엄마가 웃으며, 놀라서 입을 다물지 못하는 날 놀리듯 바라보았다. 이곳은 결코 사람들의 세상이 아니다. 여기 이 세계는 바다표범과 갈매기, 그 밖의 온갖 바닷속 생물들의 것이다. 내가 실제로 이곳에 있는 게 맞는지, 머릿속이 약간 흐릿해졌다.

"바다코끼리야!"

내가 까치발을 하고 소리쳤다. 코끼리 같은 엄니가 뻗어 있는 거대한 포유류 세 마리가 물 위에 떠다니는 얼음판 위에서 한데 뒹굴고 있었다.

갈색빛이 도는 분홍색 얼굴을 자세히 살펴보는데, 억세고 뻣뻣한 수염 위에 난 작은 눈이 나를 마주 보았다. 야생 동물 다큐멘터리에서 바다코끼리를 본 적은 있지만, 이렇게 가까이에서 실제로 보는 건 달랐다. 몸집도 엄청나게 컸다. 그중 한 마리는 바다가 더 안전한 선택이라고 생각한 듯, 네 개의 지느러미발을 움직여 뒤뚱거리며 물속으로 첨벙 사라졌다.

나는 배 가장자리에 매달려 바다코끼리들이 미끄러지듯 지나가는 모습을 지켜보았다. 선장이 내게 유쾌한 미소를 건넸다.

"사람들이 생각하는 것보다 우아한 동물이지!"

그 순간 남아 있던 바다코끼리들이 낮게 그르렁거리는 소리를 냈다.

"어쨌든 물속에서는 말이야."

이어진 선장의 말에 엄마와 난 웃음을 터뜨렸다.

"햇빛이 있는 날이 얼마 안 남았어요. 해가 점점 가라앉을 거예요. '폴라나트'죠."

선장이 수평선에서 부옇게 빛나는 햇빛을 가리키며 말했다.

"폴라나트."

나는 그 노르웨이어 단어를 가만히 중얼거려 보았다. '극야.' 이 지역은 여름엔 한밤중에도 해가 떠 있어 24시간 내내 낮이지만, 겨울에는 그 반대다.

"극야 기간을 '블루 시즌'이라고도 불러요."

선장이 우리에게 말했다.

엄마와 난 여러 가지 빛깔로 아롱거리는 햇빛을 바라보았다. 난 노란색 폴라로이드 카메라로 그 장면을 찍고, 바다표범과 바다코끼리도 찍었다.

"좀 전에 고래가 있었는데. 혹시나 그런 것에 관심이 있는 거라면…."

선장이 마치 쥐나 비둘기 얘기를 하듯 아무렇지도 않게 말했다.

혹시 관심이 있냐고? 내가 흥분한 게 보이지 않는다는 말인가? 이곳에서는 모든 감각이 살아나는 것 같다. 나는 배의 난간 너머, 피오르의 표면을 자세히 살폈다.

"북극고래였는데, 숨 쉬러 곧 올라올 거야."

"북극고래요?"

선장이 하는 말을 듣고 난 거의 비명을 질렀다. 벨루가와 외뿔고래도 보고 싶었지만, 내가 가장 흥미를 느끼는 건 북극고래였다. 북극고래는 수염고래의 일종으로, 현존하는 가장 큰 고래 중 하나다. 북극고래보다 더 큰 건 흰긴수염고래밖에 없다.

엄마가 내 어깨에 손을 얹었는데, 긴장한 게 느껴졌다.

"위험하진 않나요?"

엄마 말에 선장이 코웃음을 웃었다.

"북극고래는 덩치는 커도 온순해요. 그 녀석들이 선생을 무서워할 이유가 더 많을걸요."

엄마가 불안한 미소를 지었다. 엄만 선장의 말에 가시가 있다는 걸 알아차렸다. 그는 그린라이트를 못마땅해하고 있다.

"그린라이트 경영의 핵심은 야생에 대한 존중이에요."

엄마가 상냥한 태도로 말했지만, 내 속의 불안감은 가시지 않았다.

선장은 더는 말이 없다. 그는 차가운 공기를 깊게 들이마시더니 자신의 양털 모자를 매만졌다.

"고래는 물속에서 얼마나 오래 머무를 수 있어요?"

나는 잠시 물과 얼음밖에 안 보이는 난간 밖을 굽어보다가, 참지 못하고 선장에게 물었다.

67

"북극고래? 그 녀석은 내키면 한 시간은 물속에 있을 수 있어. 혹시 지금은 딴 데로 갔을지도 모르지."

"아."

난 실망감에 한숨을 내뱉었다.

"로리는 고래를 몹시 보고 싶어 해요. 이번 여행을 준비하면서 고래에 관한 조사도 많이 했어요."

엄마가 거들었다.

"그래, 북극고래에 대해서는 뭘 알아냈는데?"

선장이 날 시험하듯 물었다.

"책에서 봤는데, 지구상의 포유동물 중 북극고래가 수명이 가장 길대요. 또 북극고래 지방층에서 150년 전에 만든 돌 작살 촉이 나왔대요. 그리고 죽은 뒤에 고래의 눈을 보면 나이를 알 수 있어요. 나무의 나이테처럼 눈에 고리가 있거든요."

난 자신감에 찬 목소리로 대답했다.

선장이 고개를 한쪽으로 기울인 채 내 말을 듣더니, 미소 지었다.

"선장님은 그린란드상어도 아시겠네요?"

묻지 않을 수가 없었다. 선장은 바다의 신비를 다 알고 있는 것처럼 보였다.

"너도 아나 보네."

선장이 눈을 반짝였다.

"책에서 봤는데, 그린란드상어는 400살까지 살 수 있대요! 그리고 가장 차가운 바다를 좋아해요."

400년이라니! 내 머리로는 그게 어느 정도의 시간인지 가늠할 수가 없다. 아주 먼 옛날에 태어난 어떤 존재가 이 세상을 등진 채, 여전히 느리고 조용하게 바다를 미끄러져 다닌다는 게 기적처럼 느껴졌다.

"배 옆으로 그림자 같은 형체를 한두 번 본 적 있어. 세상이 어떻게 변화하고 있는지 보러 올라오는 거지. 그린란드상어들은 광산 채굴이 다시 시작되는 걸 어떻게 생각할는지 모르겠군."

선장은 이렇게 말하고 나서, 엄마를 향해 또다시 비난하는 듯한 시선을 던졌다.

"그거 아세요? 바렌츠해와 카라해에는 아직 개발되지 않은 가스와 석유가 매장되어 있어요. 북극위원회 앞으로 제출된 제안서 중에는 그걸 캐낼 수 있게 심해 시추를 시작하자는 의견도 여러 건 있었어요. 캐내서 태우겠다는 거죠. 세계가 다 함께 다시는 화석 연료를 태우지 않겠다고 맹세했으면서도 말이에요. 돈이 개입되면 사람들은 무슨 일이든 다 하려고 들어요."

차가운 공기 속으로 엄마의 목소리가 맑게 울렸다.

선장은 아무 말도 하지 않았다. 그의 시선은 어두운 바다와 마치 꽃을 조각해 놓은 것 같은 부빙에 고정되어 있었다. 북쪽으로 갈수록 얼음이 더 많아졌다.

"그냥 그렇다는 말이에요. 북극위원회의 선택지 중에는 스발바르 희토류 프로젝트보다 더 나쁜 제안들밖에 없었어요. 스발바르 프로젝트는 이 지역이 단순히 기후 변화의 수동적인 희생자가 되는 게 아니라 해결책의 한 부분이 될 기회예요. 새로운 글로벌 녹색 경제에서 말이에요."

엄마가 이제는 조용히, 그러나 여전히 진지하게 말했다. 영업 사원 말투는 저리 가라이다. 심지어 나도 여기선 글로벌 녹색 경제라는 말이 아무런 의미도 없다는 걸 알겠는데.

리바이어던호의 선장이 내게로 고개를 돌렸다.

"자 어쨌든, 넌 북극고래를 찾아보고 싶다는 거지. 근데 그 녀석이 물을 뿜을 땐 조심해야 해."

"숨구멍이 두 개죠? 북극고래 말이에요."

난 엄마에 대한 의리와 선장에게 깊은 인상을 주고 싶다는 욕망 사이에 끼여 어정쩡하게 말했다.

엄마가 이상하다는 듯 날 곁눈질했다. 내 자신감에 놀란 모양이다. 이 새롭고 광활한 풍경 속에서 내가 진작부터 얼마나 다르게 느끼고 있는지 말로 설명하기 힘들다. 모든 게 너무 생생하고 살아 있는 느낌이어서 내 혈관 속 피도 더 빨리 돌았다.

선장이 놀란 듯한 얼굴로 내게 고개를 끄덕였다.

"좀 더 크면 다시 돌아와서 네가 그 고래를 연구해도 되겠는걸. 우리 리바이어던호는 여전히 이 지역을 항해하고 있을 테니까."

선장이 손에 쥔 나무 타륜을 다정하게 두드렸다.

엄마는 여전히 날 보고 있었지만, 난 엄마에게서 멀리 떠내려가는 것 같은 이상한 느낌이 들었다. 엄마 얼굴에 갑자기 미소가 번졌다.

"로리, 엄마가 사진 찍어 줄게. 네가 바다표범과 바다코끼리의 섬에 있는 모습을 아빠도 보고 싶을 거야."

난 고개를 저었다.

"우리 둘이 같이 찍어야지. 셀카를 찍으면 돼."

우린 화면 안으로 몸을 기울였다. 우리 두 사람의 웃는 얼굴 뒤로 스발바르 제도의 바다와 얼음과 바위가 무시무시한 동시에 아름다워 보였다.

유령 마을

1

마치 신기루처럼 수평선 너머로 피라미드들이 나타났다. 짙은 회색빛 산 아래 황량한 황무지에, 실용적으로 지어진 벽돌 건물들이 격자무늬처럼 줄을 맞춰 서 있었다.

지금은 모든 사람이 갑판 위로 올라와 우울하게 마을을 바라보고 있다. 안드레이와 마크까지도.

"비타민 먹는 거 잊지 마. 괴혈병에 걸리지 않으려면."

내가 배에서 내릴 준비를 하는데 선장이 마지막 충고를 건넸다.

난 농담으로 던지는 말인지 아닌지 확신하지 못한 채 미소를 지어 보였다. 실은 엄마가 이미 우리가 먹을, 비타민 D가 추가된 종합 비타민제를 구해 놓았다. 비타민 D는 뼈와 이를 튼튼히 한다.

"데려다주셔서 고맙습니다. 멋진 경험이었어요."

나는 선박 여행과 관련한 좀 더 전문적인 단어를 생각해 내지 못한 걸 아쉬워하며 인사말을 건넸다.

선장은 무심하게 고개를 끄덕였다.

"고래는 앞으로도 계속 잘 찾아봐."

부둣가에는 배에 실을 금속 화물 상자가 대기하고 있었다. 선장은 롱위에아르비엔에서는 화물 선적 과정에 전혀 상관하지 않으려 했던 것과는 달리, 이번엔 어떤 걸 어디에 실어야 할지 지시를 내리기 시작했다. 마치 최대한 빨리 선적을 끝내려는 것처럼.

엄마와 난 리바이어던호의 트랩을 지나, 회색과 검은색 나무판자로 덮인 나무 통행로로 들어섰다. 단단한 땅에 다시 적응하느라 다리가 후들거렸다. 통행로를 완전히 단단한 땅이라 할 수는 없었지만. 나무 통행로는 삐걱거리는 높은 금속 구조물을 이리저리 통과해 마을로 이어졌다. 탄광이 운영될 때 사용한 시설이었을 것이다. 석탄이 이리로 다 모이면, 여기서 배에 실어 어딘가에 있는 발전소로 가져가서 태웠겠지.

통행로 앞쪽에서 방한복을 입은 젊은 여성이 나타났다. 소총을 어깨에 메고 우리 쪽으로 걸어오고 있었다. '스발바르 전 지역에 해당함'이라던 표지판이 생각났다.

"피라미든에 오신 걸 환영합니다. 저는 피아예요. 이곳 프로젝트의 빙하학자이자 오늘은 비공식 환영 담당이죠."

여자가 명랑하게 외쳤다. 방울이 달린 청록색 털실 모자 아

유령마을

래로, 뺨에 홍조가 번졌다. 난 즉시 그녀가 좋아졌다.

"리바이어던호는 어땠어요?"

그녀가 물었다.

"정말 특별했어요. 우리 여태까지 이런 여행은 한 번도 해 본 적이 없었잖아, 그렇지 로리?"

나는 엄마 옆에서 열정적으로 고개를 끄덕였다.

"만나서 정말 반가워요. 피아 씨 논문도 몇 편 읽었어요. 이 곳에서 함께 일하게 되어 영광이에요."

엄마가 칭찬을 쏟아 냈다.

피아는 아무것도 아니라는 듯 손을 내저었다.

"빙하학자라면 누구라도 이 프로젝트를 맡았을 거예요. 빙 하학자들도 빙하를 직접 보는 건 드문 일이에요! 특권이죠."

마을이 가까워지자 빛바랜 빨간색과 갈색 건물들이 뚜렷이 보였다. 롱위에아르비엔의 화려한 색깔과는 아주 달랐다. 건물 들은 땅을 그다지 신뢰하지 않는 듯 콘크리트 기둥 위에 서 있 었고, 아래는 그대로 어두운 구멍이었다. 갈매기 한 마리가 어 느 건물 창문을 통해 밖으로 날아 나오더니, 반쯤 눈에 덮인 풀 밭 광장 위를 가로질러 날아갔다. 광장에 서 있는 석상이 오래 된 건물 사이를 응시하고 있었다. 이곳을 답사할 생각에 난 가 슴이 두근거렸다.

피아가 뒤쪽 피오르의 바다 위에 솟아 있는 푸른색 경계를 가리켰다.

"저기 빙하 보이죠? 저를 여기로 불러들인 게 바로 저 빙하예요.”

엄마가 고개를 끄덕였다.

“우리도 빙하에 가 볼 수 있었으면 하고 생각했는데.”

“오 그럼요, 꼭 가 보셔야 해요. 꼭이요! 저랑 같이 가요. 제가 안내해 드릴게요.”

피아가 곧바로 대답했다.

“진짜 갈 거야, 엄마? 너무너무너무 빙하를 가까이에서 보고 싶어.”

나는 간절한 마음으로 엄마와 눈을 마주쳤다.

“그 이상도 할 수 있지. 아이젠이 있으면 빙하 위에 올라가 볼 수도 있어. 피오르가 너무 많이 얼어붙기 전에 날짜를 잡을 수 있을 거야, 어때?”

피아의 말에 난 아까보다 더 열정적으로 고개를 끄덕였다.

“여기 건물은 대부분 더 이상 사용하지 않아요. 이곳 아이들이 안에 들어가서 놀긴 하지만, 실제적인 용도로 쓰이는 건 없어요.”

피아가 다시 광장으로 눈길을 돌리며 말했다.

“맞아요, 아이들. 저도 최근에야 아이들 얘기를 들었어요. 얼마 전까진 몰랐어요.”

엄마 말에 피아가 입술을 삐죽 내밀었다.

“안드레이 대표는 그 부분을 빼먹는 버릇이 있어요.”

바다 쪽에서 뱃고동 소리가 울렸다. 리바이어던호가 다시 남쪽으로 항해를 시작한다는 신호다.

"여기서는 소리가 이상해요. 공기가 너무 맑아서, 때로는 멀리서 나는 소리가 아주 가깝게 들리죠."

피아가 바다 쪽을 돌아보며 조용히 말했다.

"어느 건물이 호텔이에요?"

엄마가 여행 가방을 얼음장 같은 나무 바닥에 내려놓으며 물었다.

피아의 얼굴이 어두워졌다.

"저기, 제일 높은 건물 보이죠?"

찾기 쉬웠다. 비록 오래돼 보였지만, 이곳에선 분명히 가장 새 건물이었다. 모서리를 둥글게 처리한 4층짜리 건물이었는데, 충분히 안심해도 될 만큼 견고해 보였다.

"문제는, 저 호텔은 우리가 극히 일부만 차지하고 있다는 거예요. 그전부터 정착민 가족들이 사용하고 있었거든요. 가장 현대적인 건물이니까… 당연한 일이죠."

피아의 설명에 엄마가 눈살을 찌푸렸다. 일이 엄마가 원하지 않는 방향으로 흘러가는 게 분명했다.

피아가 희미하게 미소 지었다.

"하지만 다른 건물 하나를 숙소로 개조하고 있어요. 선생님께는 9호관 건물이 배정되었어요."

피아가 좀 더 오래된 건물 하나를 가리켰다. 지저분한 흰색 건물로, 돌출된 창 안쪽에 새 둥지들이 보였다.

"저거요?"

엄마가 실망감을 감추지 못한 채 물었다.

피아가 이해한다는 듯 고개를 끄덕였다.

"예전 기숙사로 쓰였던 건물이에요. 프로젝트가 본격적으로 시작되면, 새로 오는 광부들이 그리로 갈 텐데, 일단 두 분 다 9호관에서 지내셔야 할 것 같아요. 아직 개조가 다 끝난 게 아니어서 수리가 안 된 방이 있는데, 죄송하지만 선생님 방이랑 로리 방이 그런 오래된 방이에요. 두 분이 온다는 소식을 상당히 늦게 들었거든요. 하지만 엄마랑 딸 방은 반드시 가까이 있어야 한다고 생각했어요. 두 방은 복도를 사이에 두고 마주 보고 있어요."

피아가 손가락으로 자신의 긴 머리를 쓸어 넘겼다.

"괜찮아요. 그냥 제가 따라온 게 문제가 안 됐으면 좋겠어요."

내가 재빨리 말했다. 방이 낡은 건 상관없다. 이곳은 오래된 게 어울린다.

"전혀. 새로운 얼굴이 와서 좋은걸. 어쩌면 마을 아이들과 친구가 될 수도 있겠다. 그러면 우리한테 호의적인 사람이 몇 명 더 늘어날 것 같은데."

나는 아이들이라는 말에 불안감이 슬그머니 고개를 드는 걸 억지로 밀어냈다. 이곳에서는 친구를 사귈 수 있을지도 모르겠다.

엄마가 나무 통행로에서 뛰어내리더니, 돌멩이 두어 개를 집어 들고는 지질학자 모드로 전환했다.

"피아 선생님, 피아 선생님."

어디선가 노래하는 듯한 목소리가 들렸다. 가장 가까운 건물 옆에서 작은 머리가 나타났다. 땋아 놓은 갈색 머리는 다 헝클어졌고 눈초리가 매서워 보이는 여자아이였다.

"마니. 손님들이 왔어. 이 애는 로리야."

피아가 다정하게 말했다.

마니라는 어린 여자애가 광장으로 나섰다. 그 애 뒤로 다섯 살에서 내 또래까지의 아이들이 따라 나왔다. 아이들은 나한테서 잠시도 눈길을 떼지 않았다. 나는 내가 보이지 않았으면 하고, 움츠러들었던 것 같다.

"여기 아이들이 몇 명이나 있어요?"

엄마가 아이들 모습에 갑자기 현실을 깨달은 듯 물었다.

피아가 희미하게 미소 지었다.

"열두어 명쯤 될 거예요. 이 마을 공동체는 우리를 향한 반감이 상당해요. 이미 설명을 들으셨겠지만…."

피아의 목소리가 점점 작아지더니, 이제 막 항구에서 긴 통행로로 들어서는 안드레이 쪽을 돌아보았다. 안드레이는 걸으면서 마크에게 지시를 내리느라 소리를 질러 댔다. 피아는 그에게 다시 등을 돌리고 나를 보고 웃었다.

"아이들은 당연히 호기심이 많잖아. 넌 틀림없이 잘 지낼 수 있을 거야!"

마을 아이들은 그다지 친절해 보이지 않았다. 그들은 손으로 입을 가린 채 거친 소리로 수군거렸다.

"아이들이 영어를 하나요?"

엄마의 질문에 피아가 고개를 끄덕였다.

"영어가 공용어예요. 광산 회사에서 다양한 국적의 사람들을 고용했거든요. 대부분 지구 기후법 이후에 난민이 된 사람들이죠."

"그럼 교육은 어떻게 하고 있어요?"

엄마가 연이어서 물었다.

"엄마!"

나는 숨고 싶은 마음에, 엄마가 제발 그만했으면 하고 낮게 소리를 내뱉었다. 아이들은 뒤로 물러나 있긴 했지만, 우리 대화를 듣고 있는 게 분명했다. 특히 나이가 많은 아이들은 엄마 말을 알아들은 게 분명했다.

피아가 어정쩡하게 웃었다.

"여긴 달라요. 상황이 다르죠. 우선순위나 야망 같은 거 말이에요."

"저 불쌍한 것들은 학교는 지루해서 못 견딜 거야. 게다가 그건 규칙 위반이잖아."

안드레이가 우리 뒤로 다가오며 큰 소리로 말했다.

피아의 얼굴에 어두운 그림자가 스쳐 지나갔다. 그녀는 입술을 깨물었다. 엄마가 걱정스러운 듯 피아와 안드레이를 번갈아 바라보았다.

"피아가 어디서 묵게 될지 말해 주던가? 자녀가 같이 올 줄은 생각도 못 했거든."

안드레이가 못마땅한 듯 혀를 찼다. 난 더더욱 숨고 싶은 마

유령마을

음이었다. 그가 이렇게라도 내 존재를 인정한 건 처음이었다.

"로리와 전 세트예요."

엄마가 다정하게 나를 끌어안으며 말했다.

안드레이는 아랑곳하지 않고 말을 이었다.

"우리 직원이 호텔에서 지낼 수 없다는 게 어처구니없지만, 뭐 어쩌겠어. 저들은 호텔에서 살 권리가 없는데도 말이야."

"호텔을 운영하는 건 거의 불가능했으니까, 그렇게 했겠죠. 우리도 그런 처지였다면 똑같이 했을 거예요."

피아가 방어적으로 말하며 못마땅하다는 듯 한숨을 내쉬더니, 나와 시선을 맞추고는 미소를 지었다.

"어쨌든 앞으로 지낼 곳을 보여 줄게, 로리. 여기까지 오느라 힘들었지? 게다가 이미 빛도 스러지고 있어."

벌써? 우리가 얼마나 일찍 출발했는데. 하지만 피아 말이 맞았다. 태양은 가까스로 수평선에 걸쳐 있었다.

"가시죠, 로라 선생님. 제가 숙소까지 안내해 드릴게요. 로리도. 장담하는데, 재미있을 거야. 카메라 있지? 피라미든은 사진 찍기에 정말 좋은 장소야."

피아의 말에 나는 목에 걸린 노란색 줄을 움켜쥐었다.

"아빠가 준 선물이에요. 이걸로 사진을 찍어서 나중에 집에 돌아가면 아빠에게 전부 다 보여 줄 거예요."

이렇게 말하는데, 중고 카메라를 손질해서 건네주며 뿌듯해하던 아빠의 목소리가 들리는 듯했다. 다시 몸을 돌려 피아를 따라가려는데, 회색빛 털북숭이가 내 다리 주위에서 뛰어오르며 부츠에 코를 대고 킁킁거렸다. 새끼 늑대나 아니면 강아지 같았다.

엄마가 깜짝 놀라 뒤로 물러났다.

"카이쿠!"

한 아이가 몹시 화난 목소리로 외쳤다. 내 또래 남자애였는데, 그 애는 가볍게 통행로 위로 뛰어올라 바로 내 옆에 섰다.

"카이쿠, 이리 와!"

"미칼! 네 여우 좀 잘 잡아!"

피아가 웃으며 소리쳤다.

여우! 당연히 여우다! 하지만 아빠 숲에 있는 붉은여우하고는 다르다. 뾰족한 주둥이에 두껍고 윤기 나는 털이 나 있는 이 여우는 몸집이 더 작다. 내가 헷갈렸던 건 색깔 때문이었다. 북극여우라면 이맘때에는 털이 흰색이어야 하는데 이건 밝은 회색빛이었으니까.

"괜찮아요, 저 동물 좋아해요."

나는 얼른 이렇게 말하며, 허리를 굽혀 여우를 쓰다듬었다.

"조심해, 로리. 광견병에 걸린 놈일지도 몰라."

엄마가 불안한 듯 말했다.

"놈이 아니라 암컷이에요. 카이쿠는 광견병 없어요!"

미칼이라는 남자애가 걸걸한 목소리로 말했다. 그 애는 복슬복슬한 그 동물을 품에 안았다.

난 미소를 보이려고 했지만, 남자애는 의도적으로 내게 등을 돌리고 얼어붙은 땅바닥으로 뛰어내렸다. 회색빛 여우가 그

유령마을

애의 품에서 벗어나려고 버둥거렸다.

"몇 년 전에 미칼이 카이쿠를 발견했어. 미칼 얘기로는 카이쿠의 어미가 곰한테 당한 것 같대. 미칼이 직접 자기 손으로 카이쿠에게 먹이를 주고 키웠지. 카이쿠는 야생으로 돌아가고 싶어 하는 것 같지 않아."

피아가 설명했다.

"미칼."

피아가 그 애를 불러 세웠다.

"너한테 특별한 부탁이 있는데, 로리에게 여기 좀 안내해 주겠니? 너라면 나도 아직 모르는, 피라미드의 모든 걸 알려 줄 수 있을 거야."

미칼은 아무 말 없이 나를 돌아보았다. 난 새로 산 스노부츠에 발가락이 꽉 끼어서 어색하게 발을 움직였다.

"부탁할게, 미칼. 대신 로리가 북극 한계선 이남의 생활이 어떤지 이야기해 줄 거야. 넌 항상 저 밖의 넓은 세상에 관해 알고 싶어 했잖아?"

피아의 설득에도 미칼은 시무룩하게 고개를 저었다.

"침입자들이랑 어울리면 존 형이 용서하지 않을 거라는 걸 잘 알잖아요?"

미칼의 말에는 감정이 실려 있었다. 존이 누구지? 이 사람들은 우리를 침입자로 보는 건가? 그럴 수도 있을 것 같다.

"그래, 미칼."

피아가 부드럽게 말했다.

그 애는 줄곧 나를 이상한 곳에 착륙한 외계인이라도 되는 듯이 쳐다보았다. 내가 얼마나 환영받지 못하는 존재인지 정확히 알려 주려는 것 같다. 그때 그 작은 여우가 그 애의 품에서 뛰쳐나와 내 발치로 오더니, 또다시 펄쩍펄쩍 뛰어올랐다. 내 다리를 타고 오르려는 듯 이번엔 더 높이 뛰었다.

"카이쿠! 그렇게 훈련했는데도 배운 게 하나도 없는 거야?"

미칼이 포기했다는 듯 두 손을 들어 올리며 다시 소리쳤다.

내 입가에 슬며시 작은 미소가 새어 나왔다.

난 허리를 숙여 회색빛 여우를 쓰다듬었다. 여우의 뜨거운 입김이 손가락에 느껴졌다. 여우는 말할 수 없이 아름다웠다. 여우랑 친해지고 싶은데, 미칼이 날 싫어하는 티를 너무 내서 아쉬웠다.

"지금쯤이면 겨울털을 두르고 있어야 하는 거 아냐?"

난 결국 참지 못하고 묻고 말았다. 눈밭에서는 흰색이 몸을 숨기기에 유리하다.

"카이쿠는 푸른여우 종류야. 일 년 내내 색깔이 그대로야."

미칼은 이렇게 대답하고는 이내 얼굴을 찌푸렸다. 마치 나와 말을 하면 암묵적인 규칙을 어긴 게 된다는 사실이 생각난 듯했다. 그 애가 여우를 다시 데려가려고 다가왔다. 푸른여우, 아주 잘 어울리는 단어다. 바다처럼 빛나는 털. 블루 시즌의 푸른여우.

나는 자유를 잃지 않겠다는 듯 그 애의 두 손을 피해 이리저리 뛰어오르는 카이쿠의 모습에 절로 웃음이 나왔다.

유령마을

미칼은 크게 혀 차는 소리를 내고는 마침내 여우를 제압하더니, 쿵 소리가 나게 통행로 밖으로 뛰어내렸다.

"이쪽으로 와! 그 사람들 상관하지 말고."

나이 많은 여자애 하나가 소리쳤다.

그 여자애는 나보다 한두 살 많은 것 같았는데, 우리 학교의 몇몇 여학생들, 특히 내가 피해 다니던 아이들에게서 보던 그런 존재감이 느껴졌다.

여자애가 미칼의 팔짱을 꼈다. 아이들은 광장 한가운데 있는 그네 쪽으로 무리 지어 걸어갔다. 서커스 곡예사들처럼 아이들이 그네 위에 겹겹이 올라서자, 그 무게 때문에 그네가 삐걱거렸다. 미칼은 여전히 카이쿠를 품에 안은 채 그네 옆에 서 있었다.

난 따돌림당하는 기분을 애써 누르며 그 광경을 지켜보았다. 나는 침입자였다.

"미칼 얘기는 신경 쓰지 마, 로리. 네가 싫어서 그러는 건 아니니까. 근데 적어도 카이쿠의 마음은 얻은 것 같네."

피아가 내 어깨를 토닥였다.

그 여자애가 미칼에게 귓속말을 했고 둘은 멀뚱멀뚱 날 쳐다보았다. 난 피하지 않고 마주 보았다. 내 손끝에는 카이쿠의 따뜻한 숨결이 아직 남아 있었다. 그들이 이렇게나 적대적인 건 옳지 않다. 게다가 우린 이제 막 도착했다. 하지만 피아 말대로, 최소한 여우는 친절했다. 어쩌면 내가 다른 사람들의 마음을 얻는 데 여우가 도움을 줄지도 모르겠다.

2

마크가 엄마를 데려갔고, 난 피아를 따라 9호관 건물로 갔다. 엄마의 출장을 따라왔다는 사실이 실감 나기 시작했다.

건물로 들어가는 문을 열고, 피아가 딸깍하고 벽 스위치를 눌렀다. 몇 초 뒤에 머리 위로 가느다란 띠 모양의 노란색 조명이 켜졌다.

"오, 좋았어!" 피아가 환호했다. "지금은 불이 들어오네. 내 생각에, 이 건물엔 발전기가 따로 있는 것 같아. 여긴 전기가 불규칙해. 그걸 영어로 뭐라고 하지? 변덕쟁이?"

"여기에 또 누가 살아요?"

이상한 느낌이 건물 안으로 따라 들어와 나를 엄습했다. 향수병. 하지만 그것 말고도 뭔가 다른 게, 우리 입김이 구름처럼 퍼져나가는 허공에 걸려 있었다.

"1층에 광산 기술자 두 명이 살고 있어. 그리고 이젠 너랑 당연히 너희 엄마도 여기서 지내실 테고. 내가 3층 방으로 잡아 두었으니까 경치를 볼 수 있을 거야."

피아가 부츠를 벗고 손가락에 따뜻한 입김을 불었다.

"고맙습니다."

나는 예의 바르게 인사를 건네고, 피아를 따라 부츠를 벗어서 문 옆의 금속 바닥재 위에 놓아두었다. 두꺼운 양말 속에서 발가락을 펴 보았다.

덜컹거리는 소리에 피아가 멍하니 복도를 바라보았다.

"바람이야. 너도 익숙해질 거야. 예전에는 이 기숙사 건물을 파리라고 불렀대. 광장 건너편 저긴 런던이었고."

피아가 뒤쪽 문밖을 가리키는데 얼굴에 아련한 표정이 떠올랐다.

"난 가끔 그땐 어땠을까 하고 생각해 봐. 어쩌면 남녀 기숙사 건물을 오가며 화려한 파티를 열고 비밀스러운 만남을 가졌을지도 모르지!"

나는 문간에서 '런던'을 건너다보았다. 런던은 우울한 보라색으로 변한 하늘을 배경으로 황량하고 경직되어 보였다. 바로 이 건물의 거울 이미지일 거라는 생각이 들었다.

아이들은 아직 그네 근처에 남아 있었는데, 내가 새집에 어떤 반응을 보이는지 지켜보려는 듯 이쪽을 응시하고 있었다.

"저 애들은 다 어디서 살아요?"

내가 아이들 쪽으로 고개를 갸웃하고 물었다.

"쟤네들? 호텔 건물에서 사는 애도 있지만, 대다수는 저쪽 건물에 살아."

난 피아의 손가락을 따라, 획일적으로 지어진 또 다른 건물을 바라보았다.

"처음엔 여기서도 살았어. 하지만 계속 사람들이 떠나가자, 남은 사람들 대부분은 작은 부엌이 딸린 아파트로 옮겨 갔어. 저 건물은 처음부터 가족용으로 지어졌거든."

피아가 문을 쾅 닫고는 양말 바람으로 타일이 깔린 복도를 따라 걸어갔다.

"슬리퍼 가져왔니, 로리? 여기선 눈 때문에 실내에선 늘 부츠를 벗어 놓거든."

유리창을 통해 아이들이 뒤돌아서 다 같이 뛰어가는 게 보였다.

난 우리 새집을 빨리 보고 싶어서 서둘러 피아를 뒤쫓아 갔다. 우린 양쪽으로 닫힌 문들이 있는 복도를 지나 위층으로 향하는, 얇은 금속 난간이 있는 계단으로 갔다. 지나면서 빈방들을 힐끗 들여다보았는데, 벽지가 벗겨진 방 안에는 특이하게 생긴 의자와 침대 프레임이 놓여 있었다.

건물이 이렇게 텅 비어 있는 건 여태껏 본 적이 없다. 우리 동네에서라면 다들 이런 널찍한 아파트를 원할 테지만, 이 건물은 사람이 살면 안 된다. 이곳은 공식적으로 버려진 땅이다.

"이상하지? 광산이 문을 닫았던 두 번 다 사람들은 거의 하룻밤 사이에 떠났대. 정말 슬픈 일이야. 가끔은 아직도 그 사람들의 목소리가 들리는 것 같아."

피아가 내 마음을 읽기라도 한 듯 말했다.

천장의 띠 조명이 깜박거리는 바람에 우린 계단에 멈춰 섰다. 마치 누군가가 밝기를 조절하는 스위치를 가지고 장난을 치는 것 같았다.

3층에 도착해, 피아는 오른쪽으로 꺾어서 가다가 복도 중간쯤에서 멈춰 섰다.

"여기야."

피아가 무거운 문을 밀며, 경쾌한 어조로 말했다.

방 안은 휑해 보였다. 금속 프레임으로 된 침대와 고가구처럼 보이는 책상과 의자가 있고, 책상 위에는 굴절형 금색 독서등이 놓여 있었다. 나한테 책상이 생긴 걸 엄마가 알면 좋아할 거다! 창문에 노란색 커튼이 달려 있고, 벽에는 길쭉한 마름모 무늬의 분홍색 벽지가 발라져 있었다. 바닥에는 갈색과 베이지색 정사각형 타일이 깔려 있다. 어쨌든 우리가 옛집을 떠난 뒤로 이만큼 넓은 방을 나 혼자 차지한 건 처음이다.

"빈티지 스타일이지? 근데 새로 오는 광부들이 이런 방을 어떻게 생각할지 잘 모르겠어. 안드레이의 승인이 떨어져야겠지만 말이야" 하고 말하며 피아가 살짝 웃었다. "자려면 담요를 더 갖고 와야겠다, 로리. 이 방은 왠지 유난히 더 추운 것 같네. 저기 호텔 건물에 세탁실이 있어. 네가 나중에 가서 가져와도 되고 아니면 누군가 가져다줄 거야. 그런 종류의 일이 누구 담당인지는 잘 모르겠지만…. 그들은 보통 내가 해 주길 바라지. 가부장제가 그린라이트에서는 결코 사라지지 않았다니까."

피아가 못마땅한 듯 눈알을 굴렸다.

"제가 가져올게요."

난 피아에게 일을 보태고 싶지 않은 마음에 재빨리 말했다.

그때 내 눈높이쯤에 벽에 붙은, 고래들이 죽 늘어서 있는 그림이 눈길을 사로잡았다. 연필로 그린 그림인데 종이 가장자리가 둥글게 말려 있었다. 각각의 고래 밑에는 아주 작은 글씨로 고래 이름이 쓰여 있었다.

벨루가, 북극고래, 긴수염고래, 혹등고래, 밍크고래, 외뿔고래. 모두 이곳 바다를 찾아온다고 알려진 고래들이다. 외뿔고래는 엄니가 마치 유니콘의 뿔처럼 위로 솟아 있었다.

"벽에 걸린 건 다 떼 내고 너한테 빈 캔버스를 주고 싶었는데, 이 그림은 없앨 수가 없더라고."

피아가 하는 말을 들으며 나는 물속을 헤엄치는 고래들에게 시선을 고정한 채, 동조의 의미로 고개를 끄덕였다. 고래 그림은 놀라우리만치 상세하고 우아해 보였다. 누가 이 그림을 그렸는지 궁금하다. 아까 그 아이들 중 누군가가 그렸을까? 그렇다고 하기에는 그림이 좀 더 오래돼 보였다. 만약 이 그림의 작가가 여전히 마을에 있다면 그림을 찾으러 왔겠지. 이 정도 그리려면 분명히 엄청난 시간을 들였을 텐데.

"리바이어던호에서 고래를 볼 수 있기를 바랐는데… 바다표범이랑 바다코끼리는 봤지만, 고래는 못 봤어요."

내가 말했다.

"시간은 많아. 가을엔 피오르에 고래가 더 많이 온대. 모든 게 지연되는 바람에 네가 여기에 여름이 아니라 지금 온 게 어쩌면 더 잘된 일인지도 모르겠다."

피아가 다정하게 말했다.

"지연된 건지 몰랐어요."

2주 전만 해도 난 그린라이트가 무슨 에너지 회사 이름인 줄로만 알았다.

"아, 별일은 아니었어. 모든 게 또다시 잘못되나 보다 했거든. 그때 있던 지질학자는 서둘러 떠나 버렸지. 그분은 여기랑

안 맞았어. 어쨌든 그때 회사에서 그분을 대신할 사람으로 너희 엄마를 찾아냈으니 결과적으론 잘된 거지.”

피아는 몸을 떨며 팔로 몸을 감쌌다.

“우리 엄마가 땜빵이라고요?”

피아가 유쾌하게 웃었다.

“맞아, 그랬더니 네가 보너스로 왔네! 새로운 얼굴을 보게 돼서 좋다.”

난 창가로 갔다. 내가 방향을 찾을 수 있게 피아가 랜드마크를 알려 주었다. 왼쪽으로 더 많은 건물이 있었다. 피아가 말한, 가족들이 산다는 아파트 건물이 보이고 그것과 직각으로 ‘문화 궁전’이 있었다. 누군지는 모르겠지만 문화 궁전 앞에는 근엄한 동상이 서 있고, 뒤로 어두운 피라미드 모양의 산이 보인다. 산에는 광산으로 올라가는 오래된 좁은 통로가 나 있었다. 그리고 오른쪽을 보면, 다시 건물들과 피오르로 가는 길이 나 있고, 멀리 바다 저편에 빙하가 보였다.

창문 아래 라디에이터가 빨갛게 달아 있었다. 그걸 건드렸다가 깜짝 놀라 손을 뺐다. 이유는 모르겠지만, 라디에이터의 온기가 방에는 거의 영향을 주지 못했다. 내 입김이 살짝 얼어붙는 게 보일 정도였다.

아래쪽 광장에서 그네가 앞뒤로 흔들리며 시끄럽게 삐걱거리는 소리가 들렸다. 아이들은 보이지 않았다.

“바람이 불면 항상 저렇게 그네가 흔들려.” 피아가 심란한 듯 말했다. “내가 나중에 기름을 좀 발라야겠어. 아니면 딴 사람이 하겠지. 이 벽지를 어떻게 좀 하고 싶다면… 이 건물 꼭대기 층에 페인트가 쌓여 있는 걸 봤어. 오래된 쓰레기가 많긴 했지만 그래도 페인트는 아직 쓸 만한 것 같더라. 네가 이 방을 꾸미고 싶다면 말이야."

"봐서요. 근데 전 여기 몇 주밖에 안 있을 거예요."

내가 생각에 잠긴 채 말했다.

"나도 진짜 겨울이 닥치기 전에 나갈 거야. 이곳 사람들은 어떻게 사는지 모르겠어. 3개월이나 태양을 전혀 보지 못하는데 말이야."

피아는 다시 몸을 떨었다.

"우리 아빠 말로는 별빛을 볼 수 있을 거라던데요. 그리고 달빛이랑, 운이 좋다면 북극광도요."

"맞아, 오로라 보레알리스! 지난 2주 동안 두세 번쯤 봤는데, 정말 아름다웠어!"

우린 마주 보고 웃었다. 그런데 피아는 어딘가 가야 하는데 이미 늦은 사람처럼 문 쪽을 힐끔거렸다.

"여기 있을래? 나가서 좀 돌아다녀 보거나 중심 건물인 문화 궁전을 둘러봐도 괜찮을 거야. 한때는 정말 대단한 곳이었거든. 로리, 너한테 이곳을 좀 더 소개해 주고 싶지만, 나 역시 너희 엄마가 끌려가신 그 회의에 가야 하거든."

피아는 그게 분명히 자신이 원하는 일은 아니라는 듯 얼굴을 찌푸렸다.

"걱정 마세요. 짐 풀고 저 혼자 둘러볼 수 있어요. 그리고…

유령마을

전 괜찮을 거예요, 정말이에요."

난 최대한 가볍고 명랑한 투로 말했다. 북극의 오래된 광산 마을에 도착한 지 몇 분 만에 엄마한테 버림받는 일에 이미 완벽하게 적응했다는 듯이.

"네가 그렇다면 뭐. 뭐든 필요한 게 있으면 호텔 건물로 와. 여분의 담요를 챙기는 것도 잊지 말고!"

피아가 다정하게 웃었다.

"진짜로, 괜찮아요."

확신에 찬 내 목소리에 피아는 안심한 것 같았다.

"좋아, 로리. 그럼 저녁 식사 시간에 카페테리아에서 봐. 다들 식사는 거기서 해. 최근에는 마을 아이들도 와. 아 참, 그리고 로리. 여기 곰과 관련한 규칙이 있다는 거 아니? 주 광장은 괜찮아. 하지만 그 너머 외곽 쪽 건물은 소총 없이는 안 돼. 반드시 누구랑 함께 가야 해."

피아가 문에서 뒤돌아보며 말했다.

나는 진지하게 고개를 끄덕였다. 이곳은 너무나 확실하게 버려진 땅이다. 이 땅을 탐험하는 일은 아빠 집 근처 숲속을 걸어 다니는 것과는 다를 것이다.

난 별생각 없이 여행 가방을 풀었다. 이곳에 오기 직전 정신 없는 와중에 엄마가 나 대신 싼 짐이다. 지난겨울 이후 처음 꺼내 보는 옷도 있다. 옷은 개켜서 침대 옆 서랍장에 넣었다. 서랍이 너무 꽉 차서 온 체중을 실은 뒤에야 겨우 닫을 수 있었다.

그런 다음 작은 배낭에서 여행 일지를 꺼내, 책상 위 오래된 굴절형 독서등 아래 내려놓았다. 나중에 배에서 찍은 폴라로이드 사진을 붙여야지. 엄마가 꼭 챙겨 가야 한다고 했던 교과서는 한구석에 쌓아 두었다.

나갈 준비를 하는데 거울에 비친 내 모습이 눈에 들어왔다. 금테두리를 한 거울 속 내 얼굴은 진지해 보였다. 난 마을 아이들을 만났을 때를 대비해 웃는 연습을 했다. 그 애들이 방에 붙어 있는 고래 그림을 그리지는 않았겠지만, 분명히 고래를 가장 잘 볼 수 있는 지점을 알고 있을 거다.

3

엄마가 광장을 가로질러 내 쪽으로 오는 걸 보고 난 안도의 한숨을 쉬었다. 엄마를 찾기 위해 낯선 건물을 돌아다니고 싶진 않았으니까.

"로리! 여기 궁전이 있다는 얘기 들었어?"

엄마는 이리저리 접힌 자국이 있는 일정표를 손에 들고 있었다.

"가서 조사해 볼까?"

엄마가 내 팔을 잡았고 난 고마운 마음에 엄마에게 몸을 기댔다.

"회사 사람들은 다 만났어?"

또 누가 이런 데 와서 일하고 싶어 하는지 진심으로 궁금해

유령마을

서 물어보았다.

엄마가 고개를 끄덕였다.

"응! 생각했던 것보다 더 큰 팀이야. 광산 기술자는 이미 꽤 여러 명이 와 있네. 그 사람들이 일종의 탐색용 추출 작업을 하고 있어. 하지만 내가 속한 평가팀은 규모가 작아. 너도 아는 피아랑… 그 친구 정말 사랑스럽지? 그리고 프로젝트 관리자인 잉그리드. 승인 절차를 위해 우리의 모든 보고서와 연구결과를 취합하는 게 잉그리드의 일이야. 그리고 물론 마크도 있지. 보아하니 안드레이 대표가 스트레스를 받지 않도록 모든 게 마크를 거치는 것 같아."

안드레이를 언급할 때 엄마가 짜증스럽다는 듯 눈알을 굴려서, 난 웃음을 터뜨렸다.

이름에 걸맞게 문화 궁전은 광장에서 가장 큰 건물로, 피오르를 내려다볼 수 있을 정도로 높이 솟아 있었다.

우리가 안으로 들어가자 뒤에서 철컹 소리가 나며 문이 닫혔다. 천장 높이가 어른 키의 두 배쯤 되는 홀은 벽에 거울이 붙어 있고, 가운데에 위로 올라가는 중앙 계단이 있다. 위층에는 더 많은 방이 있는 것 같다. 1층에 있는 낡은 소파에 여자 두 명이 앉아 있었다. 입고 있는 옷으로 보아 마을 사람인 것 같았다. 그린라이트 직원들은 혹독한 날씨에 대비해 새 코트와 두꺼운 바지를 입고 있으니까. 여기 두 여자가 입은 옷도 따뜻해 보였지만, 낡은 옷감에 헝겊을 덧대 놓았다.

엄마가 미소를 지으며 그쪽으로 걸어갔다. 여자들은 대화에 열중한 척 더욱 고개를 숙였다. 엄마가 인사를 건네려고 했지만, 그들은 거의 알아차리지 못했다. 벽에 붙은 거울에 엄마의 뺨이 빨개지고 목젖이 불룩 솟는 게 보였다.

"강당이 어딨을까? 며칠 뒤에 안드레이 대표가 여기 강당에서 마을 회의를 열려고 하거든. 강당을 한번 보면 좋겠는데."

엄마가 어느 열린 문 쪽으로 나를 이끌었다.

우리가 걸어가는 뒤쪽에서, 흥분한 목소리와 발소리가 중앙홀에 울려 퍼졌다. 그 애들이다. 엄마가 그쪽을 힐끗 돌아보았다.

"세상에, 그린라이트는 이곳을 평가하면서 어쩌다가 저 애들을 빼놓았을까? 애들이 너무 많아!"

엄마가 생각에 잠긴 듯 말했다.

트롬쇠 공항에서 노라가 스발바르 프로젝트에 대해 약간 비꼬듯 말했던 게 생각났다. 그리고 롱위에아르비엔 식당에서 카테리나가 한 얘기, 또 상점 주인도 있었지. 그들 중 누구도 엄마의 새 회사를 높게 평가하는 것 같지 않았다.

"혹시 일부러 뺀 것 아닐까? '그린라이트'(여기서는 '승인'을 뜻하는 보통명사로 씀-옮긴이)를 받으려고."

내 말장난에도 엄마는 아무 말도 하지 않았다.

우린 강당을 찾아냈다. 희미한 조명이 비치는 극장식 구조로, 앞쪽에 발표자 단상이 있었다. 그런 다음 높은 농구 골대가 있는 체육관을 지나갔다. 도서관처럼 책이 있는 방과 피아노가 있는 방도 있다. 피아노는 건반이 두 개 빠졌는데 손가락

유령마을

으로 눌러 보니 나머지 건반들도 음이 맞지 않았다.

비어 있는 방도 있지만, 의자와 집에서 만든 담요, 벽에 걸린 아이들의 그림 등 생활의 흔적과 애정이 느껴지는 방도 있었다. 내 방의 고래 그림 수준에 미치는 그림은 하나도 없었지만. 때때로 웃음소리와 뛰어다니는 발소리가 좀 더 크게 들려왔다.

문화 궁전 탐사를 끝낸 뒤 엄마와 난 다시 광장을 가로질러 걸었다. 주변의 건물들에서 노란색 불빛이 깜박였다. 전기 공급이 불규칙하다고 했던 피아의 말이 생각났다. 특히 우리 건물이 그렇다고 했지.

"엄마, 예전엔 이 건물을 파리라고 불렀대."

현관에 도착했을 때 생각이 나서 엄마한테 말해 주었다. 엄마 일정표에는 '9호관 건물'이라고만 표시되어 있었다. 런던이니 파리니, 지금은 약간 우스꽝스럽게 느껴진다. 피아가 말했을 때의 화려함은 사라졌다. 그건 완전히 다른 세계에 있는 장소들이다.

난 엄마에게 우리 방이 있는 3층을 보여 주었다. 둘이서 복도를 끝에서 끝까지 탐험하다가, 타일이 깔려 있고 분리형 욕조가 놓인 커다란 욕실을 발견했다.

엄마는 수도꼭지를 돌려 더운물이 나오는지 확인했다. 흐르는 물에서 증기가 나오고 우리 둘 다 소리 내어 안도의 한숨을 내쉬었다.

"불평하면 안 돼, 로리! 이건 틀림없이 바닷물일 거야. 피오르에서 퍼 올린 다음 데웠겠지. 목욕할 때마다 북극해에서 헤엄치는 기분일걸!"

엄마가 물 묻은 손을 비비며 말했다.

내 방은 엄마에게 그다지 인상적이진 않은 것 같았다.

"난 맘에 들어."

내가 방어적으로 말했다. 우리가 들어갔을 땐 실내 온도가 2, 3도쯤 더 떨어진 것 같았지만, 이상하게도 벌써 조금쯤 집처럼 느껴졌다.

"피아 말로는 꼭대기 층에 페인트가 있대. 인테리어를 하고 싶으면…'.

"좋은 생각이야! 네가 여기 있는 동안 할 만한 근사한 프로젝트가 되겠는걸."

엄마가 말했다.

난 몇 발자국 걸어서 창문 쪽으로 갔다. 눈송이가 바람 때문에 옆으로 흩날리며 유리창 밖을 지나갔다. 가만히 창밖을 내다보는데, 어렸을 때 간절히 눈을 기다리던 순간들이 전부 떠올랐다. 포실하고 부드러운 결정체. 몸이 떨렸다.

"춥니?"

엄마가 금속 라디에이터에 손가락을 대 보고는 어리둥절한 얼굴로 방 안을 둘러보았다.

"어떻게 이 열기가 방 안에 퍼지지 않는 거지?"

"외풍 때문에 그런 거 아닐까?"

내가 어깨를 으쓱했다.

바로 내 방문 밖에서 누군가가 혼자 큰 소리로 웃었고, 타일 바닥을 따라 종종걸음을 치는 소리가 들렸다. 그 애들 중 하나가 우리를 따라 들어온 게 틀림없었다.

엄마는 라디에이터를 연구하느라 알아차리지 못한 것 같았다. 엄마는 라디에이터 옆에 붙은 다이얼을 돌릴 수 있는지 보려고 쪼그리고 앉아 있었다.

"조절 장치를 페인트로 칠해서 막아 놓았어. 어쨌든 더는 따뜻하게 할 수 없을 것 같아. 열이 창문 밖으로 곧장 빠져나가 버리나 봐." 엄마가 쯧쯧 혀를 찼다. "담요가 더 있어야겠는데, 가능하다면 매트리스도 좀 더 나은 걸로 바꾸면 좋겠고. 내 방도. 여긴 매트리스가 너무 얇아."

엄마가 손으로 매트리스를 누르자, 속에서 스프링이 삐걱거리는 소리가 심하게 났다.

"피아가 호텔에 세탁실이 있다고 했어."

"오, 잘됐다. 저녁 먹기 전에 얼른 갔다 오자."

"문을 잠글까?"

전등 스위치 위쪽에 열쇠가 걸려 있는 걸 보고 내가 물었다.

엄마가 얼굴을 찡그렸다.

"마을 사람들이 가진 분노를 생각하면, 그러는 게 좋겠어. 안드레이 대표가 마을 회의를 열려는 것도 그 때문이야. 우리 편으로 만들려는 거지. 나한테 회의 진행을 맡아 달라고 부탁했어."

"엄마는 방금 왔잖아! 다른 사람이 하면 안 돼?"

처음 듣는 소리에 내가 깜짝 놀라서 말했다.

엄마 얼굴에 엷은 미소가 떠올랐다.

"시작부터 계약 조건 운운할 순 없어. 안드레이 대표는 내가 새로 왔기 때문에 마을 사람들 반응이 호의적일 거라고 생각하나 봐."

복도에 있는 얄따란 주황색 띠 조명은 빛이 아주 약했고, 몇 초쯤 완전히 끊어지기도 했다. 엄마와 난 계단을 뛰어 내려갔다. 우리 부츠는 현관문 옆 철망 매트 위에 놓인 채 우리를 기다리고 있었다. 이런 곳을 과연 집이라고 부를 수 있을까 하는 생각이 들었다.

4

카페테리아에는 그린라이트 직원 몇 명밖에 없었다. 마을 사람들은 작은 부엌이 딸린 그들의 아파트에서 식사를 하고 있을 것이다.

엄마가 식판을 들고 빈자리로 가서 다행이라는 생각이 들었다. 잠시라도 엄마랑 단둘이 있을 수 있으니까. 오늘 정말 많은 일이 있었다. 진들딸기잼 와플을 먹은 게 오늘 아침이라니, 믿을 수가 없다! 피라미든이 롱위에아르비엔과 같은 섬에 있다는 것도 이상하게 느껴졌다.

"엄마가 아무 말도 안 해서 미안. 머릿속에 일 생각이 가득 차 있어서 말이야."

엄마가 음식을 집으며 말했다.

"괜찮아."

침묵은 전혀 상관없다. 나 역시 이곳에 이르기까지의 여행을 돌아보며 생각에 잠겼다. 마을 아이들과 문화 궁전에서 본 불친절한 여자들의 사나운 시선. 적어도 여우는 날 좋아하는 것 같았는데….

저녁 식사 메뉴는 감자만두를 넣은 스튜였다. 다행히 채식주의자용도 있었는데, 난 엄마가 너무 생각에 빠져서 우리가 뭘 먹는지조차 몰랐을 거라고 생각한다.

카페테리아를 나서는데 빙판길에 발이 자꾸 미끄러졌다. 그때 식당으로 오던 피아를 만났다.

"로리! 로라 선생님! 벌써 드셨어요?"

"좀 일찍 자려고요. 내일 아침 일찍 새 광산에 가 보고 싶어서요. 마크가 일정을 이미 잡아 놓은 것 같아요."

엄마가 웃으며 말했다.

"그렇군요! 저녁 식사를 같이 하려고 생각했는데, 죄송해요. 여기 오면 처음엔 좀 외롭다는 걸 저도 알거든요."

피아가 말할 때 단어와 단어가 서로 부딪히며, 밤공기에 걸려 있던 수증기가 작은 폭발을 일으켰다.

"이해해요, 모두 바쁘잖아요."

엄마가 말했다.

"최소한 선생님이랑 로리가 함께 있어서 다행이에요. 넌 행운아야, 로리. 별은 봤어?”

피아가 엄마와 나를 번갈아 보며 미소 지었다.

난 고개를 젖혔다. 사람들과 오래된 건물에 너무 정신이 팔려서 미처 하늘을 올려다볼 생각을 하지 못했다. 숨이 턱 막혔다. 아빠랑 어두운 숲속에서 지낼 때도 나는 언제나 이 무한한 흐름을 지켜보았다. 마치 우리를 위해 은하계 전체를 전시해 놓은 것 같다. 빛의 구슬이 박힌 반원형의 남색 하늘.

“우리, 아빠한테 전화 안 했어.”

갑자기 향수병이 엄습했다. 아빠한테 하고 싶은 말이 이미 너무 많은데. 우린 구름 속을 날아왔어! 지금은 파리에 머물고 있고! 여긴 푸른여우가 있어!

엄마 얼굴이 어두워졌다.

“맞다, 위성 전화. 그게 필요하다는 얘기를 미처 못 했네.”

엄마는 도움을 청하듯 피아를 보았다.

“인터넷 전화를 쓰는 건 어떠세요? 회사에서요.”

“로리 아빠한테는 그게 안 돼요. 요즘 자연인처럼 살고 있거든요.”

이 말을 하면서 엄마는 이를 앙다물었다.

“아, 아마 위성 전화를 사용할 수 있을 거예요. 전 쓸 생각을 안 했던 터라…. 마크나 잉그리드 아니면 다른 사람이 분명히 도와드릴 수 있을 거예요.”

피아는 놀란 것 같았지만 티 내지 않으려고 애썼다.

“로리, 내일 해 보자. 아빠가 다른 사람들처럼 인터넷을 사용했으면…."

엄마가 내 손을 꼭 쥐었다.

"괜찮아. 내일 해도 돼."

내가 엄마 말을 잘랐다. 실은 아빠가 추구하는 자연인의 삶이 두 분 사이 다툼의 근원이었다.

난 북극성을 찾아보았다. 북극성은 거의 북극 바로 위에 있다. 다른 별들은 북극을 중심으로 도는 것처럼 보이는데, 북극성만은 언제나 거기, 정북 방향에 있다. 내가 본 북극성 중에서 가장 밝았다.

북극성은 어렸을 때 아빠가 날 부르던 애칭이다. 마치 내가 길잡이이자 지향점인 것처럼, 경외심에 가득 차서 바라보아야 하는 빛나는 존재인 것처럼, "넌 꼬마 북극성이야"라고 했다.

"그래. 우린 그만 자야 해. 내일은 바쁜 하루가 될 테니까."

엄마가 하품을 했다.

"안녕히 주무세요."

피아가 말했고, 우리는 서리가 덮인 통행로에서 헤어졌다.

5

피오르에서 퍼 올린 따뜻한 소금물에 머리를 감고 잠자리에 들 준비를 하느라 녹초가 되었지만, 침대에 눕는 순간 자기는 틀렸다는 생각이 들었다. 머릿속에 오늘 본 모든 것이 어지럽게 떠올랐다. 엄마와 난 담요 몇 장을 더 구해 오긴 했지만, 여분의 매트리스는 찾지 못했다. 침대 매트리스의 스프링이 등을 찔렀다.

몸을 돌려, 낡은 벽지의 무늬를 따라 대형을 이뤄 헤엄치는 고래들을 바라보고 누웠다. 난 절대 고래를 그릴 수 없을 거다. 이 고래들은 얼마나 오랫동안 여기 이 분홍색 마름모들 사이를 헤엄치고 있었을까?

내가 처음으로 학교 가는 걸 불안해했을 때 아빠가 일러 주었던 것처럼, 나는 별을 세어 보려고 했다. 이 방법은 아빠의 숲속 집에서 가장 잘 통했다. 왜냐하면 아빠가 내 작은 방 침대 위쪽 천장에 구멍을 내서 천창을 만들어 주었기 때문이다. 별을 상상할 필요가 없었다. 별들은 바로 내 머리 위에 있었으니까. 아빠는 내가 상상력을 충분히 발휘한다면 도시에서도 별을 셀 수 있다고 했다. 내 마음의 눈에다 작은 빛을 점점이 새겨 놓으면 된다고.

나는 침대에서 나와 창가로 가서, 별을 다시 보려고 커튼 사이로 밖을 내다보았다. 하얀 초승달 주위로 여전히 별이 반짝이고 있었다.

그때 어디선가 갑자기 허둥거리는 발소리가 들려왔다. 난 책상 전등을 켜고 한 바퀴 홱 돌아보았다. 왜냐하면 맹세컨대, 아주 잠깐 창문에 얼굴이 보였기 때문이다. 하지만 있을 수 없는 일이다. 내 방은 3층이니까.

텅 빈 방을 둘러보고는 곧바로 그게 반사된 이미지라는 걸 깨달았다. 여긴 나뿐이고, 복도로 난 문은 굳게 닫혀 있었으니까. 유리에 반사된 내 모습에 그렇게 펄쩍 뛰었다니….

스스로 바보같이 굴지 말라고 혼잣말을 하는데, 이번엔 확실히 복도 밖에서 소리가 났다. 엄마가 화장실에 가는 건지도 모르겠다.

방문을 열어 보았다. 양쪽으로 뻗어 있는 복도는 텅 비어 있었다. 방 안으로 들어와 다시 침대로 가는데, 거울이 눈에 들어왔다. 분명히 사람 얼굴이다. 그러나 내 얼굴은 아니다.

내 속에서 공포가 휘몰아쳤다. 난 쏜살같이 문을 열고 맞은편 엄마 방으로 날아가 문손잡이를 마구 흔들었다.

"엄마! 엄마!"

내 목소리가 복도에 메아리쳤다.

계단을 내려가는 발소리가 더 많아졌다. 아니 올라오는 건가, 어느 쪽인지 모르겠다.

"엄마!"

내가 비명을 질렀다.

문이 열렸을 때, 엄마는 창백한 얼굴에 어깨 위로 부스스한 갈색 머리를 늘어뜨린 채였고 눈은 피로로 주름이 져 있었다.

"로리, 괜찮니? 무슨 일 있어?"

난 엄마 품에 안겨, 울음을 터뜨렸다.

"소리가 났어, 벽에서. 그리고 거울에 얼굴이 나타났어."

엄마가 졸린 듯 고개를 가로저으며, 나를 엄마 침대로 데려가 옆에 앉혔다.

"로리, 그냥 꿈이야. 여행 때문에 네 마음이 아직 안정이 안 돼서 그래."

"아니, 꿈이 아니었어. 난 아예 잠들지도 않았다고."

내가 숨을 헐떡이며 거세게 반박했다.

엄마가 손목시계를 힐끗 보았다.

"하지만 자정이 지났어. 너도 모르게 자고 있었을 거야."

"아니야!" 나는 격렬하게 고개를 흔들었다. "안 잤어. 그냥 방에 누워 있었어. 그런데 무슨 소리가 났고 얼굴이 보였어. 누군가가 내 방에 있어. 나랑 같이 있단 말이야. 맹세해."

"아니야, 로리. 배를 탔잖아. 낯선 장소에다, 추위도 심하고."

엄마는 내 마음이 지쳤을 법한 온갖 이유를 나열한 다음, 같이 내 방으로 가서 보란 듯이 침대 밑을 들여다보고 옷장을 열어 보았다. 아무것도, 아무도 없었다.

"쥐 아니었을까, 생쥐 같은 것?"

엄마는 내가 동물을 무서워하지 않는다는 걸 알면서도, 눈을 비비며 이렇게 말했다.

"몰라."

내 목소리가 떨렸다.

"얼른 자, 로리. 아침에 조사해 보자."

엄마가 크게 하품을 하며 잘라 말했다.

"엄마, 무서워!"

엄마는 어쩔 수 없다는 듯 주위를 둘러보았다.

"엄마가 여기 있을게. 네가 잠들 때까지."

그러더니 이불을 젖히고 나더러 들어가라는 몸짓을 했다. 엄마가 내 머리를 쓰다듬어 주었고, 마침내 난 피라미든에서 처음으로 잠이 들었다.

아침에 보니 엄마는 가고 없었다. 화장실에 가려고 방을 나서는데 방문 앞에 책이 놓여 있었다. 난 조심스럽게 책을 집어 들었다. 그러니까 누군가 여기 왔다. 이 책이 그 증거다.

《스발바르 고래잡이의 역사》라는 제목이 표지에 쓰여 있었다. 피아가 아닐까. 아마도 이곳으로 오는 길에 롱위에아르비엔의 그 호텔에서 집어 왔겠지. 피아는 내가 여기서 할 일이 없을까 봐 걱정했는지도 모르겠다.

책을 침대 위, 고래 그림 옆에 내려놓고 간밤에 내가 얼마나 무서워했는지 돌이켜 보았다. 오래된 건물에서는 소리가 난다. 물론 새 건물에서도. 우리 집에서도 늘 누군가가 샤워를 하거나 문을 쾅 닫는 소리, 음악 소리가 났다.

그럼에도, 똑똑 똑똑 하고 엄마의 익숙한 노크 소리가 났을 때 난 화들짝 놀랐다.

"로리! 아침 먹자!"

침입자

1

"잠은 잘 잤어요?"

카페테리아에 들어가는 길에 마주친 피아가 우리를 보고 밝게 인사했다.

"로리는…."

엄마가 말을 꺼내자마자 내가 끼어들었다.

"잘 잤어요. 우리 둘 다."

어젯밤에 내가 지나쳤던 것 같아 창피했다.

"마을 사람들은 우리한테 그렇게 적대적인데 왜 여기서 밥을 먹어요?"

따뜻한 음식이 나오는 짧은 줄에 나란히 섰을 때 엄마가 피아에게 소곤거렸다. 오늘 아침, 구석에 있는 테이블 두 개를 정착민 가족이 차지하고 있다. 난 흥미가 생겨서 힐끗 넘겨다보왔다.

"겨울이니까요. 겨울이라는 게 식당에 오는 이유예요. 보급품은 이미 몇 년 전에 바닥났을 거예요. 일 년 중 이맘때는 음식이 있는 곳을 가리지 말라는 걸 깨달은 거죠. 저 밖에 있는 순록들처럼… ."

나는 피아의 말에 눈을 돌려 창문 밖을 내다보았다.

"순록이다!"

놀란 나는 소리치며, 유리창 가까이 다가갔다.

광장 풀밭에서 순록 두 마리가 주둥이로 눈을 밀어내고 있다. 스발바르 순록. 내가 간절히 보고 싶어 한 동물이다. 이 순록들은, 크리스마스 상품에 등장하는 산타의 눈썰매를 끄는 순록보다는 키가 좀 작고 더 다부지게 생겼다. 광장의 순록 한 마리가 내 쪽을 돌아보았다. 검은색 눈이 뚫어져라 나를 보는 듯하더니, 잠시 뒤 다시 고개를 박고 눈 밑에서 무언가를 찾아 잡아당기는 일에 열중했다.

"지금부터 10월 말까지 매일매일 해가 점점 늦게 뜨고 일찍 질 거예요. 26일이 되면 수평선 위에 해가 머무는 시간이 겨우 30분밖에 안 돼요."

피아가 우리에게 하는 말을 듣고서야 난 순록에게 빼앗겼던 정신을 되찾아왔다.

"그다음 날엔 수평선 위로 아예 올라오지 않아요. 그러면 2월 하순에 해가 다시 돌아올 때까지는 밤인 거죠."

피아가 말했다.

"극야."

배에서 선장이 알려 준 단어가 생각났다.

"맞아. 이곳 사람들은 '캄캄한 겨울'이라고 불러."

피아가 덧붙여 설명했다.

배식 줄 맨 앞으로 갔을 때 나는 몸이 떨렸다. 배식구 앞에 놓인 음식은 이른 시간인데도 확실히 비린내가 났다. 그 옆으로 마른 토스트와 노르웨이식 갈색 치즈 조각이 쌓여 있었다. 롱위에아르비엔 호텔의 와플과 진들딸기잼이 그리웠다.

엄마는 평소에 거의 아침을 먹지 않는다. 엄만 커피포트에 손을 뻗어 김이 피어오르는 검은색 음료를 하얀 컵에 원을 그리며 따랐다.

난 금속 집게로 토스트 두 조각을 접시에 담고 커피 한 잔을 가져왔다.

"진짜 그것만 먹어도 되겠니, 로리? 밖이 몹시 추울 때는 많이 먹어야 해. 생선은 내키지 않니? 영국에서 자란 사람한테는 이상해 보이겠지만, 여기선 흔히 먹는 음식이야. 스웨덴에서도 그렇고. 식량을 잔뜩 가지고 오는 것보다는 나을뿐더러 지금은 낚시나 고기잡이를 매우 엄격하게 통제하고 있으니까."

피아가 걱정스럽게 이야기했다.

"전 그냥 좀 먹기 힘들 것 같아서…. 토스트면 충분해요. 그렇게 배고프지도 않고요."

나는 목구멍에 닿는 물고기의 미끄럽고 물컹한 식감을 떠올렸다. 마지막 부분은 거짓말이었지만, 난 이렇게 마무리했다.

테이블에 앉자마자 엄마가 시계를 보았다.

"나는 오래 못 있겠네. 광산에 가 봐야 하니까. 빛이 있는 시간을 최대한 활용해야지."

토스트는 말라 있어서 목이 메었다. 나는 순록을 찾아 다시 창밖을 보았지만, 순록은 이미 가고 없었다.

"로리, 넌 어제 우리가 답사했던 그 건물에 가 있을래? 문화 궁전 말이야. 학교 공부 거리를 좀 가져가서 해도 되고. 시작을 잘해야지. 여기서는 규칙적인 생활이 중요할 것 같아."

엄마가 커피를 마시는 사이사이 말했다.

난 믿을 수 없다는 듯 엄마를 쳐다보았다. 오늘은 이곳에서 우리가 처음 맞이하는 온전한 날인데, 엄만 내가 얌전히 앉아서 학교 공부나 하기를 바라다니!

"나도 엄마랑 같이 가면 안 돼?"

엄마가 피아를 흘깃 쳐다보았다.

"그건 힘들 것 같아. 스노모빌을 타고 갈 텐데, 자리가 없을 거야. 여기서 몇 시간 정도는 혼자 있어도 괜찮을 것 같은데, 안 그래?"

난 빠르게 눈을 깜빡이고 고개를 끄덕였다. 결국, 이게 현실이다. 비행기를 타고 올 때 그런 척했던 것과는 달리 우린 휴가를 온 게 아니었다. 여긴 포르투갈 해안의 절벽 꼭대기가 아니다. 우린 북극의 황무지에 있고 엄마는 해야 할 일이 있다.

뒤쪽 테이블에서는 마을 아이들이 큼직한 음식 접시를 앞에 놓고 앉아 있었다. 그 애들이 큰 소리로 웃는 소리가 들렸다.

"여기 수영장은 몇 시에 열어요?"

나는 깨끗한 물과 염소 소독약 냄새를 생생하게 떠올리며, 피아에게 물었다. 수영은 내가 가장 좋아하는 것 중 하나다. 수영할 때는 중력이 사라지고 스스로 강해진 느낌이 든다. 심지어 학교에서 힘든 하루를 보낸 후에도 그랬다.

"수영장? 수영장에 갈 계획도 세웠어?"

피아는 깜짝 놀란 것 같았다.

"우리는 수영장에 못 들어가요?"

내가 얼굴을 붉히며 되물었다. 이곳에 대해 제대로 알지 못한다는 게 점점 더 분명해졌기 때문이다.

"수영장도 사용 안 한 지 몇 년 됐을 거야. 많은 게 못 쓰게 됐지. 그런데 마을 공동체에는 비용이 없으니까…."

"괜찮아요, 그냥 생각해 본 거예요."

난 마른 토스트를 한 입 더 베어 물었다. 이곳에서 수영하겠다는 생각 자체가 이제는 터무니없어 보였다.

"로리, 어쩌지? 그린라이트의 누군가가 오해할 만한 말을 했나 본데…."

피아는 도움을 구하듯 엄마를 쳐다보았다.

"영국 사무소에서 나한테 알려 준 게 세부적인 면에서는 상당히 허술한 게 많다는 걸 나도 점점 깨닫는 중이야."

엄마가 짐짓 가벼운 말투로 말했다.

"선생님을 놓치고 싶지 않았을 거예요. 요즘 제가 커피를 너무 많이 마시네요."

피아가 머그잔을 소리가 나게 탁 하고 테이블에 내려놓으며 말했다.

"엄마, 나 혼자 둘러봐도 괜찮을 것 같아."

순록을 떠올리며 내가 말했다.

피아가 조심스레 고개를 끄덕였다.

"다만 소총 없이는 주 광장 안쪽만 안전하다는 거 명심해. 그걸 벗어나는 모험은 절대 안 돼. 왜냐하면…."

"곰 때문에요."

내가 마무리했다. 나도 이제 패턴을 인식하기 시작한 것 같다. 그래도 언젠가는 오래된 건물과 서리 내린 풀밭 광장 너머에 있는 무언가를 볼 수 있을까?

"바로 그거야! 미안해, 로리. 하지만 이곳에선 안전한 행동이 어떤 건지 정확히 아는 게 중요해. 네가 살던 동네랑은 달라. 작은 실수가 심각한 결과를 낳을 수도 있거든."

피아가 미안해하며 미소를 지었다.

"다른 아이들은요?"

내가 물었다. 그 애들은 매일 매시간 북극곰을 생각하는 것처럼 보이지는 않는다. 지금도 서로 쿡쿡 찌르며 웃고 장난치고 있다. 내가 돌아보는데, 여우랑 있던 남자애가 날 보았다. 여우는 지금 어디에 있는지 궁금했다.

"저 애들도 마찬가지야."

내 시선을 좇으며 피아가 말했다.

"저 애들도 조심해야 한다는 걸 알아. 그건 자신들을 위한 일이기도 하지만 곰을 위한 것이기도 하니까. 누군가가 부주의한 탓에 곰이 총에 맞게 되는 걸 원하는 사람은 아무도 없어."

"난 절대로 동물을 위험에 빠뜨리는 일은 안 할 거예요."

내가 격앙된 목소리로 말했다.

"아무도 일부러 그러지는 않아." 피아는 이제 조금 가벼운 말투로 말을 이었다. "다만 이곳에서는 잘 생각하고 행동해야 한다는 거지. 날이 점점 추워지면 저 아이들도 어쨌든 실내에서 더 많은 시간을 보내게 될 거야. 다행인 건, 탐험해 볼 만한 건물이 아직 많다는 거지."

내가 고개를 끄덕였다. 어젯밤 내가 들은 소리가 바로 그거였구나. 심야 탐사.

"저 애들이 널 알게 되면 분명히 친절하게 대할 거야, 로리."

피아가 다정하게 웃으며 덧붙였다. 그때 갑자기 고래잡이 책이 생각났다.

"피아가 제 방문 앞에 책을 두고 갔어요?"

피아가 눈썹을 치켜올렸다.

"책? 난 9호관 건물에는 다시 안 갔는데."

난 어깨를 으쓱하고 창밖을 내다보았다. 어느새 식당을 나선 아이들이 광장을 걸어가고 있었다. 난 그 아이들이 서로를 편안하게 대하는 방식을 부러워하며 지켜보았다. 저 애들 중 누군가가 책을 두고 간 게 틀림없다. 하지만 내가 왜 죽은 고래 이야기를 읽고 싶어 할 거라고 생각했을까? 내가 보고 싶은 건 살아 있는 고래다!

　　　　　　　　　　　　　　　　　　　　　　　침입자

2

수영장을 쓸 수 있을 거라는 얘기를 엄마가 누구한테 들었는지 모르겠다. 수영장에는 물 한 방울 없었다. 타일은 금이 가고 은색 사다리는 녹이 슬어 있었다. 몇 년 동안 사용한 적이 없는 것 같다.

나는 폭이 좁은 관중석에 서서 어느 여름날, 높은 창으로 햇빛이 비치는 한밤중, 물이 가득 차 있는 수영장을 상상했다. 1, 2, 3이라고 쓰여 있는, 우승자를 위한 작은 시상대도 남아 있었다. 여기서 시합이 열렸을까? 광산에서 하루 일을 마친 사람들이 이곳을 가득 메우고 있는 모습을 그려 본다. 사람들이 함성을 지르고 응원을 보낸다.

난 가장 재미있을 만한 사진 구도를 찾아서 이리저리 돌아다니며 휴대폰으로 사진을 찍었다. 녹색 타일에 반사되는 빛, 니스 칠을 한 천장의 나무 들보, 대담한 색깔의 정사각형과 직사각형으로 채워진 벽.

그때 위쪽에서 소리가 들려 깜짝 놀랐다. 킥킥거리거나 작게 흥얼거리는 소리였다. 여자애 둘이 내 뒤로 몇 줄 떨어져 앉아 있었다. 일곱 살이나 여덟 살쯤인 것 같다.

"뭐 하는 거야?"

한 아이가 호기심에 눈이 커다래져서 물었다.

"그냥 둘러보는 거야. 뭐가 있나 하고."

나는 이 애들이 어제 그네에 있던 애들이라는 걸 알아보았다. 틀림없이 쌍둥이일 것이다. 둘이 똑같이 검은 생머리를 뒤로 넘겨 소박한 머리 끈으로 묶었고, 똑같이 밝은 눈동자를 가졌다. 이 아이들이 날 얼마나 오랫동안 지켜보고 있었는지 궁금했다.

"이름이 뭐니?"

나한테 말을 걸어 준 걸 기뻐하며 이렇게 물었다.

"부파. 얘는 낸이야. 우린 자매고."

한 아이가 잠자코 보고만 있는 다른 아이를 곁눈질하며 대답했다.

"그런 것 같았어!"

내가 미소 지었다.

아이들이 발로 바닥을 구르자, 서로 연결된 관중석 의자가 덜컹거리는 소리가 텅 빈 공간으로 퍼져나갔다.

"여기서 수영해 본 적 있어?"

아이들과 대화를 이어 가고 싶어서 내가 물었다.

부파가 생각만 해도 끔찍하다는 듯 얼른 고개를 저었다.

"우린 수영할 줄 몰라. 너무 추워."

그러고는 심하게 몸을 떨었다.

내가 재빨리 고개를 끄덕였다.

"하긴 그렇겠지."

조용한 쪽, 낸이 내 휴대폰을 뚫어지게 쳐다보았다.

"보여 줄까? 전화기지만 카메라가 있어서 사진을 찍을 수 있어. 괜찮다면 너희들 사진을 찍어도 될까?"

낸이 놀란 듯 고개를 가로저었고, 부파가 그 애를 일으켜 세웠다.

"미안! 너랑 얘기하면 안 돼."

두 아이가 함께 뛰어가 버렸고, 난 혼자 남았다.

수영장이 갑자기 아까의 절반만큼도 아름다워 보이지 않았다. 나는 다시 옆에 있는 문화 궁전으로 들어가 체육관으로 갔다. 오늘은 공이 있었다. 마치 누군가 이제 막 농구를 끝낸 것처럼. 골대를 겨누었지만, 공은 골대에 맞고 튕겨 나와 노란색 바닥 한구석으로 굴러가 버렸다.

나는 엄마가 준 지도에 표시가 되어 있는 오래된 학교 건물을 찾아내, 이리저리 둘러보았다. 학교 담장에는 빛바랜 벽화가 남아 있었는데, 북극권의 황량함과는 정말 어울리지 않는 숲이 그려져 있었다.

교실 안은 비어 있었다. 수업이 이루어지고 있다는 흔적이 없어서 의아했지만, 이곳에서는 다른 방식으로 하는 게 분명했다. 멀리 어딘가에서 개 짖는 소리가 들려왔다. 늑대처럼 울부짖는 소리도 났지만, 사실 이 지역은 늑대가 없다. 아마도 허스키일 것이다. 그 개들이 어디 있는지 찾아봐야겠다. 아무도 동물들에게는 나한테 말 걸지 말라고 못 하겠지.

문화 궁전에서 피아노 소리가 나서 다시 그쪽으로 천천히 걸어갔다. 아이들이 내가 모르는 언어로 노래를 부르고 있다. 노르웨이어일까? 러시아어? 핀란드어? 엄마가 롱위에아르비엔에는 태국 사람이 많다고 했는데, 부파와 낸은 태국 이름일 수도 있겠다.

아름다운 노래였다. 하지만 난 노래가 흘러나오는 방을 서둘러 지나쳐서 2층으로 올라가는 웅장한 계단 밑 공간으로 갔다. 거기에는 해진 소파가 놓여 있었다. 위층의 방들은 물론 음악실도 보이지는 않았지만 여전히 소리가 들리는 거리였다.

난 가방을 열고 내 방 문 앞에 놓여 있던 고래잡이 책을 꺼냈다. 첫 페이지를 막 넘기는데 청회색 뭉치가 갑자기 내 무릎 위로 뛰어올랐다.

"어머나, 카이쿠!"

카이쿠가 내 얼굴을 핥으려 드는 바람에 난 웃으며 소리쳤다.

"야, 카이쿠!"

익숙한 목소리가 외쳤다. 미칼은 나를 보더니, 난처한 듯 발을 굴렀다. 부파와 낸이 뒤따라오다가 적의 무릎에 앉은 카이쿠를 보고 큰 소리로 낄낄거렸다. 피아노 소리가 멈추더니 더 많은 아이가 무리 지어 나타났다. 어제 봤던 어린 여자애 마니와 무리 중에서 나이가 가장 많은 여자애도 있었다. 그 애의 눈이 휘둥그레지더니 믿을 수 없다는 표정을 지었다.

"그 책 어디서 났어?"

여자애가 날 내려다보며 물었다.

나는 해서는 안 될 일을 하다 들킨 것처럼 어색하게 책을 덮었다. 카이쿠가 내 손을 핥기 시작했다.

"오늘 아침에 내 방 문 앞에 놓여 있었어. 밤에 누가 두고 갔나 봐. 발소리를 들었어."

나는 혹시 얼굴이 붉어지거나 뭔가 아는 듯한 표정이 있는지 아이들의 얼굴을 죽 살펴보았다.

"우린 파리는 상관 안 해. 거기 들어가는 일은 없어."

그 여자애가 말했다. 다른 아이들은 뒤에서 의미심장한 눈길을 서로 주고받았다.

"그러니까 나한테 책을 놔두고 간 사람이 여긴 없다는 거지?"

내가 다그치듯 말했다.

"무엇 때문에 우리가 네게 뭘 놔뒀겠어?"

여자애가 좀 더 강렬한 시선으로 날 노려보더니, 내 맞은편 의자에 앉았다.

"너 잠은 잘 잤어? 눈 밑에 다크서클이 있는데."

나는 손가락으로 머리카락을 빙빙 돌리며, 오늘 아침에 머리 빗는 걸 까먹지나 않았는지 생각해 보았다.

"실은 이상한 소리가 났어. 벽 속에서."

나는 곁눈질로 아이들의 반응을 살폈다.

"우리 엄마는 시궁쥐였을 거라고 생각해."

미칼이 부드럽게 웃었다.

"스발바르 쥐였겠네?"

내가 고개를 끄덕였다.

"아니면 그냥 생쥐였을지도 몰라."

"아, 생쥐, 그렇지!"

미칼이 말했다.

"스피츠베르겐섬의 얼음 쥐야!"

맞은편에 앉은 여자애가 외쳤다.

아이들이 폭소를 터뜨렸고, 내 얼굴은 새빨개졌다.

미칼이 불편한 눈빛으로 날 흘깃 보더니, 여자애에게 타이르듯 말했다.

"그만해, 니나." 그러고는 다시 나를 보았다. "우리가 장난친 거야. 생쥐도 시궁쥐도 아닐 거야. 이 섬에는 그런 게 없어."

난 곧바로 고개를 끄덕이며, 속으로 자책했다. 나도 안다. 북극곰을 제외하면, 이 지역에 사는 육상 포유류는 순록과 북극여우밖에 없다. 내가 본 책에서는 북극곰은 바다 동물로 분류하는 게 더 낫다는 설명도 있었다. 여긴 아빠의 숲이랑은 딴판이다. 숲속 우리 오두막은 온갖 종류의 소름 끼치는 벌레와 지붕 위를 뛰어다니는 다람쥐, 먹이를 찾아 기어다니는 숲쥐들로, 말 그대로 살아 있었다.

"가끔 소리가 나. 오래된 건물이니까. 특히 네가 있는 그 건물은 더 그래. 밤이면 이상한 일을 벌이지. 걱정할 거 없어."

미칼이 말했다.

"걱정할 필요 없다고? 우린 아무도 감히 파리에서 잠을 못 잘 거야. 거기가 유령이 사는 데라는 건 누구나 다 아는 사실이야. 섬은 누가 외부인인지 알거든. 섬은 외부인이 머무는 걸 싫어해. 너도 그렇게 말했잖아."

그 여자애, 니나가 소리쳤다.

미칼은 가볍게 쉿 소리를 냈지만, 눈은 계속 나를 보고 있

침입자

었다.

"넌 여기 얼마나 있을 건데?"

"몇 주, 아마 6주쯤일 거야. 광산이 승인 날 때까지."

미칼이 눈을 가늘게 떴다.

"그 광산은 만들지 말았어야 했어. 이 땅을 함부로 파헤쳐선 안 돼."

"광산을 열려는 건 다 그럴 만한 이유가 있다고 생각해. 그린라이트 말이야. 세상이 다시 앞으로 나아가려면 토금속(원소 주기율표 3족에 속하는 금속 원소로 산화하면 흙 성분이 됨-옮긴이)이 필요해. 배터리라든가 스마트폰, 전기 자동차에….'

미칼이 내 시선을 맞받았고, 내 뺨에는 홍조가 다시 올라왔다. 이 세상에는 그런 게 필요하다고? 여기로 오는 배 안에서 엄마가 했던 말 같다.

"석유를 파내는 것보다는 나아. 석탄을 자꾸 태우는 것보다 더 나은 일이고."

나는 엄마가 선장에게 했던 얘기를 떠올리며 힘없이 말을 끝맺었다.

"네가 캄캄한 겨울을 맞이할 준비를 잘했으면 좋겠다."

니나가 불길하게 말했다.

"무슨 말이야?"

그 애가 말하는 캄캄한 겨울에 또 다른 의미가 있는 것 같아서 내가 물었다. 나이가 좀 더 어린 아이들 몇은 우리 대화가 듣기 싫거나 지루해졌는지 자리를 떴다. 다른 방에서 다시 피아노 소리가 났다.

니나가 어깨를 으쓱했다.

"파리에 있으면 곧 알게 될 거야. 우린 경고했어."

피아노 소리가 더 커졌다. 연주하는 사람이 피아노 건반을 말 그대로 두들기고 있는 게 틀림없다. 니나도 일어나 돌아섰지만, 미칼은 그대로 있었다. 아마도 카이쿠가 여전히 내 무릎에 포근하게 안겨 있어서 그랬을 거다.

"넌 여기 왜 온 거야?"

미칼이 니나가 방금 일어난 자리에 앉으며 물었다. 카이쿠가 자기한테로 훌쩍 뛰어넘어 오기를 기대하는 것 같은데, 카이쿠는 가만히 앉아서 몸을 다시 웅크렸다가 오른쪽 앞다리를 쭉 뻗었다. 그러자 발바닥의 패드가 보였다.

"우리 엄마는 지질학자야."

내가 말을 시작하자, 미칼은 인상을 찌푸렸다.

"너희 엄마 말고 너 말이야. 광산에서 일할 건 아니지? 아니면 그럴 계획인 건가?"

"당연히 아니지."

난 마치 답이 숨겨져 있기라도 한 듯 카이쿠를 내려다보았다. 잠시 뒤, 그 애가 내 대답을 기다리는 게 너무 분명했기 때문에, 뭐라도 말을 해야 했다.

"좀 쉬고 싶었어. 학교가 재미없었거든. 나하곤 안 맞았어."

막상 말을 하고 나니 얼마나 해방감이 느껴지는지 스스로도 놀라웠다. 여기, 학교에서 아주 멀리 떨어진 곳에 있어서인가.

침입자

"네 친구들은 어땠는데?"

미칼이 퉁명스럽게 물었다.

나는 갑자기 이 애가 날 어떻게 생각할지 전혀 신경이 쓰이지 않았다. 적어도 학교에서의 나, 그 여자아이를 어떻게 생각하는지는 상관없다. 그 아이는 이제 너무 멀어져서 거의 기억나지 않을 정도다. 난 미칼을 쳐다보았다.

"예전에는 친구가 있었어. 베티라고. 2년쯤 전에 이사 갔어. 그 뒤로는…."

내 목소리가 점점 기어들어 갔고, 손가락으로 머리를 빗어 넘기는데 엉킨 머리카락이 만져졌다. 장미 꽃잎 향수에서 나던 아이스크림 향이 떠올랐다.

카이쿠는 이제 완전히 잠들었다. 여우의 뾰족한 주둥이는 따뜻함을 찾아 풍성한 꼬리 아래에 파묻혀 있다.

"니나가 한 말이 무슨 뜻이야? 캄캄한 겨울이랑 파리, 내가 뭘 알게 될 거라는 거지?"

내가 물었다.

"그건 그냥 사람들이 여기 극야에 대해 하는 말이야. 겨울이 오면 스피츠베르겐섬의 무덤이 열린다는 거야."

"설마?"

나는 태연한 척하려고 애썼다.

미칼이 어깨를 으쓱했다.

"사람들이 피라미든에 대해 맨날 하던 말이야."

난 카이쿠의 부드러운 털을 계속 쓰다듬었다.

"하지만 진짜는 아니지? 밤의 어둠이 사람들을 해칠 순 없잖아."

게다가 난 유령을 믿지 않아, 하고 거의 말할 뻔했지만, 웬일인지 그 말은 입 밖으로 나가지 못하고 내 혀에 그대로 남아 있었다.

미칼은 다시 어깨를 으쓱하더니, 가려고 일어섰다. 피아노 소리가 그치고 아이들이 건물 밖으로 몰려 나갔다. 또 다른 방에서는 누군가가 수를 세고 있다. 우리 초등학교 때처럼 숨바꼭질을 하고 있다는 걸 깨달았다. 그땐 숨어 있을 만한 장소를 훤히 외우고 있으면서도 숨바꼭질을 하곤 했다.

"카이쿠!"

미칼이 나지막이 명령하듯 불렀고, 여우는 일어나 그 애를 따라갔다. 둘은 뛰어나가서 아이들 놀이에 합류했다.

3

카페테리아에서 혼자 점심을 먹고 나오는데 엄마가 날 불렀다.

"가이드가 옛날 석탄 광산을 볼 수 있게 데려가 준대. 5분 안에 준비할 수 있겠어?"

"나도 가도 돼?"

엄마가 와서 깜짝 놀랐는데, 이런 얘기까지 듣다니. 실은 엄마가 하루 종일 나가 있을 줄 알았다.

"새 광산에서 일찍 돌아올 수밖에 없었어. 정말 너무 추웠어. 산에 간다고 여벌 옷을 그렇게 껴입었는데."

"근데 나도 진짜 가도 돼?"

내 눈은 마을에 그림자를 드리우고 있는 산, 옛 광산 현장을 향했다.

"그 사람들에게 굳이 물어보진 않았어. 그러니까 얼른, 서둘러!"

엄마가 장난스러운 미소를 지어 보였다.

나는 마을 밖으로 모험을 떠난다는 생각에 흥분해서 휴대폰을 가지러 급히 방으로 돌아갔다. 어쩌면 순록을 가까이에서 볼 수 있는, 또는 카이쿠 말고 좀 더 많은 북극여우를 볼 수 있는 기회일지도 모른다.

엄마가 광장에서 기다리고 있다가 나를 보고 환하게 웃었다. 어젯밤에 들렸던 소리는 이제 아무 일도 아니었다. 아마 첫날 밤의 불안 때문이었겠지. 아니면 낡은 파이프로 더운물을 흘려보내는 소리였거나, 두 명의 광산 기술자가 살고 있는 아래층 어딘가에서 변기 물을 내리는 소리였을 거다. 유령이나 무덤 이야기는 분명히 마을 아이들이 나를 겁주려고 한 말일 뿐이다.

한 남자가 근엄한 얼굴을 한 동상에 기대어, 아까 피아노 주위에서 아이들이 불렀던 곡조를 휘파람으로 불고 있었다. 엄마가 날 그리로 데려갔다.

"로리, 이분은 아이반 씨야. 이곳에서 오래 사셨어."

나는 긴장해서 침을 꿀꺽 삼켰다. 그렇다면 이 사람은 정착민, 즉 옛 광부라는 얘기다. 그가 날 보더니, 불친절하지는 않게 고개를 끄덕이고는 산 쪽으로 출발했다. 엄마와 난 몇 걸음 뒤에서 따라갔다.

"그린라이트에서 아이반 씨를 현장 역사가로 고용했어. 아이반 씨는 이곳에서 무슨 일이 일어났는지 직접 경험해서 잘 알고 있는 사람이니까."

엄마가 설명해 주었다.

아이반은 앞장서서 걸어갈 뿐, 우리가 잘 따라오는지 신경도 쓰지 않았다.

엄마가 나무와 골진 강판으로 지어진, 산 위로 뻗어 올라간 통로를 가리켰다.

"여기 사람들은 저걸 노출 갱도라고 불러. 우린 저 통로로 올라갈 거야."

"안전한 거야?"

내가 의심스러워하며 물었다.

아이반이 썩 믿음이 가지 않는 웃음을 지어 보였다.

"아직 무너지진 않았으니까."

아이반의 말에 내가 곁눈질로 엄마를 슬쩍 쳐다보자, 엄마가 나에게 한쪽 눈을 찡긋했다.

"손전등 가져왔어요? 어두운 데 들어가면 불안해하는 사람들이 있거든요. 특히 아이들은요."

아이반이 갱도의 입구에서 멈춰 서더니 이렇게 물었다.

아이반과 눈이 마주쳤다. 그는 스피츠베르겐섬의 무덤이 열린다는 미칼의 이야기에 뭐라고 할지 궁금했다.

엄마가 아침에 광산에 가느라 머리에 쓰고 있던 플래시의 스위치를 탁 하고 켰다.

"저도 있어요."

난 진작에 이 섬에서는 손전등 없이는 아무 데도 가지 않겠다고 마음먹었다. 이 손전등은 아빠가 새집으로 이사할 때 준 거다. 태양열로 작동하지만 충전식 배터리를 넣을 수도 있고, 둘 중 어느 것이든 말을 안 들을 때를 대비해 태엽 손잡이도 있다. 내가 플래시로 터널 안을 비추자, 돌무더기와 버려진 파이프와 케이블이 불빛에 드러났다.

우리는 돌무더기를 밟고 넘어가 위쪽으로 경사진 나무 바닥 위로 올라섰다. 바닥에는 일정한 간격으로 튀어나온 디딤 표시가 있었다. 널빤지 통로와 평행하게 레일이 놓여 있는데, 순간적으로 난 상상 속에서 석탄을 잔뜩 실은 탄차가 경사로를 굴러 내려오는 소리를 들은 것 같았다.

아이반의 뒤를 따라 위로 올라갈수록 엄마와 나는 호흡이 점점 가빠졌다. 우리는 때때로 걸음을 멈추고 벽 틈새로 밖을 내다보았다. 어느새 아주 높이 올라와 있었다. 어쩐지 벌써 숨이 차더라니! 피라미든의 여러 건물이 우리 발아래 흩어져 있고, 그 너머로 피오르의 어두운 바다와 푸른 빙하가 펼쳐졌다. 리바이어던호를 타고 여기로 올 때 느꼈던 것과 비슷한 경외감이 들었다. 우리는 너무 작고 보잘것없어서, 주변의 거대하고 황량한 풍경에 묻혀 버린다. 이상하게도 마음이 진정되었다.

"이게 움직이고 있는 건가?"

엄마가 난간을 붙잡았다.

"엄마 괜찮아?"

엄마의 얼굴이 얼마나 창백한지, 깜짝 놀랐다.

"괜찮아! 그냥… 잠깐 현기증이 났어. 숨 좀 돌려야겠다."

엄마가 억지로 미소를 지으며 말했다.

통행로가 북극 바람에 좌우로 흔들리고 또 우리 발걸음에 출렁거리는 통에, 나도 조마조마한 마음에 난간을 꼭 붙들었다. 난간은 반들반들하게 닳아 있었다. 오랫동안 깊은 어둠 속으로 내려가기 위해 산을 오른 광부들이 모두 이 난간을 만진 결과겠지. 그런데도 난간은 산허리에 단단히 붙어서 오랜 세월이 지나도록 견고하게 서 있다.

난 레일 사이에 떨어져 있는 돌멩이 하나를 집어 들었다.

"사람들은 그걸 '검은 금'이라고 불렀지."

아이반이 거의 안타까움에 가까운 눈길로 장갑 낀 내 손에 들려 있는 석탄 덩어리를 바라보았다.

"그토록 오랫동안 채굴이 가능했다는 게 믿기지 않아요. 지구 기후법이 제정된 후에도 광산이 몇 년 더 운영된 것 같던데요?"

엄마가 이제는 정상적으로 호흡하며 속삭이듯 말했다.

아이반이 고개를 끄덕였다.

"멀리 떨어진 이곳에서는 그런 법이야 쉽게 피할 수 있죠. 세상 사람들은 몰라요. 특히 돈이 개입될 때는요."

"그래서 사고가 났던 거예요? 감시를 철저히 하지 않아서요?"

엄마가 압박하듯 물었다.

"비행기 사고 말이야?"

내 질문에 아이반이 천천히 고개를 흔들었다.

"비행기 사고는 우리 시절보다 전이었어. 네 엄마는 광산 붕괴 사고를 말하는 거야."

내 심장이 조금 빨리 뛰었다. 붕괴라는 단어는, 띠같이 생긴 통행로가 굴처럼 뻗어 있는 시커먼 산 중턱에서 들을 만한 말이 못 된다.

갈매기 한 마리가 하늘 위에서 큰 소리로 끼룩거리며 터널 위까지 낮게 내려왔다. 난 벽에 난 틈새로 갈매기를 지켜보았다. 우리가 그의 영역을 침입한 것이다.

아이반이 목청을 가다듬고 말을 이었다.

"12년 전의 일이야. 광산의 한쪽 구역이 붕괴했지. 제대로 지지가 되지 않았던 거야. 그들은 완전히 금지당하기 전에 최대한 석탄을 캐내고 싶어 했어. 원칙을 지키지 않았지. 그렇게 많은 돈을 벌 수 있다는데, 생명이 무슨 상관이었겠어?"

"누가 다치진 않았어요?"

나는 곧바로 이렇게 물었지만, 답을 이미 알 것 같았다. 아이반의 눈에 고통이 서렸다.

"사망자가 많았어."

엄마가 내게 조용히 말했다.

광산이 처음 문을 닫았을 때 비행기 사고 때문이었다는 건 알았지만, 그건 아주 먼 옛날 일이라고 생각했다. 그 뒤 또 다른 재난이 있었다는 건 전혀 몰랐다.

아이반이 낮게 중얼거렸다.

"마을 주민의 4분의 1 이상이 죽었어. 거기 있던 광부들은 거의 다 죽었고, 아이들도 몇 명 세상을 떠났지."

"아이들도요? 광산에는 아이들이 있을 수 없잖아요?"

엄마가 헉 하고 숨을 들이마셨다.

아이반에게서 분노가 번뜩였다. 우리 걸음의 반동이 여전히 이어지고 있는 듯 통행로가 다시 흔들렸다. 이 산은 틀림없이 그때 일을 기억하고 있을 것이다.

"아이들이 점심 도시락을 가져왔어요. 매일같이. 그쪽 구역 전체가 무너진 거예요. 깊은 구덩이 속에 있든 높은 입구 쪽에 있든 상관없었어요. 산이 열리고 사람들을 데려갔어요."

내 혈관 속을 흐르는 피가 조금 차갑게 느껴졌다. 아이반은 그날의 아주 사소한 부분까지 전부 다 분명하게 기억하고 있다. 아이반의 어깨가 움츠러들었고 눈은 지나치게 빛났다.

"그게 광산이 마지막으로 완전히 문을 닫게 된 이유였어. 사실 이미 오래전에 닫았어야 했는데. 끔찍한 비극이었지."

엄마가 내게 부드럽게 말했다.

"이번은 그때보다 안전한 거야? 석탄 광산이었을 때보다?"

나는 새로운 두려움에 사로잡혀 엄마에게 물었다.

"이번 일은 전혀 달라. 희토류는 석탄보다 훨씬 접근하기가 쉬워. 우리 새 광산은 땅에서 겨우 몇 미터 아래거든."

엄마가 재빨리 대답했다.

"당신네 광산에는 다른 문제가 있소."

아이반이 목소리를 높였다.

엄마가 입술을 삐죽 내밀었다.

"그린라이트에서는 툰드라에 미치는 피해를 최소화하기 위해 신중하게 장소를 골랐어요. 우리 추출 방법은 그 어느 때보다도 깨끗해요."

아이반이 말을 막으려는 듯 손을 들어 올렸다.

"이 논쟁은 다음으로 미루죠. 마을 사람들이 당신의 발표를 기다리고 있으니까. 내일 밤이지요?"

아이반의 강렬한 시선은 엄마에게 고정되어 있었다. 엄마는 마을 회의가 그렇게 일찍 열린다는 얘기를 나한테 해 주지 않았다.

"우리 암석을 보러 왔잖아. 꼭대기까지는 올라가야지."

엄마가 나를 보고 웃었다.

우리는 산 위로 난 통행로의 3분의 2 지점에서 갱도 밖으로 나와 금속 조각과 기계들의 잔해 사이에 섰다. 틀림없이 광산이 붕괴한 지점으로 보이는 함몰된 지형이 보였다.

아이반이 소총을 어깨에 걸친 채 갱도 입구에 털썩 주저앉아, 주머니에서 책장 모서리가 접혀 있는 책을 꺼냈다.

해가 수평선을 향해 내려가고 있다. 빛이 항상 여기서 사라지는 걸까? 하늘은 어두운 분홍색으로 빛나고, 산꼭대기는 푸르고, 멀리 빙하는 여전히 더 푸르다.

나는 휴대폰으로 사진을 찍으며 산비탈을 돌아다녔다. 화성이라고 해도 될 것 같다. 사실 그만큼 멀리 온 것처럼 느껴진다. 여전히 학교 수업이 진행되고 있을, 예전의 내 삶과는 너무 다르다.

엄마는 생각에 잠긴 듯 말없이 다양한 색깔의 돌을 파내고 있었다. 구릿빛이 감도는 갈색 돌, 새까만 돌, 여러 가지 회색 색조를 띤 돌들. 어렸을 때 휘트비와 로빈후즈 베이(둘 다 잉글랜드의 동쪽 해안에 있는 마을-옮긴이)로 여행 갔던 일이 생각났다. 그곳 해변에서 엄마가 회색 셰일(이판암. 얇은 층으로 된 퇴적암-옮긴이)에서 화석을 찾는 방법을 가르쳐 주었다. 나선형 암모나이트뿐만 아니라 악마의 발톱이라 불리는 조개껍데기, 작은 별 모양의 바다나리, 심지어 거대한 바다 파충류의 뼈까지 있었다.

나는 목에 두른 목도리를 더 단단히 감았다. 여기는 바람이 더 매섭다. 심지어 작은 얼음 조각까지 바람에 실려 날아왔다.

바로 걸어 들어갈 수 있을 것 같은 수직 갱도가 보였다. 한때 입구를 막아 놓았던 나무 널빤지는 아예 빠져 버렸거나 바람에 풀려 있었다. 내부는 아주 깜깜해서 더 이상 보이지 않을 때까지 아주 한참 동안 평평해 보였다. 바닥은 단단했고 금속 냄새가 났다.

"나라면 거기 들어가지 않을 거야."

아이반이 여전히 책을 손에 들고 자리에 앉은 채 목소리를 높였다.

엄마가 걱정스러운 목소리로 불렀다.

"안 돼, 로리. 거기 들어가면 안 돼! 안전한지 알 수 없잖아. 게다가 안전모도 가져오지 않았고."

나는 반대쪽, 하늘을 배경으로 나무 십자가 몇 개가 실루엣으로 보이는 곳으로 걸어갔다.

추모비인지 아니면 광산 붕괴 때 생긴 무덤인지 모르겠지만, 나는 아이반이 또다시 그쪽으로 가지 말라는 경고를 하지나 않을까 해서 그를 바라보았다. 하지만 아이반은 책에 열중해 있었다.

땅바닥에 눈에 띄는 뭔가가 있었다. 온통 잿빛인 비탈에 석탄 덩어리만 조금 남아 있을 뿐인데, 이상하게 매끈하고 하얗게 보였다.

아주 작은 고래 조각상이었다. 내 생각엔 뼈로 조각한 것 같다. 둥근 몸통과 친절하고 호기심 많은 미소로 보아 벨루가인 것 같다. 스피츠베르겐섬의 흰고래.

도대체 왜 벨루가 조각상이 석탄 광산 옆에 올라와 있는 걸까?

엄마한테 보여 주거나 아이반에게 물어볼까 하고 둘러보았지만, 두 사람 모두 자신만의 다른 세계에 빠져 있었다. 엄마는 암석과 지층에, 아저씨는 책에. 난 벨루가를 바지 주머니 속에 밀어 넣었다. 피아를 만나면 물어봐야지. 아니면 미칼에게라도,

내가 그 정도로 용감하다면. 누군가는 이처럼 예쁜 조각상에 대해 뭔가 알고 있을 거다.

4

"오늘 밤은 잘 잘 수 있을 거야. 광산에 올라갔다 온 덕에 틀림없이 금방 잠들 거야."

저녁 식사를 마치고 카페테리아에서 돌아올 때, 엄마가 내 팔짱을 끼고 걸으며 말했다.

"아빠랑 얘기할 수 있으면 좋을 텐데."

"사람들이 방법을 알아봐 줄 거야. 잉그리드가 그럴 거라고 했잖아."

엄마가 확신한다는 듯 말했다.

"그랬어?"

내가 물었다. 왜냐하면 광산에서 내려온 뒤 그린라이트 사무실에서 잉그리드와 어색하게 마주쳤을 때, 내가 실제로 받은 인상은 그게 아니었기 때문이다. 아마 잉그리드는 최선을 다했겠지만, 위성 전화를 쓰게 해 달라는 엄마의 요청에 당황한 것 같았다. 위성 전화는 작동한 적이 없었다, 그게 요점이었다. 우리가 여기 있는 내내 아빠랑 연락을 못 하면 어떡하지? 아빠가 마을 도서관에 가서 이메일을 보낼 생각을 할까?

"피아는 또 우리랑 저녁을 안 먹었어. 같이 먹겠다고 해 놓고선."

내가 투덜거렸다.

피아는 우리가 들어갔을 때 카페테리아에 있었지만, 아이반과 젊은 마을 청년 두 명이랑 내내 구석 자리에 앉아 있었다.

엄마가 다정하게 웃었다.

"피아는 우리가 마음대로 부려 먹어도 되는 사람이 아니야. 피아는 젊어. 자신만의 생활도 있고. 피아가 다른 주민들과 친해진 건 잘된 일이야. 아이반 씨를 설득해서 현장 역사가 일을 하게 한 것도 피아였어. 북극위원회가 피라미드에 남아 있는 광산 공동체의 규모를 알게 되자, 그걸 그린라이트에 면허를 내주는 조건으로 삼았거든."

나는 모르는 사이에 내가 심통이 난 것처럼 굴었다는 깨달음에, 어깨를 으쓱했다. 학교에서 익히 겪은 일과 너무 비슷했던 탓이었다. 점심시간에 다른 사람은 모두 친구들에게 둘러싸여 웃고 떠드는데, 나만 혼자 따로 앉아 밥을 먹었다. 어쩌다 그렇게 됐는지조차 모르겠다.

중등학교(11세에서 16세까지 다니는 중고 통합 과정-옮긴이)에 들어갔을 때, 난 우리 집에서 벌어지는 온갖 일, 엄마 아빠의 별거 같은 늪에 깊이 빠져, 학교에서 별다른 노력을 기울이지 않았다. 교실에서 어디에 앉을지, 누구랑 어울릴지 아무 관심이 없었다. 그러다가 막상 노력하려고 보니, 그땐 너무 늦은 뒤였다. 이미 끈끈한 무리가 형성되어 있었다. 학교는 결속력 강한 그룹들이 지배했고 나처럼 어디에도 맞지 않는 아웃사이더는 극소수였다.

난 베티의 가족이 해안 도시에서의 새로운 삶을 위해 그 애를 데려가지 않기를 백만 번은 빌었다. 하지만 어쩌면 나와 베티 사이도 달라졌을지 모르겠다. 나이가 들면 어떤 일은 그대로 유지하기가 힘들어질 수도 있으니까. 세월이 가면 새로운 행동 방식과 존재 방식이 등장하기 마련이다.

엄마와 난 보도에서 벗어나 광장 중앙에 서서, 위를 올려다보며 칠흑 같은 하늘에서 밝게 빛나는 별에 빠져들었다. 스노 부츠를 통해 얼어붙은 땅이 느껴졌고 추위가 코트를 뚫고 들어왔지만, 우리 둘 다 아직은 방에 들어가고 싶지 않았다.

"있잖아, 내일 마을 사람들과 하는 회의가 열릴 거야."

엄마가 말했다.

"긴장돼?"

너무 어두워서 엄마의 표정을 볼 수는 없었지만, 엄마의 침묵이 서서히 내 속으로 파고들었다.

"근데, 나는 왜 엄마한테 발표를 시키는지 아직도 이해가 안 돼. 다른 사람이 하면 안 되는 거야?"

내가 투덜거렸다.

"그게, 안드레이 대표와 마크는 새 얼굴이 낫다고 생각하는 것 같아. 마을 사람들이 기존 직원들을 싫어해서."

"피아는 아니잖아."

아까 카페테리아에서 피아가 아이반이랑 다른 사람들과 함께 웃고 있던 모습이 생각나서 내가 곧바로 대꾸했다.

"그래, 피아는 아니지. 하지만 안드레이 대표는 피아를 신뢰하지 않는 것 같아. 잉그리드가 그러는데, 안드레이 대표는 피아가 그린라이트에 대한 충성심을 잃었다고 생각한대."

"근데 피아가 왜 충성심을 가져야 해? 그냥 진실만 말하면 되잖아?"

9호관 건물로 가기 위해 보도로 다시 올라섰을 때, 엄마가 나를 꼭 끌어안았고 나는 엄마 품속에 녹아들었다. 우리 둘이 함께 온기를 나눌 수 있어서 다행이다.

"아, 로리, 네가 있어서 너무 좋다."

"회사 사람들이 엄마한테 잘 대해 주지 않아?"

내가 의아해하며 물었다.

엄마가 웃었다.

"잘 대해 주느냐 못 대해 주느냐 하는 문제가 아니야. 다들 스트레스를 받고 있고 피곤하지. 안드레이 대표는 약간 피해망상까지 생겼나 봐. 그 사람은 정말로 이 프로젝트가 성공하길 바라거든. 녹색 에너지는 안드레이 대표에게 일생일대의 과업이야. 그는 희토류를 공급하는 이런 프로젝트가 없으면 녹색 에너지 사업이 계속될 수 없다는 사실을 아니까."

"그렇다면 내일 연설은 안드레이 대표가 해야지."

나는 추위에다 옳은 일이 아니라는 생각이 뒤섞여, 이를 악물었다. 엄마가 스트레스를 받는 걸 보고 싶지 않았다.

우리 둘은 욕실에 함께 가서, 오늘 밤엔 비록 찬물이었지만, 세면대에서 같이 이를 닦고 세수를 했다.

"보일러가 꺼졌나 보다. 내일 얘기할게. 지금은 꼼짝 못 하겠어. 최소한 라디에이터는 작동하는 것 같으니까…. 로리, 오늘 밤은 우리 둘 다 푹 잘 자야 해!"

엄마가 하품을 했다.

난 혹시나 그 말에, 발표 전날 밤이니 방해받고 싶지 않다는 암시가 들어 있는 건 아닌지 엄마를 흘깃 쳐다보았다. 맹세컨대, 오늘 밤에는 그 어떤 소리가 들리거나 이상한 게 보이더라도 절대로 내다보지 않고 방 안에서 고래들과 함께 있겠다.

나는 침대에 누워 고래잡이 역사책을 넘겼다. 1596년에 네덜란드인이 고래와 바다코끼리, 바다표범으로 가득 찬 바다와 스발바르 제도를 발견했다는 대목을 읽었다. 그 배의 승무원들은 동물들을 보고 경이로워했을까? 아마 틀림없이 그랬을 거다. 하지만 책에 따르면, 그들은 동물들을 돈벌이 수단으로 보기도 했다. 온 유럽에 불을 켤 수 있을 만큼 충분한 기름을 얻을 수 있는 쓸모 있는 동물들로 본 것이다.

몇 페이지를 더 넘기자 정통으로 작살이 박힌 고래와 피로 검게 물든 피오르를 그린 끔찍한 삽화가 나와서, 고개를 돌렸다. 벽에 붙어 있는 스케치가 눈에 들어왔다. 그 그림이 내게 얼마나 큰 위안을 주는지 깜짝 놀랐다. 이 고래들은 정말 진짜 같다. 특히 벨루가는 광산에서 발견한 조각상과 똑같이 생겼는데, 만화 같은 행복한 미소를 짓고 있다.

5

마크가 마을 회의를 위해 강당에 의자를 모아 놓았다. 사람들이 금세 의자를 모두 차지해, 정착민 가족들은 다른 방에서 의자를 더 끌고 오거나 바닥에 앉기 시작했다. 아이들도 왔다. 이게 뭐 하는 건지 전혀 모르는 어린애들까지. 남자애 두 명과 꼬마 마니가 보이고 그 옆에 부파와 낸이 책상다리를 하고 바닥에 앉아 있었다. 아이들에게 이건 재미있는 쇼였다.

나도 슬그머니 강당으로 들어가 창문 아래 바닥에 앉았다. 차가운 외풍이 목으로 들이쳤지만, 코트를 입고 있어서 다행이었다. 난 피아를 찾아 사방을 둘러보았다. 하지만 어디에도 피아의 흔적은 없었다.

엄마가 깨진 모자이크가 있는 벽 앞의 단상에 서 있었다. 지난번에는 모자이크를 왜 못 봤는지 모르겠다. 한밤중의 이글거리는 태양 아래, 차가운 바다와 산이 파노라마처럼 펼쳐져 있고, 엄마 북극곰과 아기 곰들, 그리고 흰 머리카락이 날리는 북유럽의 신이 묘사되어 있었다.

정착민들이 낮게 불평하는 소리가 들렸다. 쉽게 설득할 수 있는 청중은 아니라는 느낌이 들었다.

"후보지에 대해 잠시 설명할 시간을 주신다면…"

엄마가 노크하듯 연단을 두드리며 정중하게 말했지만, 웅성거리는 소리는 멈추지 않았다. 엄마는 큰 소리로 목청을 가다듬더니, 목소리를 높였다.

"이 지역과 관련된 지질학, 그러니까 피라미든 마을과 피오르의 지질 구조와 매장된 금속의 상관성을 알면 모두에게 이익이 될 겁니다."

일부 청중들이 야유를 보냈고 아이들의 웃음소리가 들렸다.

엄마가 어깨를 움츠렸고, 초등학교 선생님이 아이들의 시선을 끌려고 할 때처럼 손뼉을 쳤다. 내 시야 한구석에 미칼이 들어왔다. 그 애가 카이쿠를 몰래 들여왔고, 여우는 그 애 무릎에서 자고 있었다. 미칼 옆에는 회색 머리와 눈이 그 애와 꼭 닮은 여자가 앉아 있었다. 엄마인가 보다.

내 뒤에서 공(탐탐이라고도 하며, 청동으로 만든 커다란 원형 징의 일종-옮긴이) 소리가 요란하게 울렸다.

모두가 뒤를 돌아보았다. 어떤 청년이 공이 걸려 있는 벽으로 올라섰다. 그가 옆에 매달린 솜방망이로 다시 공을 쳤고, 공명이 강당 안에 울려 퍼졌다.

누군가 내 옆에 쪼그리고 앉았다. 피아였다.

"숨어 있는 거야. 그래야 나한테 말을 시키지 못할 테니까!"

피아가 나에게 눈을 찡긋하며 속삭였다.

공을 친 청년이 말을 시작했을 때, 그 사람을 어디서 봤는지 기억났다. 카페테리아에서 피아와 함께 있던 사람이었다. 그는 마을 사람이지만 분명히 피아와 친한 것 같았는데, 서로 다른 파벌로 갈라졌다고 느낀다면 당연히 숨고 싶겠지.

청년의 목소리가 특별히 큰 것도 아니었는데, 강당 안은 바늘 떨어지는 소리가 들릴 정도였다.

"먼저 저분 얘기를 듣는 게 예의라고 생각해요." 그가 엄마를 가리키며 차분하게 말했다. "북극위원회가 이 회사를 마을로 들여서 초래한 상황에 우리가 동의하지 않는다고 해도, 저분에겐 예의를 갖추어야 해요. 로라 씨는 암석과 광물 분야의 전문가예요."

엄마가 놀라고 고마워하며, 그에게 고개를 끄덕였다.

"고마워요, 성함이…"

엄마가 나직이 물었다.

"존, 저는 존입니다."

청년이 대답했다.

엄마가 나와 시선을 맞추었고, 난 격려의 뜻으로 고개를 끄덕였다. 존이 뒤쪽 자리에 앉았다. 피아는 내 옆에 그대로 앉아 있었다.

엄마가 초조하게 서류를 뒤적였다.

"저는 광산의 최종 평가를 위해 여기 참여하게 되었어요. 저희는 조만간 북극위원회가 와서 사업을 승인해 줄 거라고 기대하고 있어요. 그러고 나면 채굴이 본격적으로 시작될 거예요."

여기저기서 고함이 터져 나왔다. 사람들은 채굴이 이미 시작됐다고 소리쳤다. 그린라이트가 거짓말을 하고 있다고.

그게 사실일까? 우리가 부두에 도착했을 때 거기 화물 상자가 쌓여 있던 게 생각났다. 그 화물은 리바이어던호에 실려 롱위에아르비엔으로 향하는 거였는데, 거기서 다시 어디로든 갈 수 있다. 아주 오랜 세월 동안 석탄이 그랬던 것처럼, 아마 지구 반대편까지 갔을지도 모른다. 사람들은 석탄이 해를 끼친다는 걸 알아차렸을 때조차도 계속해서 석탄을 실어 날랐다.

엄마는 강당 안의 적대감에 맞서기 위해 동료들의 지원을 요청하듯 강당 한쪽을 바라보았다. 하지만 아무도 나서지 않았다. 나는 아무런 표정 변화가 없는 그들의 얼굴을 보고 화가 치밀었다. 안드레이, 마크, 심지어 엄마한테 잘해 준다는 잉그리드까지도.

발로 마룻바닥을 구르는 소리, 그에 맞춰 마을 사람들은 광산이 안전하지 않다거나 섬에 죽음을 초래할 거라고 외쳤다.

엄마가 강당 안의 사람들을 조용히 시키려고 다시 손을 들어 올렸다.

"지금까지의 작업은 모두 탐사가 목적이었어요. 저희 회사가 처음 면허를 받을 때 조건에 있던 거예요. 저희로서는 사전에 전체 공정을 살펴보아야 하니까요. 얼음으로 뒤덮인 스피츠베르겐섬의 황무지, 저희는 이곳이 그와 같은 작업에 가장 이상적인 장소라고 확신해요. 이 섬은 녹색 기술에 적극적으로 이바지할 수 있어요. 녹색 경제의 최전선에 서는 거죠."

엄마는 사람들을 설득하기 위해 열심히 긍정적인 면을 말했다.

"여러분의 지역사회에도 실질적인 혜택이 있을 거예요. 12년 만에 다시 일자리가 생기고, 아이들도 다시 학교에 갈 수 있어요."

엄마가 앞줄에 앉은 어린아이들을 가리키며 말했다.

"그린라이트는 이곳을 착취하려고 온 게 아니에요. 저희는 야생보호법의 범위 안에서 운영되고 있어요. 이 지역에서 무엇이 위험에 처해 있는지 잘 알아요."

엄마는 이제 목소리도 강해졌고, 키도 더 커 보였다. 완전히 상반된 견해를 가진 사람들이 모인 강당에서 연설하는 엄마 모습에 나는 자부심을 느꼈다. 발 구름 소리가 잦아들었다. 한쪽 구석에서 미칼의 엄마가 학교 얘기에 몸을 곧추세우는 것이 보였다.

그때 안드레이가 뚜렷한 이유도 없이 일어나, 엄마에게 옆으로 가라고 손짓했다. 내 옆에서 피아의 몸이 굳어졌다.

"저 사람이! 너희 엄마가 정말 잘하고 있었는데."

피아가 화난 듯 낮게 속삭였다.

"이 세계는 희토류가 간절히 필요합니다." 실내가 다시 소란스러워지기 시작했고 안드레이가 소리쳤다. "희토류는 녹색 에너지, 배터리, 전기 자동차, 전자제품, 스마트폰에 필수적이니까요. 여러분도 현실 세계의 생활로 돌아가면, 희토류를 간절히 원하게 될 겁니다."

야유 소리가 더 커졌다. 그런 게 여기 사람들에게 무슨 의미가 있을까?

공이 다시 울렸다. 피아의 친구 존이 의자에서 일어나 있었다. 그의 눈이 빛났다. 순간적으로 존의 시선이 강당을 가로질러 내 자리로, 옆에 피아가 앉아 있는 곳으로, 다시 마을 사람들에게로 움직였다.

"이곳은 전에도 약탈당한 적이 있습니다. 처음에 그들은 고래와 바다코끼리를 잡으러 왔었죠. 그다음은 북극곰과 여우의 털이 목적이었어요. 우린 이 지역의 역사를 너무나 잘 알고 있습니다."

마치 듣고 있었다는 듯 카이쿠가 작게 비명을 질렀다. 여우는 이제 잠에서 깨어, 미칼의 발치를 날쌔게 맴돌고 있다.

존이 이야기를 계속했다.

"그러고 난 다음은, 산을 깊이 파고 내려가 캐낸 석탄이었어요. 거기에서 무슨 일이 일어났는지는 모두가 아는 대로입니다. 처음엔 비행기 사고가 났지요. 그건 한 세대 전 사람들에게 벌어진 일이었습니다. 그다음 우리 세대 땐 광산 붕괴 사고가 일어났고요. 우린 그곳에서 가족과 친구를 잃었습니다. 우리가 왜 그린라이트라는 회사와 이제 막 도착해 우리 섬에 대해서는 아무것도 모르는 외지인들을 믿어야 한다는 건가요?"

엄마는 존과 정면으로 시선을 마주쳤지만, 아무 말도 하지 않았다.

"뒤쪽의 모자이크를 보세요."

존은 이제 엄마에게 개인적으로 발언하는 것처럼 말한다.

"북극곰들은 정상으로 회복되고 있고, 저 멀리 바다에서는 심지어 고래들도 상황이 나아지고 있어요. 세상은 이곳을 버려진 땅으로 제쳐 놓았죠. 근데 이게 무슨… 장난인가요? 농담하시는 거예요? 몇 년 지나지도 않았는데 또다시 이곳을 완전히 파괴하러 돌아오다니요?"

그가 피오르 쪽으로 손을 뻗었다.

엄마가 고개를 저었다.

"그린라이트가 최고 수준의 국제관례를 지킨다는 걸 확신하지 못했다면 북극위원회는 저희 회사가 이곳을 채굴하도록 허가해 주지 않았을 거예요. 정확히 바로 이 때문에 저희가 포괄적인 환경 영향 평가를 수행하는 거고요."

"이 먼 곳에서 무슨 일이 일어나고 있는지 그들이 어떻게 안다는 거요? 저 밖에서 일어나는 일은 아무도 몰라요. 특히 당신네 회사가 일하는 방식은 말이오."

청중 속에서 누군가 외쳤다. 어제 광산에 같이 갔던 아이반이었다. 그 옆에는 니나가 앉아 있었다. 두 사람을 한자리에서 보니까, 가족이구나 싶게 닮은 점이 눈에 띄었다. 아이반이 니나의 아빠인 게 틀림없었다.

니나와 눈이 마주쳤을 때 난 불만스러운 마음에 눈썹을 치켜올렸다. 자기 아빠도 간접적으로 그린라이트를 위해 일하고 있는데, 왜 나를 그런 식으로 대했지?

"우리 현장 역사가인 아이반 씨, 당신이 이번 주말에 주급을 거절할 거라는 생각은 들지 않는데요. 우리 광산이 가동되면, 그린라이트가 당신네 자녀들에게 더 많은 일자리, 진짜 일자리를 제공할 겁니다."

안드레이가 조롱하듯 아이반에게 말했다.

"당신네 회사가 면허를 받는다면 말이죠." 아이반이 흔들리지 않고 쏘아붙였다. "당신은 우리한테 계속 위원회의 대표단이 올 거라고 말하는데. 좋아요, 그들은 지금 어딨죠? 당신네 시나리오를 고수할 새로운 사람을 찾느라 시간이 좀 더 늦춰진 것 아니오?"

이 말을 하면서 아이반의 시선은 명백하게 엄마에게로 향했고, 나는 비난하는 듯한 니나의 눈길을 피해 몸을 더 낮춰 앉았다.

다시 존이 발언했다. 강당 뒤쪽에서 그의 맑은 목소리가 들려왔고, 내 옆에서 피아가 긴장하는 게 느껴졌다.

"당신들은 아무도 보는 사람이 없다고 생각해 황무지를 택했겠죠. 하지만 피라미든은 잘못된 선택이었어요. 우리가 여기 살고 있으니까요! 우리가 지켜보고 있어요! 툰드라를 파괴하는 당신들의 새 도로, 당신들이 땅에 남긴 상처들, 그리고 스발바르 순록들이 산 밑에서 병들어 죽어 가는 것을 지켜보고 있다고요."

안드레이의 뺨에 피가 몰렸다.

"그런 주장은 이제 그만 좀 해요. 그건 순록의 개체 수 불균형 때문일 뿐, 우리 광산하고는 전혀 관련이 없다는 전문가의 증언도 있으니까."

"순록들은 굶주려서 죽는 게 아니에요. 무언가에 중독되고 있다고요!"

존이 주장했다.

엄마는 자신의 상사 옆에서 혼란스럽고 불편해 보였다. 이런 얘기를 듣는 게 엄마도 이번이 처음인 것 같다.

"그건 불가능하다니까. 우리 추출 방법은 지구상에서 가장 순수하고 효율적이란 말이오. 우린 어떤 흔적도 남기지 않아."

하지만 존은 안드레이의 주장을 전혀 받아들이지 않았다.

"이곳의 야생 동물들에게 아무런 영향도 주지 않고 얼음 밑에서 그 성분들을 헤집어 낼 수 있다고 믿는 겁니까? 여기를 보금자리로 삼은 사람들은요? 인간이 계속 땅에서 부를 취하면서도 그에 대해 아무런 대가를 지불하지 않아도 된다고 생각하는 거예요?"

곁눈질로 피아를 봤는데, 피아는 존에게서 눈을 떼지 않고 있었다. 안드레이의 목소리가 더 커지고 공격적으로 변했지만, 존은 침착하고 굳건하게 평정심을 유지했다. 곧 그린라이트는 통제력을 잃어버렸고, 회의장은 혼란에 빠졌다. 안드레이가 손짓으로 끝났다는 신호를 했다.

나는 자리에서 일어섰다. 앞쪽으로, 엄마한테 가야 한다고 생각했지만 그럴 수가 없었다. 난 엄마가 서류를 챙기는 걸 내버려 둔 채 건물 밖으로 뛰쳐나갔다.

스발바르의 순록

1

신선한 공기도 마시고 싶고 잠시 누구의 눈에도 띄고 싶지 않아서, 난 광장을 가로질러 걸었다. 누군가의 손이 내 어깨를 두드리는 순간 무언가 부드러운 뭉치에 걸려 넘어질 뻔했다. 카이쿠였다!

"안녕."

미칼이었다.

"안녕."

난 약간 경계하며 대답했다.

"너희 엄마 괜찮으시겠지? 속상해하시는 것 같던데."

미칼의 말에 난 두 팔로 내 어깨를 감싸 안았다. 엄마를 걱정해 줘서 고마웠다.

"우리 엄마를 대변인으로 내세우지 말았어야 해. 너무 성급

했어."

미칼은 무슨 말인가 하려고 입을 열다가, 다시 다물었다.

"순록 얘기는 진짜야?"

난 이렇게 물으며, 카이쿠의 촉촉하고 우호적인 작은 주둥이를 마주 보며 쪼그리고 앉았다. 여우가 곧장 무릎 위로 뛰어올라 내게로 파고들었다. 난 카이쿠를 더 가까이 끌어안았다.

미칼은 자기가 나한테 말을 거는 걸 보는 사람이 없는지 확인하려는 듯 좌우를 힐끔 살펴보았다.

"원한다면 보여 줄 수 있는데?"

나는 일어서며 문화 궁전 쪽을 슬쩍 돌아보았다. 이곳에서 진짜 무슨 일이 벌어지고 있는지 엄마가 알아낼 수 있게, 내가 도울 방법이 있을지도 모르겠다. 안드레이든 마크든, 또는 다른 누구도 믿을 수가 없으니까.

미칼이 회색 벽돌 건물 두 동 사이로 미끄러지듯 빠져나가면서 나더러 따라오라는 손짓을 했다.

"안전해?"

뭘 묻는 건지 콕 집어서 말할 필요는 없었다. 미칼이 바로 고개를 끄덕였다. 하지만 난 그 애의 눈이 건물 뒤쪽의 툰드라를 훑어보고 있는 걸 알아차렸다.

"곰이 마을로 들어올 때 이쪽 길을 택하지는 않을 거야. 개들이 있으니까."

"밤에 개 짖는 소리를 들었어."

난 다른 말은 다 빼고 이렇게 말했다. 어젯밤에는 엄마를 귀찮게 하지는 않았지만, 또다시 같은 발소리가 났고 복도 어딘가에서 목소리도 들렸다. 여자애 목소리, 그건 확실했다. 난 담요를 머리까지 끌어올리고 아무 일도 없는 척했다.

미칼이 눈에 띄게 다정한 미소를 지어 보였다.

"개들은 해마다 이맘때면 엄청 시끄러워. 신나게 썰매를 달릴 수 있게 눈이 제대로 내리기만 기다리지."

"허스키야?"

"허스키, 라프훈트, 잡종. 온갖 종류가 다 있어. 대부분 늑대같이 생겼어!"

그 애가 나를 보고 활짝 웃었다.

"그래도 순하지?"

"배만 고프지 않다면!"

한쪽 눈을 찡긋하는 것으로 보아, 미칼의 말이 적어도 반쯤은 농담이라는 걸 알 수 있었다.

우리가 어느 건물 뒤에 있는 여러 채의 오두막 쪽으로 다가가자 개 짖는 소리가 더 심해졌다. 일종의 온실 같은 것도 있었는데, 녹색 식물이 유리에 바짝 붙어 있었다.

"라스모스 아저씨가 아픈 순록들을 발견해서 돌보고 있어."

미칼이 말했다.

우리는 갈색, 흰색, 검은색, 황갈색 동물들이 있는 마당에 도착했다. 개들이 눈을 번득이며 혓바닥을 내밀고 꼬리를 흔들었다. 미칼이 울타리 문 위에 손을 얹고 십여 개의 혓바닥이 핥도록 내버려 두었다. 개들이 내게 닿으려고 안간힘을 썼다.

"무서워?" 미칼은 내가 망설이자 당황해하며 물었다. "애들은 네가 새로 온 사람이라는 걸 알아. 네 냄새를 맡고 싶어 하는 거야."

"아니, 뭐 꼭 무서운 건 아니고."

가슴이 쿵쾅거렸지만 난 이렇게 말했다. 개들은 무척 시끄러웠고 사나워 보였다. 난 조심스럽게 다가가서, 물결처럼 일렁이는 털을 만져 보려고 문 위에 손을 얹었다. 개들은 흥분해서 몸을 떨었다.

"아름다워."

내가 기쁨과 설렘에 가득 차서 중얼거렸다.

한 남자가 어느 오두막 문밖으로 머리를 내밀고 수상하다는 듯 나를 보았다. 그 사람도 방금 있었던 마을 회의에 참석했는지 궁금했다.

"순록을 보여 주려고 로리를 데려왔어요. 순록들은 어때요, 라스모스 아저씨?"

그 남자가 뭐라고 하기도 전에 미칼이 설명했다.

남자는 가장 큰 오두막을 고갯짓으로 가리키며 말했다.

"아무래도 죽을 것 같아. 이제 먹이를 그만 주어야겠어."

미칼이 고개를 떨구고 아저씨 쪽으로 다가갔다.

"안 돼요! 아직은…. 라스모스 아저씨, 설마 아니죠? 제가 도와드릴게요."

라스모스가 미칼의 어깨에 손을 얹었다. 미칼이 괴로워하는 걸 보고, 다독이듯 말했다.

"카이쿠는 마당에 둬. 순록들이 겁먹을 테니까, 응?"

미칼은 울타리 문 너머 개들 쪽으로 카이쿠를 던졌다. 난 여우가 통째로 잡아먹힐까 봐 마음의 준비를 했지만, 개들은 카이쿠를 둥그렇게 둘러싸고 즐거워하며 꼬리를 흔들어 댔다.

헛간 안에는 순록 두 마리가 나란히 누워 있었다. 많이 아픈 게 분명했다. 집 안 공기에서조차 아픈 냄새가 풍겼다. 난 이곳에서 나가고 싶은 간절한 욕망에 사로잡힌 채 손으로 입을 가렸다. 이 순록들은 내가 봤던 순록과는 완전히 달랐다. 지난번 순록들은 피라미든의 건물들 사이 얼어붙은 땅 위에서 야생적이고 단단했다.

미칼은 마치 바람이 빠진 것처럼 순록들 옆에 풀썩 주저앉았다.

"더 나빠졌어. 어제는 먹이를 좀 먹어서 희망을 품었는데…."

미칼이 중얼거렸다.

"무슨 일이 있었던 거야?"

나는 쇠잔해진 순록들이 겁을 먹을까 봐 작게 속삭였다.

"회의 때 존 형이 말한 게 이거야. 병든 순록이 점점 많아지고 있어. 아무도 이유를 몰라. 아니면 아무도 우리한테 이유를 말하지 않는 거겠지."

"왜 그린라이트가 관련이 있다고 생각하는 거야?"

미칼의 눈이 가늘어졌다. 그의 눈은 피오르와 같은 색이다.

"넌 광부의 딸이잖아. 희토류 채굴에 대해 이미 알고 있겠지.”

“우리 엄마는 광부가 아니야. 엄만 지질학자야. 암석과 지형을 연구하고….”

내가 나지막이 말했다. 미칼에게 우리 아파트에 있는 엄마의 책상에 관해 이야기하고 싶은 충동을 느꼈다. 암석과 수정이 놓인 칸막이 책장도.

“그린라이트가 너희 엄마를 고용했잖아.” 미칼이 내 말 중간에 끼어들었다. “그들이 무슨 일을 하는지 너희 엄마도 알 거야. 당연히 너도 알지? 금속을 캐내기 위해 그들이 사용하는 화학 물질이 툰드라를 오염시키고 바다로 흘러 들어가. 존 형은 10년이면 그린라이트가 이 지역을 끝장내겠지만, 그 화학 물질은 천 년 동안 남아 있을 거라고 했어.”

“아니야. 그렇지 않. 그린라이트는 이곳에서 화학 물질을 쓰는 게 아니라 박테리아 같은 걸 이용해. 피해를 주는 거였다면 북극위원회가 허락해 주지 않았을 거야.”

난 이마를 찡그렸다. 이곳에서 그들이 어떤 신기술을 사용하는지, 엄마의 설명을 좀 더 확실히 들어 두었더라면 좋았을걸.

“북극위원회는 지금 어디에 있는데? 왜 이 순록들을, 여기서 순록들이 죽어 가는데 보러 오지 않는 거지?”

미칼의 화난 얼굴에 난 머뭇거리며 손을 뻗어 가까이 있는 순록을 쓰다듬었다. 순록은 눈을 감고 있었고 갈비뼈가 튀어나와 있었다. 이 불쌍한 동물은 미처 목숨이 끊어지기도 전인데 이미 해골만 앙상하게 남아 있었다. 몸서리가 쳐졌다. 순록은 심하게 몸을 떨었다.

"책에서 봤는데, 늙은 순록은 이빨이 닳아서 먹이를 먹지 못할 때도 있대. 식물을 씹을 수가 없으니까."

내가 입을 열었다.

"순록들은 굶주리고 있는 게 아니야, 로리." 미칼이 이를 악문 채 말했다. "심지어 이 두 마리는 늙지도 않았어. 광산 때문이야, 우린 알아. 여기 주 광산 현장이 아니라 어딘가 다른 곳일 거야. 그곳이 어디인지 알아내려고 했지만, 찾아내지 못했어. 분명 어딘가 있을 텐데. 그린라이트는 너무 비밀스러워."

미칼은 자기 옆에 있는 순록의 털을 쓰다듬어 주었다. 순록의 옆구리가 떨렸다.

난 무슨 말을 해야 할지 몰라서 순록만 바라보았다. 미칼은 자연스럽게 노르웨이어로 바꿔 그 동물들에게 부드럽게 말했다. 미칼의 목소리와 손길에 반응하듯 순록들의 숨소리가 약간 느려졌다.

나는 짭짤한 눈물을 도로 삼켰다. 녹색 에너지 회사가 정말로 황무지를 오염시키고 있다고? 엄마는 그럴 가능성이 아무리 희박하다 해도 당연히 그런 프로젝트에는 참여하지 않았을 거다.

"이 순록들은 수컷이야?"

미칼에게 물었다. 순록의 뿔은 나무처럼 가지가 갈라졌고 이끼처럼 아주 부드러웠다.

"암컷이야, 두 마리 다. 수컷은 뿔이 더 크지만 금방 빠져.

암컷들은 봄에 낳을 새끼들을 보호하기 위해 겨우내 뿔을 유지해. 내 말은 그러니까, 새끼를 가질 수 있다면 말이지."

미칼은 바닥에 떨어진 헤더 잎을 집어서 순록에게 내밀었지만, 두 마리 다 고개를 돌렸다.

"그린라이트 사람들한테도 보여 줬어?"

내가 물었다.

"우린 나름대로 노력했어. 아이반 아저씨랑 라스모스 아저씨 그리고 우리 형제."

"너희 형제? 형제가 있구나…."

난 머릿속으로 다른 아이들의 얼굴을 떠올려 보았다.

"존이 친형이야."

미칼이 불쑥 말했다.

"아, 공을 울렸던 사람. 전혀 몰랐어."

내가 조용히 말했다. 그러고 보니 이제 보였다. 미칼은 자기 형의 어린 버전이다. 둘 다 짙은 색 눈동자에, 두꺼운 눈썹, 헝클어진 금발 머리를 가졌다.

"피아 누나만 귀를 기울였어. 다른 직원 두어 명이 순록을 보러 왔지만, 이게 새로 발생한 일이라는 걸 믿지 않으려고 하거나 거짓말만 했어."

그 애의 목소리에 분노가 뚝뚝 묻어났다.

"피아? 피아도 뭔가 할 수는 없었던 거야?"

미칼이 어깨를 으쓱했다.

"그린라이트는 피아 누나가 우리 형과 친구가 된 후로는 누나를 믿지 않아. 피아 누나한테는 말해 주지 않는 것도 있어."

휴대폰은 충전하느라 방에 두고 와서, 난 목에 걸고 있던 폴라로이드 카메라를 꺼내 순록 사진을 찍었다.

"엄마한테 보여 주려고. 엄마도 데리고 올 거야, 직접 엄마 눈으로 보게."

미칼은 작은 노란색 기계가 윙 하는 소리를 내며 정사각형 필름을 내뱉는 걸 지켜보았다.

"폴라로이드야. 사진을 저장하는 게 아니라 바로 이렇게 인쇄해 줘."

나는 미칼이 제대로 볼 수 있게 사진을 건네주었다. 미칼은 눈앞에서 이미지가 나타나는 게 믿을 수 없다는 듯 신기해하며 사진을 뒤집어 보았다. 폴라로이드가 이곳에서는 이상한 마법 같아 보였다.

그때 밖에서 개들이 더 크게 울부짖어서 난 문간을 힐끗 보았다.

"개들 보러 나갈까?"

병과 죽음의 냄새가 진동하는 이곳에서 갑자기 너무 나가고 싶어졌다.

"넌 가. 난 순록이랑 있을 테니까. 어쨌든 우리가 같이 어울리지 않는 게 최선이니까."

미칼의 마지막 말에 정신이 번쩍 들었다. 익숙한 통증이 내 속으로 파고들었다.

"그냥 여기가 그런 곳이야. 우리 형이 좋아하지 않을 거야.

니나도. 그 애 엄마가 광산 붕괴 때 돌아가셨어. 걔는 광산 회사를 싫어해."

미칼이 실망한 내 표정을 보고 이렇게 설명했다.

"알아. 하지만 그린라이트는 완전히 다른 회사고, 니나 아빠도 지금은 그린라이트 일을 하잖아. 그분을 만났어. 아저씨가 엄마와 나를 옛날 탄광에 데려다줬거든."

미칼이 어깨를 으쓱했다.

"아이반 아저씨는 우리가 그린라이트에 협조하면 계속 여기서 살게 해 줄 거라고 생각했거든. 하지만 그건 순록들이 병에 걸리기 전이었고, 이젠 그 사람들을 믿을 수 없다는 게 분명해졌어."

아이반이 산 중턱에 앉아 책에 빠져 있던 모습이 생각났다. 참사 현장을 다시 방문하는 것은 몹시 고통스러웠을 것이다. 그리고 니나, 그 애는 자기 엄마가 돌아가신 산이 드리운 그림자 속에서 살고 있다.

"너도 가족을 잃었어?"

내가 망설이다가 물었다.

미칼이 자세를 바꾸며 내게서 홱 시선을 거두었다.

"우리 형 두 명. 둘 다 거기 땅 밑에서 일했어." 미칼이 잠시 말을 멈추더니 다시 순록을 보았다. "그리고 우리 아빠. 존 형이 한두 살만 더 많았더라면 그곳에 있었을 거야. 난 그냥 아기였고."

"거기 위에서 십자가를 봤어."

나는 미칼의 가족이 겪은 그 모든 일을 얼마나 안타깝게 생각하는지 말하려다가, 내 마음을 어떻게 전해야 할지 몰라서 이렇게 한심하게 말하고 말았다.

미칼이 어깨를 으쓱했다.

"광산 회사는 곧바로 이곳에서 철수하고 섬을 떠났어. 하지만 사람들은 죽은 가족을 남겨 두고 그렇게 빨리 떠날 수가 없었어. 가족을 기억하기 위해 십자가를 세웠지. 사람들 말로는, 광산 회사는 우리가 떠나지 않고 남은 것을 다행으로 여긴대. 우리가 돌아가서, 자신들이 일으킨 참사를 세상에 알리기를 원하지 않았던 거야. 오히려 우리가 잊히는 걸 좋아했어."

미칼이 씁쓸하게 말했다.

난 광산에서 발견한 고래 조각상이 생각나서, 주머니에서 꺼내 미칼에게 보여 주었다.

"이게 뭔지 아니? 십자가 옆에서 주웠어."

미칼이 벨루가를 확실히 알아본 듯 가만히 바라보았다.

"존. 우리 형이…."

고통스러운 듯한 목소리다. 미칼이 시선을 돌렸다.

"존 거야?"

"형이 고래 뼈로 조각했어. 친구에게 주려고."

난 무슨 말인지 몰라 어리둥절한 눈으로 미칼을 쳐다보았다.

"울리야라는 친구였지. 울리야도 그날 그 사고로 죽었어. 그때 열네 살, 지금 우리랑 비슷한 나이로. 존 형은 결코…." 미칼이 적절한 단어를 찾으려는 듯 주저하다가 말했다. "울리야를 보내지 못했어.”

“울리야.”

그 이름을 따라 불러 보는데, 슬펐다. 내가 입 밖에 낸 울리야라는 소리가 퀴퀴한 냄새가 풍기는 헛간을 맴돌았다.

“그 고래들은 존 형이 제물로 놓아둔 거야. 엄마한테 들었는데, 형이랑 울리야는 광산 근처에서 바다를 내려다보며 고래들을 기다렸대. 그곳은 피오르가 가장 잘 보이는 최고의 전망대였거든. 형은 아직도 울리야와 이야기하려고 거기 올라가곤 해.”

미칼의 눈은 마치 내가 웃거나 조롱이라도 할까 봐 경계의 빛을 잃지 않고 있었다.

왜 내가 그런 반응을 보일 거라고 생각했는지 모르겠다. 어린 시절의 존과 울리야가, 어떤 비극이 자신들의 삶을 갈기갈기 찢어 버릴지 전혀 모른 채 고래를 구경하러 광산에 올라갔던 걸 생각하자, 목덜미의 잔털이 곤두서는 느낌이었다. 그런데 오랜 세월이 지난 지금, 어린 존은 자라서 여전히 어린 소녀로 남아 있는 친구를 위해 선물을 만든다. 슬픔이 나를 에워쌌다.

“내가 이걸 가져오는 게 아니었는데. 벨루가 말이야.”

내가 자책하듯 말했다. 그 고래를 챙긴 게 지금 보니, 내가 욕심을 부린 거였다.

“울리야는 죽었잖아. 그 고래를 가질 수 없지. 엄마는 형이 이제 삶에 집중해야 한다고 하지만….”

미칼이 처량하게 맞잡은 손을 비볐다.

나도 고개를 끄덕였다. 하지만 기회가 되면 가능한 한 빨리 이 고래를 돌려놓겠다고 마음속으로 다짐했다. 내 손에 들린 고래는 뼈가 아니라 얼음으로 만든 것처럼 차가웠다.

2

나는 엄마를 찾아, 호텔 건물 1층을 가로질러 그린라이트 사무실로 갔다. 오래된 컴퓨터에서 시끄럽게 팬이 돌아가는 소리가 나는 사무실에 잉그리드가 있었다.

"우리 엄마 어디 있는지 아세요?"

내가 머리를 빼꼼 들이밀고 물었다.

"아마 안드레이 대표를 피해 숨어 계실걸! 마을 회의 때문에 안드레이 대표가 화가 잔뜩 났거든."

잉그리드가 미소 띤 얼굴로 대답했다.

"말도 안 돼요! 엄만 최선을 다했다고요. 안드레이가 끼어들지 않았다면 훨씬 잘됐을 거예요!"

내가 반박했다.

잉그리드가 책상 위의 서류들을 뒤적였다.

"네가 보기엔 그랬겠지. 글쎄, 잘된 것도 없고, 대표 잘못이랄 것도 없어."

내 눈은 어제 본 복도의 위성 전화로 향했다. 오늘은 아빠와 이야기할 수 있을 거라는 희망이 사라졌다.

"우리 기술자에게 다시 살펴봐 달라고 할게. 분명히 방법이 있을 거야. 우주로 쏘아 보낼 로켓을 만드는 것도 아닐 테니까."

잉그리드가 이제는 친절한 말투로 고장 난 전화기를 가리키며 말했다.

내가 고맙다는 뜻으로 웃었다.

"엄마를 찾아볼게요."

"좋은 생각이야. 엄마한테 뭐 필요한 게 있으면 알려 줘."

밖에는 얼음 쪼가리 같은 눈이 내리고 있었다. 9호관 건물로 돌아가는 동안 따갑게 얼굴을 찔렀다. 카페테리아를 힐끗 건너다보았다. 창문에 김이 서려 있고, 언제나처럼 접시가 달가닥거리는 소리와 사람들이 떠드는 소리가 들린다. 오늘 밤은 좀 더 시끄러운 것 같다.

엄만 엄마 방 침대에 누워 있었다.

"로리! 엄만 두통이 있어서. 어디 갔었던 거야? 널 찾았는데."

엄마가 일어나 앉으며 이마를 쓸었다.

"어떤 애가 순록을 보여 준다고 해서 갔었어."

난 당장이라도 엄마한테 그 모든 이야기를 들려주고 싶어서 침대에 앉았다.

"순록?"

엄마가 무릎을 가슴 쪽으로 끌어당기며 물었다.

"병든 순록이 있었어. 회의 때 사람들이 얘기했던 대로. 개들이 있는 헛간 쪽에 두 마리를 데려다 놨더라고. 그 순록들은 죽어 가고 있어, 엄마."

오두막에서 찍은 사진을 엄마에게 건넸다.

"뭘 보라는 건지 난 모르겠는걸."

흐릿한 사진을 들여다보며 엄마가 말했다.

"순록 말이야, 엄마! 내가 봤다고!"

짜증이 났다.

"그래, 로리. 죽어 가는 순록을 보면 슬프지. 하지만 엄만 병든 순록이 광산하고는 아무 상관이 없다고 생각해. 해마다 날씨가 추워지면 죽는 순록이 있게 마련이야. 그 정도는 자연 변동성에 속해. 겨울엔 순록들의 먹이가 충분하지 못하니까."

"아니야. 그건 나도 벌써 물어봤어. 어쨌든 엄마가 직접 보면 알 수 있을 거야. 게다가 미칼이랑 존, 라스모스 아저씨랑 또 다른 사람들, 그 사람들은 순록을 누구보다 잘 알아. 잘못 생각했을 리가 없어."

내가 조금 자신 없는 목소리로 말했다.

"존? 내가 진행하는 회의를 제멋대로 휘두른 그 존 말이야? 엄마도 그 사람들 처지는 이해해. 마을 사람들은 우리가 여기와서, 자신들이 그렇게 오랜 세월 동안 지켜 온 이곳을 위협해서 화가 난 거야. 안드레이 대표는 내가 마을 회의 때 더 적극적이지 못했다고 짜증이 났고."

엄마의 표정이 어두워졌다. 엄마가 다시 손을 들어 손등을 이마에 댔다.

"하지만 그 회의는 주민들을 위한 건 줄 알았는데. 그러니까 마을 사람들이 걱정하는 게 뭔지 전달하는 자리였잖아. 그 사람들이 말하게 내버려 두어야 했어. 그게 핵심이었으니까.”

인상을 찌푸린 나를 보며 엄마가 희미하게 웃었다.

“네가 걱정할 일은 아니야, 로리. 엄만 그냥 북극위원회의 평가를 위해 지질학 보고서만 작성하면 돼. 빨리 끝낼수록 좋아, 모두에게.”

“엄마, 나도 도울게. 엄마가 그 순록들에 대해 자세히 알고 싶다면, 내가 보여 줄게. 라스모스 아저씨와 이야기해 볼 수도 있을 거야. 좋은 사람 같았어.”

나는 이제 똑바로 앉으며, 간절하게 말했다.

“안 돼, 로리.” 엄마가 고개를 저었다. “엄마가 하는 말을 못 알아듣는 거니? 네가 상관하지 않는 게 낫다니까. 엄마한테 가장 필요한 건 네가 끼어들지 않는 거야. 일이 예정보다 늦어졌대. 북극위원회에서 다음에 방문했을 때 승인을 해 주지 않으면, 안드레이 대표 말로는 위원회에서 아예 면허를 철회할 거래. 투자자들도 발을 빼겠지.”

난 얼굴을 찌푸렸다. 그린라이트는 어떻게 이 지역을 가장 잘 아는 사람들의 의견을 그처럼 간단히 무시할 수 있지? 답답해서 신음이 나올 지경이었다.

순록들에게 무슨 일이 일어나고 있는지 엄마가 조사할 시간이 없다면, 비밀로 하더라도 내가 해야겠다고 마음먹었다. 난 미칼에게 내가 어느 ‘편’도 아니라는 걸 보여 줄 거다. 난 진실을 원한다. 난 엄마가 원하는 것도 나와 같다고 생각한다. 엄마는 다만 안드레이를 겁내고 있을 뿐이다. 다른 사람들도 모두 마찬가지다.

엄마가 내 머리를 쓰다듬었다.

"배고프지? 식당에 갈까?"

우리가 건물을 나서는데, 바깥에 마을 주민과 그린라이트 직원이 다 나와 있었다.

초록색 네온 빛줄기가 모였다가 흩어지며 하늘을 가로질러 지나가고, 수평선이 함께 춤을 추었다. 하늘 위의 초록색 바다, 피아가 말한 대로다.

엄마가 내 손을 꼭 쥐었다.

"오로라 보레알리스."

엄마가 속삭였고, 우린 그 단어의 모든 모음을 길게 늘여서 함께 읊었다. 난 비행기 여행을 떠올리며 주체할 수 없는 감정에 휩싸였다.

여기 오기 전에 엄마가 내게 완벽하게 과학적인 설명을 해주었다. 태양에서는 작은 폭발들이 계속 일어나고 있는데, 그때 태양에서 방출된 전류성 입자가 지구 자기장에 끌려 들어와 대기 중의 입자와 충돌하면서 빛과 색의 폭발을 만들어 낸다는 거였다. 그 입자들이 산소와 부딪히면 녹색이나 빨간색, 질소와 부딪히면 파란색이나 보라색이 된다고 했다.

직접 보니, 단순한 빛이 아니라 그 이상이었다. 밤하늘 전체를 눈부시게 밝히는 어떤 생명체의 떨림 같았다.

카페테리아 앞에 미칼이 서 있었다. 니나랑 마을 사람들과 함께였다. 그들은 어린 시절 내내 이미 수없이 많이 보았을 텐데도 홀린 것처럼 보였다.

엄마가 내게 팔을 둘렀다.

"그거 알아? 알래스카의 이누이트들은 저 빛이 자신들이 잡은 동물들의 영혼이라고 믿었대. 그리고 핀란드에서는 엄청나게 빨리 달리는 불여우의 꼬리가 하늘에 빛나는 불꽃을 만들어 낸 거라고 생각했대."

난 다시 미칼을 건너다보았다. 카이쿠가 녹색 빛에서 새로운 에너지를 충전 받기라도 한 것처럼 미칼의 발치에서 빙빙 돌고 있었다.

나는 고개를 돌려 엄마에게 말했다.

"아빠가 준 책에, 북유럽 사람들은 오로라를 신들의 세계와 인간들의 세계를 연결하는 무지개다리로 생각했다고 나와 있었어."

나는 주머니 속에 든 고래를 움켜쥔 채, 미칼에게 형이 두명 더 있었다는 것과 자기 딸이 자라는 모습을 볼 기회를 영영 놓쳐 버린 니나의 엄마를 생각했다.

"좋은 생각이야, 무지개다리라니."

엄마가 나직이 말했다.

난 엄마를 더 힘껏 껴안았다. 비록 우리 배 속에서는 꼬르륵거리는 소리가 났지만, 엄마와 난 오래도록 그 빛을 쳐다보았다.

3

아이들이 문화 궁전 안으로 뛰어 들어오고, 그들 뒤로 문이 쾅 닫히면서 찬 바람이 들어왔다. 나는 중앙 계단 아래 내 전용 낡은 소파에 앉아 소파 쿠션의 풀린 올을 뜯고 있었다.

마을 회의가 끝나고 미칼이 나한테 순록을 보여 준 날로부터 며칠이 지났다. 미칼은 자기가 말한 대로 나와 거리를 두었고, 카이쿠가 나를 반길 때마다 여우를 도로 불러 갔다. 비록 카이쿠는 미칼의 말을 잘 듣는 편은 아니었지만.

순록을 조사하려던 내 계획은 그러나 여기까지였다. 순록을 몇 마리 보기는 했지만 건강하고 강해 보였고, 내가 가까이 다가가자 도망가 버렸다. 그리고 엄마는 질문이 너무 많아진다 싶으면 내 말을 막기 시작했다. 일 때문에 엄마는 스트레스에 시달렸다.

"코르셋이 뭐야?"

내가 무릎 위에 펼쳐 놓은 고래잡이 책에서 고개를 들며 물었다. 그 책은 무시무시했지만 매력적이었다. 아마도 북극고래가 수백 년을 살고 수만 마리가 죽임을 당했기 때문일 것이다. 그 수는 오랜 세월이 지난 후에도 여전히 회복되지 못하고 있다.

"코르셋?"

엄마가 놀란 듯 되물었다. 엄마는 오늘 내 옆에서 일하기로 했다. 내가 혼자 시간을 보내는 것에 분명히 죄책감을 느낀 것 같았다.

"꽉 끼는 속옷이야. 여성들이 허리를 졸라매서 입곤 했지. 왜 물어보는 건데? 너도 한번 입어 보게?"

난 엄마가 농담하는 게 반가워서 과장되게 눈알을 굴렸다. 엄마가 지나치게 열심히 일해서 걱정스러웠다. 엄마 볼이 쑥 들어가 있다.

"코르셋을 만들 때 북극고래의 수염을 썼대. 코르셋 말고도 우산이나 드레스를 크게 부풀리는 둥근 테를 만드는 용도로도 팔려 나갔어."

나는 내가 가장 좋아하는 고래 사진으로 눈길을 돌리며 설명했다. 고래는 입을 벌리고 있고, 위턱과 아래턱을 빙 둘러 뻣뻣한 수염 같은 게 나 있다.

"아우, 끔찍해!" 엄마가 몸서리를 치더니 잠시 후 말을 이었다. "고래의 개체 수가 늘어날 가능성이 있다는 게 놀랍지 않니? 숲이나 이탄지(침수된 식물 잔해가 수천 년에 걸쳐 퇴적된 유기물 토지-옮긴이), 그리고 여기 영구 동토층처럼 고래들도 탄소 흡수원이야. 그건 알지?"

내가 고개를 끄덕였다.

"당연하지. 초등학교 때 배웠어."

고래가 죽으면 그 거대한 몸은 바다 밑으로 가라앉고, 고래들이 흡수한 탄소는 수백 년 동안 몸속에 갇힌 채 그대로 남는다. 또한 고래 똥은 고래들이 숨을 쉬기 위해 위로 올라올 때 폭발적으로 방출되어 탄소를 흡수하는 플랑크톤의 먹이가 된다. 선생님은 바다가 다시 고래로 가득 차면, 기후 변화 걱정을 조금 덜 수 있다고 말했다.

"엄만 광산이 이 지역 고래들에게 해롭다고 생각하지 않아?"

엄마가 입술을 삐죽 내밀었다.

"고래한테? 우리가 사용하는 방법은 괜찮아. 내가 말했잖아. 우린 심해 시추 같은 건 하지 않아."

"알아. 하지만 순록이 병에 걸렸는데, 어떻게 고래가 병에 걸리지 않게 막을 수 있다는 거야?"

"로리, 너 혼자 자꾸 문제가 있을 거라고 생각하는 거야. 제발, 엄마를 믿어. 우린 위험한 방법은 쓰지 않아. 이제 그런 생각은 그만하고 잊어버려."

엄마가 달래듯 말했다.

위층에서 또다시 왁자지껄한 웃음소리와 고함이 들렸고 아이들이 계단을 구르듯 뛰어내려 광장으로 나갔다. 누군가는 항상 수를 세고 있다. 아이들은 이 드넓은 곳에서 펼쳐지는 숨바꼭질을 매일 새로 시작한다.

난 엄마 무릎 위에 펼쳐진 지도를 힐끗 보았다. 내륙으로 들어와 있는 여러 피오르가 다 나와 있는 섬 지도로, 여기서 북서쪽으로 새로 연 광산 현장이 있고 앞으로 열기를 계획하고 있는 다른 현장들도 표시되어 있다. 내 눈에는 아무 의미도 없어 보이는 선들을 엄마는 고대 룬 문자를 해독하는 것처럼 면밀하게 조사했다.

"로리, 괜찮니? 엄마가 잘못한 게 아니었으면 좋겠다, 널 여기 데려온 것 말이야."

엄마가 살짝 인상을 쓰며 말했다.

"잘못이라니, 아니야. 난 여기가 좋아. 정말이야."

내가 곧바로 소리쳤다. 엄마가 날 돌려보낼 생각을 하는 게 아닌지 겁이 났다. 여기가 좋다는 말은 거짓말이 아니었다. 멀리 떨어져 있는 섬인 데다 급강하하는 기온에도 불구하고, 대다수 섬 주민들이 가진 적대감에도 불구하고, 나는 여기 있는 게 틀림없이 옳은 일이라는 느낌이 들었다. 비록 그 이유를 설명할 수는 없지만 말이다.

"밤에 잠은 잘 자?"

엄마가 캐묻는 듯한 눈길로 날 보았다.

나는 엄마의 집요한 시선에서 벗어나고 싶어서, 어색하게 고개를 끄덕였다.

"아무래도 외롭지?"

"난 외롭지 않아."

내가 우겼다. 엄마의 눈빛이 더 강해졌고, 난 과장되게 미소 지었다.

"정말이야!"

내 말을 증명이라도 하듯 카이쿠가 슬그머니 내 무릎 위로 올라왔다. 여우는 아마 틀림없이 아이들이 맨날 하는 놀이에 싫증이 났을 거다.

"봤지?"

이번엔 진짜 미소를 띠고 여우의 따뜻한 몸을 쓰다듬었다.

168

엄마가 다정하게 웃었다.

"넌 언제나 동물을 잘 다뤘지. 우리 아파트에서 동물을 기를 수 없는 게 정말 아쉬워."

엄만 다시 일에 열중하고, 난 펼쳐 놓은 여행 일지에 낙서를 끼적거렸다. 내가 나름대로 그려 본 북극고래 그림도 있는데, 벽에 붙어 있는 것과는 전혀 다르다. 그 그림을 그린 화가는 고래들을 실제로 본 게 분명하다.

일지의 여백에 내가 어젯밤에 잔글씨로 적어 놓은 글을 다시 읽어 보았다.

'당신은 누구인가?'

정확히 누구에게 묻는 말인지조차 모르겠다는 생각이 든다. 내 방에 먼저 살았던, 고래 그림을 남겨 놓은 사람에게 묻는 걸까, 아니면 밤에 들었던 소리의 주인공에게 묻는 걸까? 혹시 그 둘이 동일인일 수도 있을까?

여행 일지를 엄마한테서 멀리 떨어뜨려 놓았다. 혹시라도 내 낙서를 본다면 분명히 날 걱정할 테니까.

그 문장 밑에 새로운 질문을 적어 넣었다.

'당신은 무엇을 원하는가?'

이렇게 글을 쓰다 보면, 의미에 더욱 정신을 집중할 수 있다.

소리만이 아니었다. 어젯밤에는 머리를 빗으려고 내 방 거울 쪽으로 다가가다가, 분명히 거울에 또다시 그 얼굴이 언뜻 나타난 걸 보았다는 생각이 들었다.

아주 찰나였는데, 어쩐지 무서운 느낌은 들지 않았다. 마을 아이들은 모두 나와 거리를 두고 있고, 난 이제 더는 새 인물도 아니다. 하지만 거울 속 소녀는 내게 관심이 있다. 내 느낌에는 그랬다.

우리 위층에서 누군가 소리를 질렀다. 들켰나 보다. 니나와 어린 여자애들 중 한 명이 계단에서 나동그라졌다. 니나가 내 시선을 사로잡았고, 그 애는 조심스럽게 눈을 가늘게 떴다.

4

무슨 소리가 나서 잠에서 깼다. 하지만 귀를 기울이자 사방이 조용해졌다. 황야를 향해 울부짖는 헛간의 개들만 빼고. 오늘 병든 순록을 보러 가자고 엄마를 설득했지만, 너무 늦어 버렸다. 그 순록들은 죽었고 라스모스가 사체를 불태웠다. 라스모스는 곰이 찾아오는 건 원하지 않는다고 말했다.

난 몸을 기울여 전등을 켰다. 노란 불빛이 방 안에 쏟아지면서 의자에 걸쳐 놓은 내 옷가지가 바닥에 이상한 그림자를 만들었다. 엄마한테 빨랫감이 잔뜩 밀렸다고 얘기해야 하는데. 아니면 내가 직접 세탁실에 가서 하거나.

난 다시 벽에 붙어 있는 고래 그림을 보며, 고래가 탄소 흡수원이라고 했던 엄마 말을 떠올렸다. 우리 선생님도 고래가 수천 에이커의 숲만큼이나 지구에 이롭다고 했었다.

내가 막 잠들기 시작했을 때 다시 소리가 났다.

방문 밖 복도에서, 여자애의 노랫소리가 들렸다. 피아노에 맞춰 아이들이 부르던 노래, 광산 옆에서 아이반이 휘파람으로 불던 노래였다. 슬프고 애달프면서도 아름다웠다.

더는 모른 척할 수가 없었다. 그게 누구인지, 무엇인지 알아 내야 한다.

나는 심호흡을 한 뒤, 마음을 단단히 먹고 문을 열었다. 텅 빈 복도 천장에서 주황색 띠 조명이 깜박였고, 양쪽 방문들은 닫혀 있다. 여기 방들 중 한 곳에 누군가 보이지 않게 숨어 있 는 게 아닐까? 아니면 두 명의 광산 기술자가 사는 아래층 어 느 방에서 라디오를 틀어 놓은 걸까? 등 뒤에서 창문이 덜컹거 리는 소리가 나서, 난 그 얼굴을 다시 한번 볼 수 있을까 하고 방 안을 힐끗 돌아보았다.

창문에는 아무것도 없었다. 피라미드 마을 건물의 어두운 실루엣과 그 뒤로 솟아 있는 바위산들뿐이었다. 난 커튼을 열 어 놓고 지내는 중이다. 그날 밤에 본 건 아마도 내 얼굴이 비 친 것이거나 아니면 뭔가 다른 걸 보고 내 마음이 상상해 낸 게 틀림없다. 유령 마을이라지만 진짜 유령이 있다는 뜻은 아 닐 거야, 난 이렇게 혼잣말을 했다. 이곳에는 진짜 사람들이 살 고 있으니, 소음이 들리게 마련이다. 우리 집이 있는 아파트 단 지에서도 내내 에어컨과 거리의 자동차 소음이 들렸고, 이웃 바이올린 연주자와 늘 말다툼을 벌이는 부부도 있었다.

복도 계단 부근에서 조명이 깜빡거리더니 또다시 무언가 휙 지나가는 소리가 났다. 따뜻한 지역으로 아직 이동하지 않은 새들이 저 위에 여전히 남아 있는 걸까? 우리가 도착한 지 2주밖에 안 됐는데, 낮이 짧아지면서 기온이 아래로 곤두박질쳤다.

지금 들리는 건 분명히 발소리다. 누군가가 위층에서 걸어 다니고 있다. 거기 페인트가 있을 거라고 피아가 그랬는데, 아직 올라가 본 적은 없었다.

난 노랫소리에 이끌려, 주저하며 계단 쪽으로 갔다. 계단 통로에는 이상하게 찬바람이 맴돌고 있었고, 내가 한 칸씩 디딜 때마다 삐걱거리는 소리가 났다.

오른손으로는 난간을 꼭 잡은 채, 손전등을 든 왼손을 약간 위로 향했다. 꼭대기 층은 아래층처럼 방과 복도로 나누어져 있지 않고, 천장이 낮은 하나의 큰 홀이었다. 낡고 지저분한 물건, 먼지와 새똥으로 퀴퀴한 냄새가 났다. 그래서 아이들도 피라미든의 온 건물을 다 뛰어다니면서 여기만 내버려 두는 걸까?

손전등으로 구석을 비추자, 녹슨 스케이트, 부서진 의자, 철제 침대 틀이 보였다. 피아가 말한 페인트 통도 있다. 그 밖의 다른 것들은 먼지 덮개 천이 둘려 있었다.

"로리! 로리!"

창가에서 속삭이는 목소리가 났다.

난 1초도 머뭇거리지 않았다. 내 이름이 들리는 건 선을 넘은 것이다. 난 돌아서서 아래층으로 뛰어 내려왔다. 심장이 마치 새장에 갇힌 새처럼 갈비뼈 안에서 요동쳤다. 본능적으로 엄마 방으로 갔지만, 노크를 하기 직전 무언가가 나를 멈춰 세웠다.

지금은 더 약해졌지만, 다시 노랫소리가 났다. 거의 들리지도 않을 정도로 희미한 소리였지만, 여기 이 건물 어딘가에서 나는 소리였다. 생각해 보니, 그다지 위협적이지는 않은 것 같다. 결국 침대 속으로 기어 들어갈 때쯤 나는 마음속으로 그 노래를 마치 고래와 얼음, 버려진 땅을 노래하는 자장가처럼 따라 불렀다.

비밀

1

엄마는 아무 말 없이 아침 식사에만 집중했다. 엄마가 커피에 설탕을 한 숟갈 넣고 저었다. 난 놀라서 엄마를 바라보았다. 뜨거운 음료에 설탕을 넣는 건 엄마가 질색하는 일 중 하나였다. '그건 이에 아주 해로워, 로리'라고 말하곤 했는데.

아마 엄마도 밤에 그 소리를 들었을 테지만, 내가 무서워할까 봐 아무 말도 하지 않으려 한다는 생각이 머릿속에 스쳤다. 엄마한테 그에 관해 물어볼 수 있는 현명한 방법을 열심히 궁리했다. 엄마가 일단 말을 꺼내면 내가 충분히 안심시켜 줄 수 있는데.

"북극위원회의 방문이 앞당겨졌어. 나도 보고서를 한 주 일찍 끝내야 해."

엄마가 다시 커피를 저었다.

"시간 안에 가능해? 여기 온 지 2주밖에 안 지났는데."

내가 조심스럽게 물었다. 그러고는 마음속으로 '나는 순록에 대해 더 알아낸 게 아무것도 없어' 하고 생각했다.

엄마가 한숨을 내쉬고 손가락으로 머리를 빗었다. 우리가 여기 오고 나서 엄마의 은빛 머리카락이 푸석해졌다. 엄마가 내게 미소를 지었다.

"그건 그렇지. 오늘 마크한테 내 책상을 옮기는 걸 도와 달라고 하려고. 우리 건물 3층의 빈방을 하나 내 달라고 했어. 거기서 일할 생각이야. 사무실이 너무 시끄러워서 말이야."

"엄마, 좋은 생각이야."

엄마가 나와 가까이 있을 수 있고, 또 안드레이나 마크하고는 거리를 둘 수 있을 거라는 생각에 힘이 났다.

"그러면 저녁에도 일할 수 있으니까. 또 너랑 계속 너무 떨어져 있는 것 때문에 걱정할 필요도 없고 말이야. 엄만 보고서를 빨리 작성해야 해. 로리 너는 학교 공부를 시작할 때가 됐고."

"학교 공부?"

내가 큰 소리로 되풀이했다. 이곳과는 영 어울리지 않는 말이었으니까.

엄마가 얼굴을 찌푸렸다.

"그래, 학교 공부 말이야, 로리. 그게 뭔지 기억나긴 하니?"

난 아이들이 앉아 있는 곳을 힐끗 바라보았다. 그들 앞에는 아침 식사용 죽 그릇이 놓여 있었다. 니나가 뭔가 이야기를 하고 있고, 다른 아이들은 눈을 반짝이며 몸을 앞으로 기울이고 있다. 어제는 엄마에게 외롭지 않다고 말했지만, 지금 저 아이들이 함께 있는 걸 보니 가슴속에 외로움이 똬리를 틀었다. 밤에 내가 무슨 소리를 듣든 혹은 듣는다고 상상하든, 진짜 친구가 있는 것과는 다르다. 나에게는 거울에 비친 허구의 얼굴이 최선인 걸까?

나는 광장으로 나와 이 건물 저 건물의 가장자리를 따라 걸어 다녔다. 옛 학교 건물 옆에서 순록이 풀을 뜯고 있는 게 보였다. 난 통행로에서 내려서서, 순록이 겁먹지 않도록 최대한 가만히 있었다.

순록이 올려다보았지만 씹는 것을 멈추진 않았다. 순록과 눈이 마주쳤다. 고대의 원시적인 짐승을 보는 것 같았다. 순록은 강하고 다부지게 땅을 딛고 서 있었다.

순록과 충분한 거리를 두고 휴대폰으로 사진을 찍었다. 혹시라도 나 때문에 도망가느라 어렵게 비축한 에너지를 쓰지 않기를 바랐으니까. 순록들의 움직임이 얼마나 빠른지 본 적도 있다.

나는 문화 궁전의 높은 벽에 달린 환풍기의 윙윙거리는 소리를 지나쳐 계속 걸었다.

엄마가 마크와 함께, 개들이 지내는 헛간처럼 생긴 또 다른 창고들 옆에 서 있는 게 보였다. 두 사람은 스키두(설상 스쿠터-옮긴이)를 꺼내는 중이었다. 광산으로 다시 올라가려는 게 틀림없었다. 왜 엄마가 나한테 말을 안 했을까? 오늘은 9호관 건물로 옮겨서 일할 줄 알았는데. 그런데 나도 스키두를 타고 새 광산을 한번 보러 갈 수는 없을까? 그동안 엄마는 늘 자기가 작업하는 프로젝트를 자랑스러워하며 나한테 보여 주곤 했다. 그럴 때면 나도 안전모를 쓰고 새로 짓는 아파트의 기초 공사 깊이와 지반 상태에 관심 있는 척하며 서 있곤 했는데… 이번은 엄마 혼자 무척 신이 나서 어딘가에서 일하고, 난 집 안에 갇혀 있는 신세다!

갑자기 오늘 무엇을 해야 할지 깨달았다. 옛날 광산에 다시 올라가 봐야겠다. 고래 조각상을 제자리에 돌려놓고, 순록이 병에 걸릴 만한 다른 작업 현장이 있는지 찾아볼 수 있을 것이다.

혼자 마을 밖으로 나가는 건 모든 규칙을 다 위반하는 일이다. 하지만 난 내내 지붕이 있는 갱도를 따라 올라갈 테고, 산 중턱에 오르면 곰이 나타나는지 미리 볼 수 있을 만큼 충분한 시야를 확보할 수 있을 거다.

나는 마음이 변하기 전에 갱도 입구를 향해 걸었다. 가는 내내 누군가가 날 불러세우지 않을까 기다렸던 것 같기도 하다. 하지만 난 누구의 제지도 받지 않고 터널 입구에 도착했다.

나무로 된 구조물이 발밑에서 불길하게 삐걱거렸다. 혼자 올라가려니 더 멀고 더 어둡게 느껴졌다. 오늘은 갈매기도 없다. 마침내 모두 떠난 걸까?

갱도 꼭대기에서 잠시 멈추고 숨을 돌렸다. 여기서는 피라미든 마을이 더 작아 보였지만, 여전히 외지고 쓸쓸해 보였다. 이 마을은 미칼과 니나 그리고 다른 사람들이 집이라고 부르는 유일한 장소다. 그 사람들이 북적거리는 우리 아파트 단지와 늘 새 건물이 올라가는 근처 도로와 상점들을 보면 어떻게 생각할지 궁금하다. 버려진 듯한 분위기에도 불구하고 이곳의 건물들은 영원히 존재하도록 만들어진 것 같다.

나의 시선은 마을 너머 어두운 바다로 향한다. 미칼의 말대로라면, 존이 친구랑 고래를 관찰했던 곳이 바로 이곳이다.

그때 뭔가가 날 놀라게 했다. 회색 풍경을 빙 둘러보았다. 조용하고, 텅 비어 있었다. 다만 누군가가 지켜보면 느낌으로 알아챌 수 있을 때처럼, 느낌이 왔다. 뭔가 있다.

파리에서 나던 소리가 이 위까지 따라왔을까? 하지만 이건, 온몸에 느껴지는 게 달랐다. 밤에 내 방에서 들리던 소리는 이제 거의 친근하게 느껴질 정도인데, 지금은 목덜미의 잔털이 곤두섰고 아랫배가 심하게 당겼다.

내가 올라온 갱도가 바람에 끽끽거렸다. 난 모든 감각을 경계 태세로 전환해, 그 자리에서 천천히 360도 회전하며 수평선을 훑어보았다.

저기다. 십자가 옆에. 마치 날 기다리는 것처럼.

'스발바르 전 지역에 해당함.'

북극곰이다. 학명은 '우르수스 마리티무스.' 바다의 곰이라는 뜻이다. 하지만 이 곰은 바로 몇 미터 떨어진 저쪽, 산등성이에 있다.

생각보다 더 노랗다. 그리고 더 크다. 훨씬 더 크다.

내 속에서 공포와 경외감이 뒤섞였다. 이건 무서운 사냥꾼,

얼음의 왕, 최상위 포식자다. 그리고 난 총도 없이 혼자 여기에 있다. 난 마을의 중요한 규칙을 어겼다.

내가 뒷걸음질 치면 산 아래로 내려가는, 덮개가 있는 갱도로 들어갈 수 있을 것이다. 물론 곰이 마음을 먹는다면 발톱으로 그 갱도를 찢어 버릴 수 있겠지만, 그 통로는 여태껏 그대로서 있다. 그 안에 들어가면 안전할까? 여기 노출된 산등성이에 있는 것보다는 확실히 더 낫겠지.

심장 박동이 내 온몸에 울려 퍼지며, 맥박이 쿵쾅쿵쾅 뛰었다. 시간이 잠시 멈췄다. 만약 내가 달아난다면, 장담컨대 난 그것으로 끝장일 것이다. 난 최소한의 보폭으로 뒷걸음질 쳤다.

그때 산 중턱에서 마치 불발된 다이너마이트를 건드리기라도 한 듯, 날카로운 폭발음이 났다. 총소리였다. 내 시야 한구석에서 주황색 덩어리가 훅 움직였다.

곰이 허둥거리며 자갈 비탈을 가로질러 달아났다.

잠시 후 미칼이 소총을 들고 터널에서 나타났다. 그 애는 공포에 질린 얼굴로 온몸을 떨고 있었다.

"로리! 여기서 뭐 하는 거야?"

미칼이 경악해서 소리를 질렀다. 손에 든 소총이 가늘게 흔들렸다. 나는 미칼이 전에도 총을 쏜 적이 있는지 궁금했다.

"그냥 산책하러 왔어, 경치를 보려고."

나는 횡설수설했다. 다리에 힘이 빠지고 몸이 떨렸다. 마치 폐에서 공기가 모두 빠져나간 것 같았다.

"경치를 보러 왔다고? 너 정신 나갔어? 여길 혼자 오다니!"

미칼이 소리쳤다.

"나도 순록을 구하는 일에 도움이 되고 싶었어. 다른 현장을 찾을 수 있을지도 모른다는 생각이 들어서."

난 미칼의 얼굴에 나타난 공포를 없애려고 이렇게 말했다.

"우리가 몇 주 동안 찾고 있는데… 네가 그렇게 쉽게 찾아낼 줄 알았어? 네가 더 잘 안다고 생각한 거야?"

"그건 아니야. 나는 단지 무슨 일이든 하고 싶었을 뿐이야. 게다가 이게 원래 여기 있던 거니까, 돌려놓고 싶었어."

난 비참한 기분이 들었다.

"벨루가?"

미칼은 여전히 공포와 불신의 눈빛으로 나를 노려보았다.

그 애는 내가 장갑 낀 손으로 들고 있는 조각상을 휙 낚아채더니, 산 아래로 내던졌다.

"만약 곰이 달아나지 않았더라면, 내가 무슨 일을 했어야 하는지 너도 알지? 내가 그 곰을 쏠 수밖에 없다는 것 말이야."

"그만해!"

내가 소리쳤다. 눈물 때문에 눈이 화끈거렸다.

"어딘가에 그 곰의 새끼들이 있을지도 모른다고!"

"미칼, 그만해!"

내가 간청했다. 더는 듣고 싶지 않았다. 무슨 일이 벌어졌을지 너무 잘 아니까. 우리 둘 다 지금 여기 서 있지 못하겠지. 아니면 우리 발밑에 죽은 북극곰이 누워 있거나. 여기 도착한 첫날부터 피아가 곰과 관련한 규칙을 알려 주고, 이곳에서는 누구든지 잘 생각하고 행동해야 한다고 했던 말이 바로 그런 뜻이 아니었을까? 죽이든지 죽임을 당하든지 할 수밖에 없다는.

"곰은 널 공격할 참이었어, 로리! 장난이 아니라고! 1초만 늦었으면 곰이 널 덮쳤을 거야. 죽을 뻔했다고, 로리!"

이젠 눈물이 조용히 내 뺨을 타고 흘러내렸다. 미칼은 참을 수 없다는 듯 쿵쿵 발을 구르며 터널로 내려가기 시작했다. 공포와 충격, 굴욕의 폭풍이 내 안에서 휘몰아쳤다.

"다른 사람들한테 다 말할 거야?"

그 애를 따라 갱도를 내려가며, 이 얘기를 들었을 때 사람들이 어떤 반응을 보일지 상상해 보았다. 엄마는 화를 낼 테고 불안에 휩싸여, 다시는 내가 여기 마을 밖으로 나오는 걸 허락하지 않겠지. 안드레이와 마크는 아마도 북극위원회에 숨길 수만 있다면 내가 잡아먹히기를 바랐을 거다. 피아는 나의 부주의함에 실망하겠지. 니나의 불안한 눈빛에 담긴 경멸까지….

미칼이 돌아섰다. 나무 판자의 갈라진 틈새로 들어온 빛이 그 애 얼굴을 환하게 비췄다.

"곰이 마을 근처에서 목격되면 우린 항상 보고를 해."

"사람들한테 내가 여기 올라왔다고 말할 거야? 혼자 왔다고? 우리 엄마는…."

난 엄마가 알게 되었을 때를 떠올리고, 어찌할 바를 몰라 흐느껴 울었다.

엄마가 날 집으로 돌려보낼까? 리바이어던호를 불러서 나 혼자 가라고 할까? 더 최악의 경우는, 엄마가 부모의 의무감에

비밀

사로잡혀 나와 동행하겠다고 결정하는 것이다. 그러면 엄마의 북극 모험도 끝나 버릴 거다. 엄만 수치심에 휩싸여 귀국하게 될 테고, 일탈한 자신의 딸 때문에 학자로서의 명성도 무너지겠지. 그리고 이곳의 미래는 안드레이의 손아귀에 떨어질 것이다.

미칼이 잠시 기다렸다가 고개를 천천히 저었다.

"네 비밀은 지켜 줄게. 다시는 그러지 않겠다고 약속하면. 절대로, 무슨 일이 있어도 그러지 않겠다고 하면 말이야."

미칼이 자기 가슴을 토닥거렸고, 난 그 애의 심장이 나만큼이나 강하게 고동치고 있다는 걸 알았다.

"절대로, 무슨 일이 있어도. 다신 그러지 않을게."

미칼의 눈을 바라보며 내가 말했다.

2

"혹시 외출하셨을까? 답이 없네."

기술자가 위성 전화기의 선을 만지작거리며 물었다.

곰을 만난 뒤로 난 계속 몸이 떨렸다. 누군가 다정한 사람과 이야기하고 싶은 마음이 간절했다. 엄마는 아직 돌아오지 않았다.

"어쩌면요."

난 슬쩍 시계를 보고 영국과의 시차를 계산해 보았다. 아빠의 일상은 규칙적이라고 할 만한 일이 별로 없다. 낮이든 밤이든 아무 때나 외출할 수 있다. 나방 포획기를 확인하러 갔거나 오두막에서 걸어서 몇 분 거리에 있는 빈 헛간에 사는 박쥐들을 살펴보러 갔을지도 모른다.

"제가 계속해 볼게요."

난 새로이 흐르는 눈물을 훔쳤고, 기술자는 당황한 표정으로 고개를 돌렸다. 우리 건물에서 본 적이 있는 사람이다. 1층에 사는 기술자 중 한 명이다.

"너희 아빠가 곧 받으시면 좋으련만."

그가 노르웨이 억양으로 말했다.

난 눈물을 삼키며 고개를 끄덕였다.

"고맙습니다. 아저씨까지 기다리실 필요 없어요. 금방 돌아오시겠죠."

그 사람은 복도를 따라 사라졌고, 난 바닥에 털썩 주저앉았다. 아빠에게 곰 이야기를 할 수는 없을 거다. 오늘은 내게 아프고 수치스러운 고통을 안겨 준 날이었지만, 적어도 아빠 목소리를 들을 수 있다면…. 때때로 아빠는 말을 많이 하지 않고도 내 기분을 풀어 주곤 했다.

난 계속해서 번호를 누르고 수화기 저쪽에서 나는 윙윙 소리를 들었다. 그게 통화 중이라는 건지, 연결이 안 됐다는 건지 알 수가 없었다.

"그런 식으로 해 봐야 소용없어."

갑작스러운 목소리에 난 깜짝 놀랐다. 니나가 문간에 서서 날 지켜보고 있었다.

"될 거라고 했어, 기술자 아저씨가. 그분이 뭔가 만졌거든."

난 얼룩덜룩해진 뺨을 비비고 고개를 돌렸다. 니나는 내가 지금 이 순간 가장 보고 싶지 않은 사람이었다.

"누구한테 전화하려는 건데?"

니나가 그 자리에서 물러나지 않고 물었다.

"상관할 거 없어."

난 아빠 번호를 다시 이상하게 생긴 금속 장치에 입력하며 말했다. 아까와 똑같은 단조로운 음이 들렸다.

"그 사람이 뭘 했든지 간에, 그건 작동 안 해."

니나가 단정적으로 말했다.

난 내가 들고 있던 장치를 절망적으로 바라보았다.

"우리 아빠한테 봐 달라고 할 수 있어, 네가 원한다면."

혹시 속임수가 아닐까 하고, 의심스러운 눈으로 그 애를 흘 긋 쳐다보았다.

"난 단지 우리 아빠랑 통화만 할 수 있으면 돼. 방법은 상관 없어."

내가 작게 중얼거렸다.

니나는 잠시 날 다시 바라보다가, 돌아섰다.

"여기서 기다려."

어깨 너머로 명령하듯 말하더니, 그 애는 어느새 방향을 틀 어 사라졌다.

난 복도를 서성거리며 유리 벽을 통해 그린라이트 사무실 을 들여다보았다. 사무실 문은 잠겨 있었다. 어느 책상 위에 엄마 물건을 담아 놓은 상자가 놓여 있다. 우리 건물로 옮길 짐이다. 엄마가 책상을 옮기면, 모든 지도와 도표를 내가 좀 더 쉽게 찾아볼 수 있을 것 같다. 아마 엄마도 순록을 병들게 하는 원인을 묻는 내 질문에 좀 더 개방적인 태도를 보여 주겠지. 여기서 무슨 일이 일어나고 있는지, 그 진실을 밝히는 데 내가 도움이 될 수 있을 거다.

아이반은 자기 딸이 그랬듯 아무 소리도 내지 않고 복도에 나타나더니, 곧장 내팽개쳐진 전화기 위로 몸을 굽혔다.

"전선이 느슨해졌어."

잠시 뒤, 아이반이 선언하듯 말했다.

그는 주머니에서 드라이버를 꺼내 특이하게 생긴 나사와 연결부를 만지작거리기 시작했다.

"이 사람들이 왜 처음부터 나한테 물어보지 않았지? 예전에는 이 전화가 우리 마을과 본토를 연결하는 유일한 연결 수단이었어."

내가 어색하게 고개를 끄덕였다.

"너 괜찮니? 마치 유령이라도 본 것 같은 얼굴이구나!"

아이반이 내 얼굴을 자세히 살피며 물었다.

"전 괜찮아요."

나는 얼굴이 빨개져서 더듬거렸다. 미칼이 결국은 곰 이야기를 전한 건 아닌지 겁이 났다. 그 애는 그게 자신의 의무라고 느꼈을지도 모른다.

아이반이 내게 전화기를 건넸다.

비밀

"이제 될 거야."

그는 이렇게 말하고는, 내가 제대로 된 감사 인사를 하기도 전에 성큼성큼 걸어가 버렸다. 난 다시 바닥에 쪼그려 앉았다. 비록 사무실은 텅 비어 있었지만, 유리를 통해 비치는 환한 빛 속에서 전화하고 싶지 않았다.

아빠는 바로 전화를 받았다. 차분하고 친숙한 아빠 목소리.

"로리! 이 녀석! 잘 지냈어?"

난 침착해지려고 애쓰면서 격렬하게 고개를 끄덕였다. 그러다가 당연하게도 머리 움직임 같은 건 전화선으로 전달되지 않는다는 사실을 깨달았다. 이 전화는 내 목소리를 궤도를 돌고 있는 인공위성으로 쏘아 보낼 뿐이다. 그러면 거기서 다시 영국의 전화망으로 내려간다.

"로리? 듣고 있니?"

난 안도의 웃음을 웃었다.

"난 잘 지내, 아빠."

"눈은 왔어?"

아빠가 들뜬 목소리로 물었다.

"응, 왔어! 하지만 사람들 말로는 이건 그냥 흩날리는 정도라는데. 곧 더 많이 올 거래. 훨씬 더 수북하게."

내 목소리는 이제 밝아졌다.

"야생 동물은 봤어?"

"당연하지!"

난 아빠에게 여기까지 배를 타고 오면서 본 바다표범과 바다코끼리 이야기를 재잘거렸고, 이어서 카이쿠 이야기에 열을 올렸다. 카이쿠의 털이 달빛 같은 은청색을 띠고 있다는 것도.

"아빠, 게다가 그 북극여우는 날 정말 좋아해! 늘 내 무릎 위로 뛰어올라 낮잠을 자."

"아, 로리, 네 목소리에 아주 생기가 도는구나! 정말 멋진 일이야! 넌 진짜 근사한 모험을 하고 있는 거야. 순록도 봤니?"

"응, 봤어."

난 곧바로 대답한 뒤, 잠시 사이를 두었다.

"그래, 순록들은 어땠어?"

아빠는 마치 내가 무언가 말하지 않은 걸 감지하기라도 한 듯 물었다.

"아름다워, 몇 마리가 병들었다는 것만 빼면. 여기 아이들은…."

"아이들?"

아빠가 끼어들었다. 난 이곳에서 발견한 가장 놀라운 사실을 빼먹었다는 걸 깨닫고는 갑자기 옆길로 새서 아빠에게 미칼과 나나, 다른 아이들 얘기를 했다.

"근데 아까 병든 순록 얘기는, 무슨 말을 하려던 거였어?"

잠시 뒤 아빠가 그 주제를 다시 상기시켰다. 라스모스의 헛간에서 죽어 가며 떨고 있던 순록들과 엄마 회사인 그린라이트가 어떤 식으로든 그 문제에 책임이 있을 거라는 미칼의 주장이 생각났다. 그러자 정말로 가슴이 조여드는 느낌이 들었다.

"마을 주민들은 그게 희토류 채굴과 관련이 있다고 생각해.”

내가 볼멘소리로 중얼거렸다.

“엄마는 뭐래?”

“엄만 그냥 바빠. 나하고 얘기할 시간도 별로 없는걸. 엄만 순록들의 병이 광산이랑은 관련이 없을 거래.”

내 목소리는 이제 좀 더 차분해졌다.

“네 생각은 어떤데?”

아빠가 물었다. 오두막에서 나는 소리가 희미하게 들린다. 불이 탁탁 타오르는 소리, 부엉이 울음소리가 났다.

“얘기해 봐, 우리 딸. 넌 머리가 아주 좋잖아. 아빤 분명히 네 생각이 있을 거라고 보는데.”

아빠가 재촉했다.

난 아빠와의 대화에서 건너뛰고 생략한 모든 일이 생생하게 떠올라 무의미하게 웃었다. 밤에 우리 건물에서 나는 소리. 마을 아이들은 왜 나한테 말을 걸면 안 되는지. 유령 마을이라지만 여기서 때때로 유령처럼 느껴지는 건 바로 나라는 것. 그린라이트 직원들 사이에 퍼져 있는 피해망상적인 생각들. 낮이 점점 짧아지고 극야가 한층 가까워진 것.

“모르겠어, 아빠.”

전화기에서 아무 소리도 나지 않는다는 느낌이 들어서, 난 전화기를 조금 흔들어 가며 신호를 찾아 발을 옮겼다.

“아빠? 들려?”

안테나를 더 올리고 까치발을 해 보았지만, 전화기는 완전히 먹통이었다. 그런데도 난 여전히 아빠의 마지막 질문에 어떻게 대답할지 몰라서, 전화기를 든 채 생각에 잠겨 있었다.

3

곰을 만난 다음 날이었다. 미칼이 내가 늘 앉아 있는 문화 궁전의 소파로 날 찾아왔다. 난 테이블에 여행 일지를 펼쳐 놓고 고개를 박고 있다가, 깜짝 놀라 올려다보았다. 이 애는 어제 나한테 화냈던 걸 잊어버렸나?

"뭐 하는 거야?"

미칼이 펼쳐 놓은 공책을 흥미롭게 내려다보며 물었다.

난 얼른 여행 일지를 덮었다. 한밤중에 끄적거린 낙서를 보여 주는 건 친구를 사귀는 좋은 방법이 못 된다.

"뭐 다이어리 같은 거야."

내가 애매하게 말했다. 어제의 기억이 너무 생생하게 되살아났다.

"이곳을 기억하는 데 도움이 되니까. 그리고 우리 아빠한테도 보여 주려고. 집에 갔을 때."

"너희 아빠는 여기 오고 싶어 하지 않았어?"

미칼이 내 옆자리에 앉으며 물었다.

"아빠 같이 올 수가 없었어. 일 때문에. 우리 아빠 숲에서 살아."

"숲이라고!"

미칼의 귀가 쫑긋 섰다. 그가 숲을 한 번도 본 적이 없을 거라는 생각이 머리에 스쳤다. 아마 나무도 제대로 못 봤을 거다.

나는 휴대폰의 사진 앨범을 죽 넘겼다. 그러고 보니, 이곳에 오기 전에 내가 찍은 사진은 거의 다 숲에서 찍은 거였다. 나뭇잎, 빛과 그림자, 까마귀, 까치, 어치. 거미줄과 나무껍질 무늬를 찍은 사진도 있다. 이끼류와 균류, 이상하게 생긴 버섯들.

미칼은 홀린 듯 사진을 바라보았다. 난 그 애가 더 잘 볼 수 있게 전화기를 그의 손에 쥐어 주고, 사진을 앞뒤로 넘기는 방법도 알려 주었다.

"넌 정말 운이 좋구나. 숲에서 살다니."

미칼이 여전히 사진에 정신을 빼앗긴 채 중얼거렸다.

난 내 삶의 양면을 어떻게 설명해야 할지 몰라 얼굴을 찡그렸다. 게다가 지금은 그 두 종류의 삶에서 다 너무 멀리 떨어져 있다.

"내내 숲에서 살진 않아. 대부분 엄마랑 작은 도시에서 살아, 여기보다는 크지만. 학교도 도시에서 다녀."

난 창문 밖으로 보이는 버려진 학교 건물을 바라보았다. 미칼이 학교에 대해 얼마나 아는지 궁금했다.

"예전엔 아빠도 시내에서 우리랑 함께 살았는데… 아빠 결코 행복한 적이 없었나 봐. 숨 쉴 공기도 부족하고 별도 볼 수 없다고 말했거든." 난 잠시 멈추었다가 급히 덧붙였다. "가끔 나도 그런 느낌을 받을 때가 있긴 했어. 하지만 여기서는 아니야."

미칼이 환하게 웃었다.

"우리 마을에 그런 문제는 없어."

"없지. 우리 아빠도 이곳을 좋아했을 거야."

나도 동조했다.

"그래서 넌 반은 도시, 반은 숲인 거야?"

"나도 내가 누군지 모르겠어. 난 그냥 나일 뿐인데." 난 어깨를 으쓱한 다음, 잠깐 사이를 두고 물었다. "광산 사고가 난 뒤에, 사람들이 왜 그렇게 많이 여기 남았던 거야?"

"여기가 집이었으니까. 게다가 지구 기후법이 제정되고 나서, 광산 사람들이 떠나온 곳은 하나같이 다 바뀌었거든." 미칼이 얼굴을 찌푸렸다. "새로 마련해 주겠다는 주택 단지도 좋지 않았고…. 그래도 그게 더 나았을지도 모르지. 슬플 땐 카이쿠가 옆에 있으면 좋아."

미칼은 손을 뻗어 카이쿠의 푸른색 털을 쓰다듬었다. 그가 나를 보고 웃었다.

"슬픈 건 아니야. 그냥 놀라고, 창피해서 그래."

내가 조용히 말했다. 난 시선을 위로 향한 채 바로 어제 곰을 눈앞에서 맞닥뜨린 일을 떠올렸다.

미칼이 손가락을 입에 갖다 댔다.

"그 얘기는 하지 말자고 한 거 아니었어?"

난 고개를 끄덕였다. 고마웠다.

"너희 가족은 어디서 왔어?"

나는 너무 쉽게 용서하고 너무 솔직하게 이야기하는 이 아이를 이해하고 싶었다.

"존 형이랑 나는 여기서 태어나고 자랐어. 하지만 우리 부모님은 원래 사미족이야."

미칼이 가벼운 말투로 이야기했다.

"사미족?"

내가 자신 없는 목소리로 물었다.

"사미족 사람들은 유목민이야. 우리 부모님은 핀란드 북부에서 살았는데, 순록을 따라서 옮겨 다녔어. 하지만 그 지역은 지금 황야 지대 안에 있어서 모두 떠날 수밖에 없었지."

미칼은 우울한 표정으로, 내가 그랬던 것처럼 소파를 잡아 뜯었다.

"그래서 사미족 중 일부가 이리로 온 거야. 엄마 말로는, 이곳으로 오거나 아니면 자신들이 자란 땅에서 멀리 떨어진 헬싱키의 주택 단지 같은 데 가서 살거나, 둘 중 하나였대. 그래서 광산을 반대했지만, 여기, 피라미드로 오게 된 거지."

"광산을 반대했다고? 기후 변화 때문에?"

난 궁금증이 생겼다.

"응. 그리고 그 때문에 지구가 불안정해졌으니까. 우리 엄마는 그런 사고들이 그에 대한 벌이라고 생각해. 엄만 예전에 살던 땅을 그리워하고 있어. 언젠가는 나도 엄마와 함께 돌아갈 거야. 우린 다시 숲에서, 순록들과 함께 살 거야."

미칼은 내키지 않는 듯했지만 대답해 주었다. 그러고는 내가 자기 말에 반박이라도 할 거라고 느꼈는지, 이글거리는 눈빛으로 날 쳐다보았다.

난 미소를 지었다.

"그러면 좋겠다. 이제부터 변화가 있겠지."

미칼도 따라 웃었다. 그러더니 갑자기 자리에서 벌떡 일어나, 손을 내밀어 나를 일으키려고 했다.

"나랑 같이 가자, 로리."

"어딜 말이야?"

내가 주저하며 물었다.

"엄마한테 네 숲 사진을 보여 주게. 우리 엄마를 보러 가자, 우리 집으로."

뜻밖의 초대에 내가 의아한 표정을 지었다. 마을 사람들이 알면 뭐라고 할까?

"우리 엄마도 좋아할 거야. 엄마는 늘 우리가 놀 때 널 더 많이 끼워 줘야 한다고 말했거든. 가자. 산보다는 안전해. 그건 확실해!"

4

미칼은 자기네 아파트 건물 안으로 내 등을 떠밀더니, 복도 3분의 2쯤 되는 곳에 이르러 현관문을 열었다. 집 안에서는 요리하는 냄새가 풍겼고, 그러자 곧바로 내 배에서는 꼬르륵 소리가 났다.

"이드니(사미족 말로 '어머니'−옮긴이)!"

미칼이 소리쳤다.

미칼의 엄마가 거실 문간으로 나와 앞치마에 손을 닦으며, 놀란 얼굴로 내게 미소를 지었다.

"로리구나, 그렇지? 오래된 마을에서 지내 보니 어떤 것 같아?"

난 좋은 인상을 주고 싶어서 수줍게 웃었다.

"아름다워요. 그리고 또⋯ 이런 곳은 아무 데도 없을 거예요. 전 여기가 좋아요, 아주 많이요."

미칼의 엄마가 튼튼해 보이는 식탁 밑에서 의자를 꺼내 내게 앉으라고 권했다. 카이쿠가 푹신한 소파 위에 냉큼 자리를 잡았다.

미칼의 엄마가 자기 아들의 머리를 헝클어뜨리며 말했다.

"가서 물 좀 끓이렴. 엄마가 네 새 친구랑 이야기하는 동안 핫초코 좀 타 와 봐. 엄만 새로 온 사람들을 만날 일이 별로 없잖아. 난 잉거마리야. 미칼한테서 네 얘기 많이 들었어."

미칼은 부엌으로 사라졌고, 뒤이어 금속 냄비가 부딪치는 소리가 났다.

내 손가락은 정처 없이 식탁 한가운데에 있는, 희거나 회색인 무언가가 들어 있는 그릇 쪽으로 향했다. 민들레 씨앗 같은 것에 이끼 쪼가리가 뒤섞여 있었다. 민들레 씨앗처럼 생긴 올올이 마치 달빛 가닥처럼 하늘거렸다.

"솜털오리 깃털이야."

미칼의 엄마가 미소를 지으며 말했다.

"오리 깃털이라고요?"

난 반감을 드러내지 않으려고 애썼다. 이곳이 다르다는 건 나도 안다. 사람은 손에 넣을 수 있는 자원을 사용해야 한다. 물고기를 먹거나 순록을 사냥하는 것처럼.

"진정해, 동물 구조대. 이 깃털을 잃은 오리들도 여전히 피오르에서 헤엄치고 있을 테니까."

미칼이 문간에 나타나서 놀렸다.

미칼의 엄마가 고개를 끄덕였다.

"어미 새들은 알을 따뜻하게 하려고 자기 몸에서 깃털을 뽑아내거든."

"아프지 않아요?"

나도 모르게 불쑥 내뱉었다.

"로리, 넌 엄마들의 헌신을 과소평가하는구나. 우린 새끼 오리들이 알에서 깬 후에 둥지에 있는 깃털을 주워 온단다. 베개나 이불 속에 넣으려고. 이건 미칼의 새 침대 커버에 들어갈 거야."

작은 부엌에서 물 끓는 소리가 났다. 미칼이 다시 부엌으로 향했고, 그 애 엄마가 얼른 미칼을 뒤쫓아 가며 아들의 집중력 부족을 온화하게 나무랐다.

나는 일어서서 거실을 물결처럼 휘감고 있는 선반을 살펴보았다. 선반은 물 위에 떠다니던 유목으로 만든 것 같았는데, 구릿빛 암석들이 진열되어 있었다. 난 나뭇잎 자국이 새겨진 암석이 신기해서 자세히 들여다보았다.

"화석이야."

갑자기 등 뒤에서 미칼이 말하는 바람에 난 화들짝 놀랐다. 틀림없이 미칼의 엄마가 부엌에서 쫓아냈을 거다.

"우리 아빠가 광산에서 발견한 거야."

얼른 손을 뒤로 빼는 나를 보며 미칼이 웃었다.

"걱정 마. 이것들은 이미 수백만 년을 견뎠어. 네가 훼손할 순 없을 거야."

이번 여행 전에 책에서 읽은 내용이 생각났다. 스발바르 제도가 한때 적도에 있었고, 그때는 더운 열대 지방이었다는 거였다.

상황이 지금과 달랐다면 얼마나 좋을까. 그러면 엄마도 이 집에 와서 수백만 년 된 이 신기한 생물의 무늬에 대해 자세히 이야기해 주었을 텐데.

나는 선반을 따라 죽 늘어서 있는 고래 조각상에 시선을 빼앗겼다. 광산 입구에서 발견한 것과 같은 것들이다. 내 방 벽에 붙어 있는 그림 덕분에 이름을 알 수 있었다. 외뿔고래, 밍크고래, 벨루가, 북극고래, 범고래, 혹등고래 그리고 지구상에서 가장 큰 두 종류의 고래인 긴수염고래와 흰긴수염고래.

"미칼이 그러던데, 네가 우리 존의 조각상을 발견했다면서?"

미칼의 엄마가 김이 모락모락 나는 머그잔을 가지고 돌아왔다.

나는 그걸 보자고 하지는 않았으면 하고 마음속으로 바라며, 어색하게 고개를 끄덕였다. 그 벨루가는 미칼이 산 아래로 던져 버렸으니까.

미칼의 엄마가 미소 지었다.

"존은 섬 곳곳에 그걸 놔두고 다녀. 미칼이 말했지? 존의 어릴 적 친구를 위한 거라고."

그러고는 머그잔을 식탁 위에 내려놓았다. 잔끼리 가볍게 부딪히면서 소리가 났다.

"울리야, 그 애 이름이야. 울리야는 고래를 아주 좋아했어."

난 손가락으로 어색하게 머리를 쓸어 넘겼다.

"그런 사고가 일어나다니… 정말 안됐어요."

"너무 마음 쓰지 마, 로리. 한참 전 일이야. 그땐 미칼도 완전 아기였는걸. 이거 봐."

미칼의 엄마가 차분하게 말하고는, 선반에서 사진을 가져왔다. 사진 속 그녀는 수염을 기른 남자와 손을 잡고 있다. 두 사람 다 건강하고 행복해 보였으며, 아름다운 세 아들 곁에서 자랑스러운 표정이다. 미칼은 아빠 품에 안겨 있다. 아기 미칼은 통통하고 귀여운 모습으로, 카메라를 향해 손을 내밀고 있다.

우리 세 사람은 저마다 생각에 잠겨 아무 말 없이 사진을 바라보았다. 이 집 가족 중 세 명이 목숨을 잃었다. 지금 여기에 있어야 할 사람들, 식탁에 다리를 뻗고 앉았거나 엄마를 도와 음식을 내오고 가족을 따뜻하게 지켜 주었어야 할 사람들인데.

"하지만 삶은 계속되어야 해. 특히 너희 젊은이들은. 중요한 건 그거야."

미칼의 엄마가 앞치마 끈을 잡아당기며 한숨을 쉬었다.

그러고는 내게 핫초코를 마시라고 권했다. 나는 휴대폰에 있는 아빠의 숲 사진을 미칼의 엄마에게 보여 주었다. 미칼이 사진을 어떻게 스크롤하는지 자랑스럽게 시범을 보였다. 사진을 보는 미칼 엄마의 눈에 슬픔이 어렸다. 난 졸고 있는 카이쿠에게 다가가 쓰다듬어 주었다.

"난로에 수프를 데우고 있어. 너희 둘 다 한 그릇씩 갖다줄게."

미칼의 엄마가 일어나서 부엌으로 향했다.

"안 돼. 로리는 여기서 점심 못 먹어. 안 그래?"

미칼이 빨갛게 상기된 얼굴로 벌떡 일어나, 날 의미심장하게 바라보았다.

난 어떻게 해야 할지 몰라서 고개를 갸웃했다.

"글쎄, 괜찮을 것 같은데…. 맛있는 냄새가 나는걸."

"너한테는 맛있지 않을 거야."

미칼의 말에 그 애 엄마가 못마땅한 듯 쳐다보았다.

"무슨 뜻이니, 미칼? 엄마 요리가 창피해?"

"그런 게 아니야, 엄마. 하지만 로리는 먹고 싶지 않을 거야. 로리는 '그거' 안 먹어."

"그게 뭔데?"

난 미칼의 반응을 이해할 수가 없었다.

"순록."

미칼이 어쩔 줄 몰라 하며 대답했다.

냄새가 좀 더 강하게 느껴졌다. 내 시선은 바닥으로 향했다. 불 옆에 순록 가죽이 깔려 있고, 푹신한 의자에도 가죽이 있다.

"나… 난…."

입이 떨어지지 않았다.

"내 말 맞지?"

미칼의 목소리에 씁쓸함이 묻어 있었다.

그때 아파트 현관문이 열리면서 새로운 공기가 불어왔다.

"쟤가 여기서 뭐 하는 거야? 왜 데려왔어?"

현관에서 목소리가 들렸다. 존이었다.

미칼의 엄마가 가서 외투를 받으며 나무랐다.

"쉿, 존. 손님을 그렇게 대하면 못 써."

"쟤가 정보를 캐러 온 스파이가 아니라는 걸 어떻게 알겠어요?"

미칼이 인상을 찌푸렸다.

"로리는 그런 짓 안 해!"

"희토류 광산이 피해를 줄 거라고 생각했다면, 우리 엄마가 그 일을 맡지 않았을 거예요. 우리 엄만 그런 사람이 아니에요. 피아도 마찬가지고요."

내가 방어적으로 말했다.

피아라는 말에 존의 표정이 바뀌었다.

"피아는 뭐든 스스로 결정할 수 있는 사람이지."

"자, 존. 로리한테 뭐라고 하지 마. 미칼한테 새 친구가 생겨서 다행이야."

미칼의 엄마가 끼어들었다. 옆에서 미칼이 안절부절못하는 게 느껴졌다.

난 미칼의 엄마에게 감사의 미소를 지었다.

"근데 전 이제 가 봐야 할 것 같아요. 엄마가… 걱정하고 있을 거예요."

솜털오리의 깃털과 선반 위 고래 조각상의 마법이 깨졌다.

"네가 순록 고기를 먹는 걸 반대하는 건 아니야. 왜 그러는지 이유를 아니까. 내 말은, 먹어도 된다고."

추위 속으로 나가기 위해 현관에서 낑낑거리며 부츠를 신을 때 내가 미칼에게 어색하게 말했다.

"아니, 넌 몰라. 너는 순록을 먹는 게 잘못된 일이라고 생각하잖아. 넌 절대로 먹지 않을 거잖아."

미칼이 조용히 대답했다.

난 그 애를 돌아보았다. 맞는 말이었다.

"그렇다고 우리가 친구가 될 수 없는 건 아니잖아?"

내 말에 미칼은 잠시 머뭇거렸다. 그 애 엄마가 다가와 미칼의 등을 떠밀었다.

"아무렴, 친구가 될 수 있지. 로리, 너희 둘은 당연히 친구가 될 거야."

카이쿠가 동의한다는 듯 내 발 주위를 빙빙 돌았다.

"환영해 주셔서 감사해요. 집이 너무 예뻐요. 제가 그 수프를 먹을 수 있으면 좋았을 텐데, 그냥 그게….” 난 잠시 멈추었다가 말했다. “제가 집에서 먹던 거랑은 좀 달라서요.”

미칼의 엄마가 두 손을 미칼의 어깨에 살며시 얹으며 말했다.

“우리도 알아, 로리. 와 줘서 고맙다. 떠나기 전에 다시 볼 수 있었으면 좋겠구나.”

5

늦잠을 잤는데도 밖은 칠흑같이 어두웠다. 해는 이제 늦은 아침까지도 뜨지 않는다.

피아는 오늘 일정을 비우고 엄마와 나를 빙하로 데려다주기로 했다. 몇 시간만 지나면 우린 진짜 빙하학자와 함께 얼음 위에 서 있게 될 것이다!

엄마와 함께 시간을 보낼 수 있게 된 것도 좋았다. 며칠 동안 엄마랑 제대로 대화도 나누지 못한 것 같다.

나는 옷을 여러 벌 껴입었다. 이번 여행을 위해 엄마가 사준 두꺼운 코듀로이 바지 속에 타이츠를 입었고, 상의도 속에 네 장이나 껴입은 위에 다시 스웨터를 걸쳤다.

엄마는 방에도 없고 복도 저편 욕실에도 없었다. 하지만 하수관에서 콸콸 물 흐르는 소리가 나는 걸로 봐서, 이제 막 아침을 먹으러 내려간 게 틀림없었다.

나는 카페테리아로 들어서면서 엄마를 훔쳐보았다. 엄마는 마크랑 기술자 두 사람과 한 테이블에 앉아 있었는데, 다들 고개를 숙이고 무슨 서류 같은 걸 보고 있었다.

아마도 내 시선을 느낀 때문인지 엄마가 상체를 세워 나를 보더니, 자리에서 일어나 내게로 왔다.

"네가 여기 입구에 서 있는 걸 봤는데, 잠깐 아주 어른스러워 보이던걸. 어젯밤엔 잘 잤어?"

엄마가 가볍게 날 안아 주었다.

"벌써 아침을 다 먹은 거야? 날 깨웠어야지!"

난 엄마의 인사는 무시한 채 수상쩍은 눈길로 바라보았다.

잠시 어색한 침묵이 흐르고, 엄마가 눈을 깜빡거렸다.

"빙하에 갈 수 없는 거지?"

내 물음에 엄마가 주저하다가 한숨을 내쉬었다.

"새 현장은 처음엔 뭐든 쉬운 게 없어. 예상하지 못했던 온갖 문제에, 게다가 새로 만들어진 팀이잖아. 다들 새로운 환경에 적응하느라…."

"하지만 엄마가 약속했잖아!"

난 울음을 터뜨렸다. 더는 엄마의 변명을 듣고 싶지 않았다.

"어쩌면 이번 주 다른 날이나 아니면 다음 주 중에 일찍 끝나는 날이 있을 거야."

"엄마가 약속했다고."

좀 더 큰 소리로 내가 다시 말했다. 미칼과 니나, 다른 아이들이 가까운 테이블에서 아침을 먹고 있었는데, 그들의 시선이

나에게 꽂혔다.

"그럼, 다른 사람한테 대신 부탁해도 되지?"

내가 조심스럽게 물었다.

엄마가 얼굴을 찌푸렸다.

"아니, 빙하 여행은 안 될 거 같아. 엄마 없이 너만 가는 건 불안해. 피아도 보고서를 작성해야 할 거야. 투자자들을 생각하면 시간이 부족해. 안드레이 대표는 투자자들이 관심을 잃을까 봐 걱정이 이만저만이 아니야."

바로 그때 피아가 커피 두 잔을 들고 가다가 잠깐 멈췄다. 식사는 이미 마친 것 같았다.

"20분이면 되지, 로리? 문화 궁전 입구에서 볼까? 배 타는 곳까지 같이 걸어가면 돼. 로라 선생님, 함께 못 가신다니 아쉬워요. 하지만 그래도 로리는 빙하를 봐야죠. 존이 우리랑 같이 갈 거예요."

나는 엄마에게 '이것 봐, 소풍 계획이 아직 살아 있어' 하는 의기양양한 표정을 지어 보였다. 그런 다음 피아를 돌아보았다.

"제가 가는 걸 존도 알아요?"

어제 존이 자기 집에서 나를 봤을 때 분명히 적개심을 보였기 때문에, 긴장해서 물었다.

"물론이지. 존이 북극곰한테서 우리를 보호해 줄 거야!"

피아가 행복해하며 말했다. 그녀는 기분이 좋아 보였다, 마치 휴가라도 가는 것처럼. 머리는 양 갈래로 묶고 눈송이 모양의 작은 청록색 귀걸이를 하고 있다.

"엄마도 같이 가, 응!"

난 엄마의 팔을 잡아당겼다. 엄마도 하루쯤 쉴 자격이 있다. 우리가 도착한 후로 엄마는 쉬지 않고 일하고 있고, 심지어 빙하에 가는 건 사실 쉬는 것도 아니다. 엄마는 늘 현장의 전체 모습을 보는 게 중요하다고 말했으니까. 스발바르는 빙하를 빼고는 이해할 수 없다.

"미안하지만 로리, 그건 불가능해."

엄마가 다시 한숨을 쉬었다.

"어쨌든 난 갈 거예요."

난 이제 피아에게 직접 말했다.

엄마가 손을 들어 날 막았다.

"잠깐만, 로리. 그건 네가 결정할 수 있는 일이 아니야." 그러고는 피아에게로 몸을 기울였다. "그 존이라는 사람, 잘 알아요?"

피아가 웃음을 터뜨리더니 큰 소리로 대답했다. 그린라이트 직원들도 이제 우리 쪽을 보고 있다.

"이 근방에서 최고의 선장이라는 건 알죠. 저보다도 빙하에 대해 훨씬 많이 알고요."

엄마가 얼굴을 찡그렸다.

"난 좀 확신이 안 서는데. 로리는 이런 지역에 익숙하지가 않으니까요. 황폐하고 거친 곳이잖아요."

"엄마! 빙하에 간다고 내가 얼마나 기대했는데. 엄마도 알잖아!"

난 실망감에 다시 울먹였다.

"네가 피아 씨 곁에만 찰싹 붙어 있는다면…."

"엄마!"

나는 민망해서 피아에게 미안하다는 표정을 지었다. 그녀는 내 보모가 되려고 여기 온 게 아니다. 그녀는 과학자다.

엄마는 생각에 잠긴 듯 잠시 입을 벌리고 있었다. 그때 그린라이트 사람들이 의자를 밀며 일어나기 시작했고, 엄만 뒤처지고 싶지 않은 듯 걱정스러운 얼굴로 그들을 흘낏 살펴보았다. 엄마는 나를 다시 가볍게 안아 준 뒤 피아에게 날 잘 돌봐 달라고 간곡히 부탁하고는 몸을 돌려 자리를 떴다.

"사진 좀 찍어 와."

엄마가 나가다 말고 돌아보며 덧붙였다.

엄마와 피아가 나간 뒤, 미칼이 내 이름을 불렀다.

"로리! 이리 와서 우리랑 같이 앉아."

그가 소리 높여 외치자, 다른 아이들이 조금씩 움직여 내 자리를 만들어 주었다. 니나조차도 내게 희미한 미소를 던졌다. 난 그 애가 자기 아빠에게 부탁해 전화기를 고치도록 해 주어서 고맙다는 인사를 하고 싶었다. 하지만 니나는 자기가 날 도와준 걸 다른 아이들이 알지 않기를 바라는 것 같았다.

"빨리 먹는 게 좋을 거야, 로리. 우린 빙하에 가야 하잖아!"

미칼이 밝게 말했다.

난 깜짝 놀랐다.

"우리?"

미칼이 미소 지었다.

"나를 빼고 가려고? 어림없는 일이야. 카이쿠도 배 타는 걸 아주 좋아해. 카이쿠가 솜털오리를 찾는 모습을 너도 봐야지. 바닷속으로 뛰어들지 않게 잘 지켜봐야 해!"

나는 미칼과 카이쿠랑 함께 하루를 보낼 수 있다는 기대감에, 기쁨에 겨워 두 팔로 내 어깨를 감싸 안았다.

"빙하는 지금 같은 계절에 가기엔 너무 춥고 너무 멀어. 바다가 얼어붙는 시기니까. 그러니까 조심해야 돼. 오늘이라도 얼지 몰라."

니나가 얼굴을 찡그리고 어깨를 떨며 찡얼거렸다.

"하지만 오늘은 아니야. 이건 로리에게 일생일대의 모험이 될 거야. 여기 있는 동안 빙하를 봐야지."

미칼이 나와 눈을 마주치자 한쪽 눈을 찡긋하고, 선언하듯 말했다.

빙하 여행

1

미칼이 배 위로 뛰어올랐다.

"하마터면 나 혼자 남을 뻔했잖아!"

카이쿠는 수월하게 미칼의 뒤를 따라 뛰어올라, 내 옆구리를 코로 찔렀다.

"안녕 미칼! 그러잖아도 너랑 카이쿠도 함께 갔으면 했는데."

피아는 카이쿠가 자기 쪽으로 다가와 신이 난 듯 쿡쿡 찔러대자 웃으며 말했다.

"로리가 곰에게 잡아먹히지 않도록 누군가 지켜봐야죠! 그린라이트가 어떻게 생각하겠어요?"

미칼이 소리쳤다.

난 장난스럽게 그 애를 밀었다.

"오늘 곰이 나올 것 같아?"

"곰은 예측이 안 되지만, 여기선 언제든지 나올 수 있어. 알다시피 여긴 야생 지대니까!"

미칼이 광활한 땅을 향해 팔을 내저었다.

피아는 존과 함께 배 앞쪽으로 갔다. 두 사람은 대화에 깊이 빠져 있었는데, 서로를 편하게 느끼는 것 같았다.

배가 마을에서 멀어져 어두운 바다 위로 나아가자, 미칼과 나 사이에 남아 있던 어색함도 사라졌다.

"얼음 쥐들은 어젯밤에 어땠어?"

미칼이 친근하게 물었다.

"그런 건 아마 전부 내 머릿속에 있는 걸 거야. 우리 엄마이 마을의 낡은 건물과 어둠 때문일 거라고 하는데…"

내가 가볍게 몸을 떨었다.

"근데 넌 그렇게 생각하지 않지?"

난 미칼에게 뭐라고 대답해야 할지 몰라서 잠시 그 애를 마주 보았다.

"실은 가끔 발소리가 들려, 복도나 위층 다락방에서. 사람이 있는 것 같은데, 여자애인 것 같아."

미칼의 이마에 주름이 잡혔다.

"여자애라고? 그런 일을 할 만한 건, 니나야. 내가 얘기해 볼게. 걔가 거기 혼자 올라갔다니 놀라운걸. 그 건물을 정말로 무서워하는데."

내가 재빨리 고개를 저었다.

"니나는 아닌 것 같아."

"부파랑 낸일까? 걔들은 안 가는 데가 없으니까!"

"아니" 하고 말을 시작하려다가, 나는 내가 말하려는 게 얼마나 터무니없는지에 생각이 미쳐 말을 멈추었다. "어쩌면… 어쩌면 걔들이었을지도 모르지. 처음에는 마을 애들이 날 겁주려고 장난을 치는 줄 알았어. 하지만 더 이상 무섭게 느껴지진 않아. 지금은 거의… 친근한 느낌이야."

미칼이 이상한 눈으로 날 쳐다보았다.

"어쨌든 오늘은 실제 사람들이랑 지낼 거니까. 그리고 진짜 여우랑."

나는 내 무릎 위에 웅크린 카이쿠를 내려다보며, 단호한 어조로 말했다.

미칼이 고개를 끄덕였다.

"오늘은 곰과 얼음만 볼 거지?"

내가 미소를 지었다.

"아마도 아주아주 멀리서 보겠지."

내 말에 미칼이 웃었다. 우리가 비밀을 공유하고 있다는 생각에, 비록 창피한 기억이라서 좀 움츠러들긴 했지만, 마음이 따뜻해졌다.

빙하에 가까워질수록 바다에는 더 많은 얼음이 떠 있었다. 우리 배가 높은 빙산을 지날 때, 미칼과 나는 난간에 매달렸다. 조금만 더 가까웠더라면 손을 뻗어 만질 수 있었을 거다.

"빙하 분리가 일어나고 있어. 빙하의 일부가 떨어져 나가는 거지."

피아는 이제 타륜을 잡은 존을 내버려 두고 우리 옆에 서 있었다.

"빙하가 떨어져 나가면 어떻게 돼요?"

내가 물었다.

"이건 아마 남쪽으로 떠내려가서 녹을 거야."

나는 고대의 푸른 얼음덩어리가 녹아서 바다로 들어가는 장면을 상상하며 휴대폰으로 사진을 찍었다. 우리가 마지막으로 이 모습을 보는 인간일지도 모른다.

"세상이 부디 제때 깨어나 주기를 바랄 수밖에, 이 지역이 살아남아 주기를 바랄 수밖에 없어. 둘 중 어느 쪽이라도 이루어진다면, 우린 운이 좋은 거야."

피아가 내 어깨를 토닥였다.

나는 열심히 고개를 끄덕였다. 배는 이제 빙하의 가장자리에 훨씬 더 가까워졌다. 빙하는 높고 가팔랐으며, 측면 몇 군데에서 푸른 폭포가 쏟아 내렸다. 아랫부분이 비스듬하게 피오르의 바닷속으로 기울어진 데가 있는데, 거기가 우리 목적지인 게 분명했다. 피아가 미끄러지지 않게 신발에 끼우는 금속 스파이크인 아이젠을 부츠 밑바닥에 어떻게 묶는지 시범을 보여 주었다.

"이것도 필요할 거야. 혹시 넘어져서 미끄러지면, 이걸로 찍어서 정지시켜야 하니까."

피아가 미칼과 나에게 얼음도끼를 건네주었다.

"위험한 곳이에요?"

난 도끼를 본 다음, 우리가 탐험하게 될 얼어붙은 풍경으로 다시 눈길을 돌리며 물었다.

피아가 미소를 지었다.

"우린 상륙 장소를 신중하게 골랐어. 크레바스가 아주 많지 않은, 좀 더 평평한 곳이야."

존이 배를 빙하 가장자리에 최대한 가깝게 붙이고 닻을 내렸다. 아무리 가깝게 붙였다고 해도 배에서 빙하로 뛰어서 넘어야 했다. 일단 뛰고, 성공하기를 바라는 거다. 나는 두 발이 그나마 안전한 배를 떠날 때 심장이 덜컥 내려앉았지만, 가까스로 얼음 위로 기어오를 수 있었다. 착지할 때 아이젠의 스파이크가 내는 뽀드득 소리가 마음에 들었다. 들뜬 마음으로 주위를 둘러보았다. 아빠한테 이 얘기를 하면 얼마나 놀랄까!

얼음을 가로질러 걷는 법을 배우는 동안 난 피아에게 바짝 붙어 있었다. 단단하게 느껴지는 건 아무것도 없고, 우린 부츠에 끼운 아이젠 때문에 펭귄처럼 발을 벌리고 걸어야 했다.

우리와 달리 카이쿠는 속수무책으로 미끄러졌고, 피아와 존은 그 모습에 배를 잡고 웃었다.

"카이쿠는 너무 작아서 그래요."

미칼이 여우를 안아 올리며 방어적으로 말했다.

"카이쿠는 이런 지형에 대처하는 법을 우리 중에서 누구보다도 가장 잘 알 거야."

피아가 웃었다.

"카이쿠가 크레바스로 떨어지지 않게 내가 지킬 거예요."

미칼이 단호하게 말했다.

바로 그때 우리 발밑에서 기이한 신음 같은 소리가 들렸다.

아이젠이 얼음에 박혀 있지 않았다면 난 공중으로 2미터는 뛰어올랐을 거다.

"괜찮은 거예요?"

내가 울먹였다.

"공기가 얼음 속에서 움직이는 거야. 곧 익숙해져. 얼음이 우리한테 말하는 거지. 그 언어를 배우는 것도 내 일이야."

피아가 미소 띤 얼굴로 말했다.

"오늘은 뭐라고 하는 거야?"

존이 멈춰 서서 피아를 빤히 쳐다보았다.

피아는 얼굴을 가리는 머리카락을 뒤로 쓸어넘기고 쪼그리고 앉아, 장난스럽게 고개를 얼음 쪽으로 기울였다. 잠시 조용히 있다가, 미소 띤 얼굴로 말했다.

"로리를 환영한대. 로리가 여기 와 주어서 무척 영광이라고."

난 웃으며 빙판에 고개를 숙이는 시늉을 했다. 존은 못마땅해했지만 그래도 오늘은 좀 달라 보였다. 좀 더 편안했다. 우린 모두 마을에서 멀어져서 훨씬 더 여유로워진 것 같다.

"얼음이 왜 파란색이에요? 얼음은 투명해야 하지 않나요, 하얗거나?"

미칼이 물었다.

"아주 단단히 뭉쳐 있을 때는 아니야. 우리가 듣는 소리는 얼음의 압력이 강제로 기포를 밀어낼 때 나는 건데, 그런 식으로 얼음의 구조가 변하면 빛을 흡수하는 것도 달라져. 빨간색 빛이 파란색보다 훨씬 많이 흡수되니까 파란색으로 보이는 거야. 너무 파래서 거의 청록색이지."

피아는 수정같이 맑은 풍경 속 높은 봉우리와 깊은 골짜기를 응시했다.

미칼이 날 쿡 찌르더니, 자기 형을 고갯짓으로 가리켰다. 존은 창백한 뺨이 붉게 상기된 채 피아를 사랑스럽게 바라보고 있었다. 난 얼른 두 사람의 사진을 찍고, 미칼이 다시 얼음 위에 내려놓은 발 빠른 북극여우, 카이쿠 쪽으로 옮겨 갔다. 파란 빙하를 배경으로 한 파란 여우. 카이쿠는 마치 자신의 왕국에 있는 것 같다.

"내 사진 좀 찍어 줄래? 여기 온 걸 아빠에게 보여 줘야지."

내가 미칼에게 수줍게 부탁했다.

"좋은 생각이야! 미칼이랑 같이 서 봐, 로리. 내가 너희 둘 사진을 찍어 줄게."

내 얘기를 엿들은 피아가 소리쳤다.

미칼과 난 바이킹들처럼 얼음도끼를 치켜든 채 카이쿠를 사이에 두고 섰다. 카이쿠도 포즈를 취하는 것처럼 꼬리를 공중으로 치켜세웠다. 추위 때문에 코가 시리고 손가락은 얼얼했지만, 난 오랜만에 더할 나위 없이 행복했다.

2

"한 군데 더 들를 겁니다."

존이 다시 배의 시동을 걸면서 발표하듯 말했다. 그의 시선은 어두운 바다의 얼음 꽃에 고정되어 있었다.

미칼과 피아가 눈짓을 주고받았다.

"존! 너무 추워. 우리 손가락이랑 발가락 생각도 좀 해 줘!"

피아가 투덜거렸다.

"아주 가까워. 그건 꼭 봐야 해."

존이 퉁명스럽게 내뱉었다.

"뭘 본다는 거예요?"

난 그들 사이에 뭔가 있다는 느낌이 들어서, 불안해하며 물었다.

"곧 알게 될 거야."

존이 대답했다.

난 미칼의 시선을 붙잡으려고 했지만, 그 애는 얼음 위를 걷느라 지쳐서 자기 무릎에 풀썩 주저앉은 카이쿠를 쓰다듬으며 내 눈길을 외면했다. 내 마음속에서 불안감이 솟아올랐다.

"괜찮아, 로리. 어두워지기 전에 돌아갈 거야."

피아가 날 안심시키려는 듯 웃으며 말했다.

우리 배는 그다음 협만을 향해 나아갔다. 새로 형성된 것처럼 보이는 부빙이 떠 있는 피오르는 겨울잠을 자려는 듯 얼기 시작했다.

존이 배를 경사진 해안에 더 가까이 대려고 하다가, 선체 바닥이 바위에 긁혔다.

"형, 너무 붙었어!"

미칼이 쏘아붙였지만, 존은 상관없다는 듯 고개를 저으며 닻을 물속에 던졌다. 닻줄이 풀리는 게 거의 없을 만큼 물이 얕았다.

"여긴 어디예요?"

나는 풍경을 좀 더 잘 보기 위해 일어섰다. 이상하게 익숙해 보였다. 해안에서 멀찌감치 떨어진 곳에 흙과 바위 더미들이 이상한 형태로 쌓여 있었다. 그 고래잡이 책에서 본 사진이 머릿속에 떠올랐다.

"옛날 포경 기지였던 곳이죠?"

내가 물었다.

존이 갑자기 해안 쪽으로 얼음과 물을 건너뛰었다.

"안 돼, 존! 내리지 마. 로리와 미칼을 데려다줘야 하잖아. 늦으면 안 돼. 로라 선생님이 걱정할 거야. 날 믿고 보낸 건데."

피아의 목소리가 더욱 다급해졌다.

존은 피아의 말은 무시한 채, 나더러 따라오라는 손짓을 했다.

"존!"

피아가 답답해하며 소리를 질렀다. 하지만 난 고개를 끄덕이고, 미칼과 여전히 그의 무릎에 웅크리고 있는 카이쿠를 돌아보고 나서 해안으로 뛰어내렸다. 바위와 얼음 때문에 발이 미끄러졌지만, 존이 기다리고 있다가 손을 내밀어 넘어지지 않게 날 잡아 주었다.

피아와 미칼도 마지못해 바다를 건넜고, 이제 막 잠에서 깬 카이쿠도 따라왔다. 하지만 여우는 우리 발치를 떠나지는 않았다. 아마도 빙하 모험을 하느라 피곤했을 거다.

이곳 풍경은 또 달랐다. 해변에 은빛 통나무들이 있었는데, 미칼이 몸을 굽혀 통나무 하나의 가장자리를 손으로 쓰다듬었다. 나무의 나이테가 마치 동심원처럼 펼쳐져 있다.

"이거 봐, 잘라 낸 거야. 어쩌면 시베리아의 목재 농장에서 나온 것일지도 몰라."

나는 장갑 낀 손가락으로 통나무의 나이테를 따라, 지나온 세월을 뒤쫓아 간다. 얼음처럼 차가운 강을 따라 내려가 북극해로 떨어지는 통나무의 모습을 그려 본다. 이런 과정을 거쳐 마침내 우리 눈앞에 놓였지만, 이 나무들은 이미 오래전에 죽었다. 유령 나무들이다.

"이 나무가 베어진 지 얼마나 되었을까? 엄청 옛날이겠지?"

미칼이 내 물음에 고개를 끄덕였다.

"몇백 년 동안 해빙에 갇혔던 통나무도 있을 거야. 그러다가 얼음이 녹으면서 여기까지 온 거지. 스발바르에는 물건을 썩게 하는 게 별로 없으니까."

해안은 바닷물에 떠내려온 유목과 유령 나무들이 흩어져 있는 모습 탓에 달 분화구 같았다.

존과 피아는 해변에서 안으로 더 올라가 뭔가를 지켜보고 있었다.

"순록이야."

미칼이 나지막이 내뱉고는 그쪽으로 뛰어갔다. 나도 뒤쫓아 가는데, 속이 울렁거렸다.

죽은 순록이었다. 나는 다가서며 존을 흘깃 쳐다보았다.

"이제 어떻게 되는 거예요?"

그 불쌍한 동물의 푹 꺼진 형체를 보고 얼굴을 찡그리며 내가 물었다. 잇몸은 시커멓고 누런 이빨은 삐뚤빼뚤하다.

"곰이 찾아오겠지. 아니면 파도에 휩쓸려 바닷속 고래한테로 가든지."

존이 대답했다.

"하지만 그러면 위험하잖아요? 이 순록이 무엇에 중독되었든 퍼져 나갈 거예요."

나의 외침에 존이 침울하게 고개를 끄덕였다.

"이번 프로젝트를 중단시키는 게 왜 중요한지 알겠지."

나는 존의 어깨 너머로 바다에서 두 개의 하얀 형체를 발견하고 침을 삼켰다. 목구멍에서 비명이 새어 나오려는 걸 꾹 참았다. 벨루가다. 북극의 흰돌고래! 광산 입구에서 발견한 작은 조각상 그대로다.

나는 정수리가 얼얼한 채 존을 향해 돌아섰다. 진짜 고래. 마치 존이 나를 위해 불러낸 것 같다.

존이 어깨를 으쓱했다.

"벨루가는 늘 이 만에 있어. 마치 이곳을 기억하는 거 같아.

심지어 북극고래도 여길 찾아와. 난 이곳에서 그 동물들을 지켜보곤 했는데….”

나는 피아가 눈살을 찌푸리며 이상한 눈으로 존을 흘긋 훔쳐보는 걸 알아챘다.

“이 지역에 관한 이야기를 읽었어요.”

난 책에서 본 장면을 떠올리며 조용히 말했다. 피를 뿜어내며 살기 위해 발버둥 치는 고래들, 고래들이 일으킨 거품으로 뒤덮인 피오르. 난 물가로 걸어갔다.

존이 마치 내 머릿속 생각을 안다는 듯 고개를 끄덕였다.

“포경꾼들이 나타난 지 100년이 지나자, 배를 보내 봐야 소용이 없었어. 고래가 완전히 사라졌으니까. 대신 덫 사냥꾼들이 왔어. 북극곰과 바다표범, 바다코끼리, 여우를 잡으러.”

내 시선은 희미한 빛 속에서 은빛으로 빛나는 카이쿠의 매끈한 실루엣으로 향했다.

존이 침을 삼켰다.

“바로 이게 내가 마을 회의 때 알리고 싶었던 거야!”

“존! 로리가 이 모든 얘기를 들어야 할 필요는 없어. 과거는 과거일 뿐이야.”

피아가 부드럽게 끼어들었다.

존이 화가 난 듯 맞잡은 손을 이리저리 비볐다.

“누군가는 들어야 해! 아마 아이들이 누구보다도 가장 잘 이해할 거야. 스발바르의 섬들은 동물들의 것이야. 그런데 이제 너희 쪽 사람들이 다시 돌아온 거야, 이 땅에서 원소를 캐려고.”

피아는 당황한 듯 움찔하더니 회색빛 자갈밭이 물속으로 미끄러져 들어가는 곳으로 시선을 돌렸다. 난 불편하게 침을 삼켰다. 너희 쪽 사람들. 그건 정말로 정당하지 않다. 그 빙하에서 피아를 본 사람이라면 이 지역이 그녀에게 얼마나 중요한지 알 거다.

"너희 엄마한테 물어볼 거야?"

미칼은 날 쳐다보지 않은 채 말했다. 그 애는 회색 자갈밭에서 오른발을 빙빙 돌렸다.

"내가 뭘 물어봐야 하는데?"

내가 되물었다.

잠시 아무도, 아무 말도 하지 않았다. 해변에 밀려오는 파도 소리와 바위에 부딪히는 얼음 소리만 들릴 뿐이었다.

잠시 후 피아가 입을 열었다.

"채굴 작업이 그린라이트가 생각했던 대로 진행되지는 않았어, 로리."

피아는 존과 눈길을 마주치고 말을 이었다.

"희토류를 분리해 내는 데 이용되는 박테리아에게는 여기 날씨가 너무 추웠어. 특히나 기온이 내려가는 요즈음은 더 그렇지. 우리는 그린라이트가 박테리아 대신 산과 화학 물질을 사용하고 있다고 생각해. 안드레이 대표는 필사적이야. 그런 물질을 사용하지 않으면 프로젝트 전체가 실패할지도 모르니까. 북극위원회가 그 사실을 알게 되면 절대로 승인을 내주지 않을 걸 알면서도, 어쩔 수 없는 거지. 그래서 숨기고 있는 거야. 거짓말을 하는 거지.”

“그럴 리가 없어요. 엄마가 그러는데….”

난 울음을 터뜨렸다.

“너희 엄마는 몰라. 아니면 적어도 모든 걸 알지는 못해.”

피아가 부드럽지만 단호하게 말했다. 지금은 내 눈을 바라보고 있다. 망설이는 것 같다.

“마을 사람들은 증거를 찾고 있었어. 하지만 그린라이트는 제3의 장소에서 그 일을 하고 있었던 거야. 우리는 어딘가, 독성 폐기물이 포함된 광미(광물 찌꺼기-옮긴이) 적치장이 있다고 생각해. 존과 아이반 씨가 그걸 찾으려고 애썼지만, 안드레이 대표와 마크, 또 다른 사람들이 흔적을 아주 잘 덮었지. 그들은 은밀하게 스키두를 타고 나가는데, 눈이 내리면 그 현장을 찾는 게 불가능해. 아무튼 우린 바로 그게 순록을 병들게 한 원인이라고 생각해.”

갑자기 불길한 예감이 들었다.

존이 급하게 숨을 들이마셨다.

“로리, 우린 그들이 사용하는 최근 현장 지도가 필요해.”

“그건 피아가 이미 갖고 있지 않아요? 그린라이트 직원이잖아요.”

난 이해가 안 된다는 표정으로 피아를 쳐다보았다.

피아가 쓸쓸하게 웃었다.

“아직 눈치 못 챘어, 로리? 그 사람들이 날 어떻게 보는지? 나에 대해 뭐라고 수군거리는지? 내가 존과….” 피아는 잠시 멈추었다가, 마지막 말을 내뱉었다. "친구가 되었을 때, 안드레이 대표와 마크는 그걸 좋게 보지 않았지. 난 지금은 거의 아무것에도 접근할 수가 없어. 잉그리드까지 날 미워해. 내가 '배신자'가 되었다고 생각하니까."

"그럼 우리 엄마한테 그냥 물어보면 안 돼요? 피아가 곤란하다면 내가 물어봐도…."

존이 화를 내며 끼어들었다.

"그러면 모든 걸 망치게 돼. 너희 엄마도 그들 중 한 명이니까."

피아가 슬픈 눈으로 나를 보았다. 난 엄마의 결백을 주장하려고 했지만, 그 끔찍한 회의가 다시 생각났다. 엄마는 연단에서 그린라이트를 옹호했고, 최근에는 계속 마크와 함께 스키두를 타고 광산으로 갔다. 엄마도 이제 그쪽 일원이 된 걸까?

존이 말을 이었다.

"그들의 채굴 현장이 전부 나와 있는 기획안이 있을 거야. 화학 물질이 포함된 광미 적치장은 틀림없이 순록들이 풀을 뜯으러 가는 곳에 있어. 여기저기 찾아보고 있는데, 시간이 없어. 그들을 뒤쫓아 가 보려고도 했지만, 그들은 스키두가 있잖아. 개 썰매로는 조용히 뒤따를 수가 없고, 걸어가는 건 불가능해. 거리가 너무 멀고 지형도 험하니까."

나는 열심히 귀를 기울였다. 내가 도움이 되기를 바라지 않았던가? 그리고 난 그게 결국 엄마한테도 좋은 일이 될 거라고 믿는다. 이 지역을 영원히 훼손하는 프로젝트라면 엄마도 계약

서에 서명하지 않았을 테니까.

"우린 북극위원회가 왔을 때 보여 줄 증거가 필요해. 위원회가 보기에도 스발바르 프로젝트는 이익이 아주 많아. 하지만 우리가 야생 동물이 안전하게 지낼 수 있어야 하는 황무지에서 오히려 해를 입고 있다는 증거를 손에 넣는다면, 위원회도 무시할 수는 없을 거야. 우리가 그린라이트의 지도를 좀 더 많이 확보할 수 있다면, 네가 그 일을 할 수만 있다면 말이야, 로리."

존이 뚫어지게 나를 쏘아보았다.

미칼은 여전히 자갈밭에서 발을 빙빙 돌리고 있다.

"노력해 볼게요. 엄마가 파리, 그러니까 9호관 건물로 책상을 옮겼어요. 나랑 가까이 있으려고요. 엄마한테 다른 지도에 접근할 수 있는 권한이 있으면, 내가 찾아볼게요."

나는 그들의 동의를 구하듯 존과 피아를 흘깃거리며, 침을 꿀꺽 삼켰다.

빙하에서 삐걱거리는 소리가 나서 우리 모두 그쪽을 돌아보았다. 벨루가들은 아직 만에서 헤엄치고 있고, 또 다른 빙산이 갈라져 피오르 쪽으로 오고 있다. '저 빙하는 지금 무슨 말을 하는 걸까?' 궁금하다. 내가 그들을 도와야 한다는 데 빙하도 당연히 동의하겠지? 이곳의 동물들이 또다시 위험에 처해서는 안 된다.

존이 달 주위에 생긴 둥그런 달무리를 가리켰다.

"돌아가야겠다. 눈이 올 거야."

3

나는 엄마의 새 사무실이 된 방 밖에서 잠시 멈춰 섰다. 누군가가 안에 엄마랑 같이 있는 것 같다. 마크다. 우리 층에 그 끔찍한 사람이 있다고 생각하자 불안감이 파고들었다.

나는 귀가 쫑긋해졌다.

'로리.' 두 사람은 내 얘기를 하고 있다. 난 조용히 문밖에 서서, 틈새로 들여다보았다.

엄마가 크게 한숨을 쉬었다.

"로리가 걱정이에요. 애가 제대로 잠을 못 자요. 환각도 겪고 있고. 우리가 여기 도착한 첫날 밤에 방에서 누굴 봤다고 생각하고 있어요."

마크가 무슨 반응을 보인 것 같다. 엄마 목소리가 달라졌다. 짜증이 난 것 같았다.

"그렇게 놀라운 일은 아니죠? 여기서라면!"

엄마는 창문 앞에서 얼굴을 유리에 대고 서 있었다. 흐린 하늘이 보였다.

마크가 엄마 어깨에 손을 올리며 말했다.

"이틀 후에 다른 배가 들어올 거예요. 더 많은 장비가 오고 있어요."

"배가 또 온다고요? 도대체 장비를 왜 더 보내는 거죠? 우린 최종 승인을 받지 못했어요."

엄마가 그의 손을 밀어내며 말했다. 이제 화가 난 것 같았다.

마크가 웃었다. 그는 마치 돈을 세는 것처럼, 의기양양하게 손가락을 비볐다.

"될 거예요. 안드레이 대표님이 해낼 거예요."

엄마 얼굴에 떠오른 표정을 볼 수는 없지만, 엄마는 오른손을 이마에 대고 있었다. 피곤한 목소리였다.

"좀 더 명확하게 생각할 수 있으면 좋겠어요. 두통이 너무 심해요. 이곳이 나한테 맞는지 모르겠어요."

마크가 못마땅한 듯 짜증을 냈다.

"따님을 걱정하느라 일에 집중할 수 없는 건 이해할 수 있어요. 그러니 로리는 배에 태워 롱위에아르비엔으로 돌려보내는 게 좋겠어요. 잉그리드가 항공편을 예약해 줄 거예요. 남편께서 로리를 마중 나올 수 있겠죠."

"이제 전남편이에요."

엄마가 반사적으로 말했다. 하지만 엄마는 날 보내라는 제안에는 반박하지 않았다.

난 슬그머니 내 방으로 돌아와 침대에 쓰러졌다. 어떻게 엄마가 나 모르게, 하필이면 마크와 내 얘기를 할 수 있지?

엄마가 들어왔지만 난 일어나지 않았다. 벽 쪽으로 몸을 돌린 채 고래 그림을 응시하고 있었다. 이젠 고래들이 아주 친근하게 느껴진다.

엄마가 짐짓 명랑한 척하며 말했다.

"로리, 이 녀석, 빙하는 어땠니?"

난 대답하지 않았다. '이 녀석'이라니? 엄마는 날 그렇게 부른 적이 없다. 그건 아빠가 날 부를 때 쓰는 호칭이다.

"로리? 무슨 일 있었어? 괜찮니?"

엄마가 방문을 닫고 내게로 다가왔다.

"순록을 봤어. 죽은 거."

난 몸을 돌려 엄마를 마주 보았다.

엄마가 침대 옆에 쪼그리고 앉아 내 머리를 쓰다듬었다.

"안됐구나, 로리. 정말 슬픈 일이야."

난 엄마 손을 밀어냈다. 슬프다고? 그건 슬픈 것 이상이다.

"그린라이트는 왜 아무것도 안 하는 거야? 왜 조사를 안 하는 거냐고?"

"이미 조사했다고 엄마가 말했잖아. 그린라이트하고는 관련이 없어, 로리. 마을 주민들은 희토류 프로젝트를 방해하려는 거야."

"그 사람들 이야기를 들어야 해, 엄마! 마을 사람들이 안드레이나 마크보다 더 잘 안다고. 이곳에서 누가 먼저 살고 있었는지 엄마도 알잖아? 기억나? 여긴 그 사람들의 집이야."

"알아. 근데 안드레이 대표는 방해가 된다면 그 사람들을 이주시킬 거야. 이미 그렇게 협박하고 있는 데다, 그는 인내심이 별로 없어."

"그러면 마을 주민들은 훨씬 더 적대적이 될 거야! 그들은 이미 그린라이트 사람들을 다 미워한다고!"

내가 소리쳤고, 엄마는 일어서서 안절부절못하고 창가를 서성거렸다. 난 침대에 누운 채 천장을 올려다보았다. 너무 화가 나서 눈에 눈물이 차올랐다.

잠시 후 엄마가 말했다.

"네가 그들과 그렇게 많은 시간을 보내는 게 괜찮은 생각인지 잘 모르겠어. 엄마 말은, 그 애들 말이야. 너 여기 온 뒤로 학교 공부는 좀 한 거야?"

엄마가 구석에 쌓여 있는 책 더미를 가리켰다. 맨 위에 수학책이 든 양철 케이스가 번쩍거렸다.

"엄만 여기 애들이 너한테 나쁜 영향을 줄까 봐 걱정이야."

난 믿기지 않아서 엄마를 쳐다보았다.

"나더러 맨날 친구 좀 사귀라고 잔소리하더니, 마침내 내가 그러니까 이젠 방에 혼자 앉아서 공부나 하라는 거야?"

"이 모든 것! 이건 네 현실 세계가 아니야, 로리!" 엄마가 추운 바깥세상을 손짓으로 가리켰다. "우린 곧 이 모든 걸 뒤로하고 집으로 돌아갈 거야. 네가 학교에서 어떻게 하느냐가 네 남은 인생에서 중요해. 여기 아이들은 이해하지 못할 거야, 그 애들 잘못은 아니지만. 그들은 무지해."

나는 너무 실망해서 비명을 질렀다.

"엄만 마을 사람들이 아는 것의 절반도 알지 못해. 순록에 관해서, 그리고 얼음과 고래와 그 모든 게 어떻게 함께 어우러지는가에 대해서 말이야. 엄마도 그 사람들에게 배울 수 있어. 그린라이트는 그들로부터 배워야만 한다고."

엄마가 한숨을 쉬었다.

"엄마가 그걸 부정하는 건 아냐, 로리. 솔직히 엄만 그 사람들을 존경해. 그들이 어떻게 겨울뿐인 이곳에서 살아남을 수 있었을까. 나라면 못 했을 거야! 하지만 그린라이트는 북반구에서 최고의 과학자와 기술자들을 보유하고 있을뿐더러, 네가 몰라서 그렇지 이 사람들에게 살 곳을 마련해 주기 위해 최선을 다하고 있어. 한마디만 덧붙이면, 그들은 원래 여기 있으면 안 되는 거였어."

"다른 데 어디로 가라고?"

내가 쏘아붙였다.

엄마 뺨에 붉은 반점이 희미하게 올라왔다. 엄마가 책상 의자에 털썩 주저앉았다.

"마크 얘기로는, 마을 사람들에게 북극권 이남에 주거지를 마련해 주겠다는 제안을 하고 있대. 노르웨이, 스웨덴, 핀란드, 러시아에 말이야. 그린라이트가 이사도 맡아 줄 거야. 아직은 그 사람들을 수용할 수 있는 주택 단지가 있어."

"그들을 수용한다고?" 나는 엄마 입에서 그런 말이 나온다는 사실에 소름이 끼쳤다. "마을 사람들은 그 모든 일을 다 겪은 후에도, 이곳을 사랑해. 그들이 여기 남아서 이곳을 지키고 싶어 한다면?"

"이주가 그 사람들에게 최선일 거야. 더 안전하고. 여기 아이들도 네가 받는 혜택을 누리며 자라야 하잖아! 네 또래 아이들, 미칼과 아이반 씨의 딸 니나가 과학과 수학, 음악을 공부할 자격이 없다고 생각해? 그 아이들이 그런 기회를 누릴 권리가 없다고 생각하는 거야?"

난 얼굴을 찡그렸다. 엄마 말이 맞을까? 미칼과 니나와 다른 아이들은 학교에 갈 기회가 있다면 곧바로 달려들까? 미칼이 자기 엄마의 종족이 그랬던 것처럼 순록들과 함께 숲에서 산다면 어떨까?

"그런 게 전부는 아니야. 그건 엄마가 생각하는 교육, 엄마가 생각하는 기회일 뿐이야."

비록 약간의 떨림이 있지만, 내가 뚱한 목소리로 말했다.

엄마가 다시 침대에 앉아 나를 끌어안았다.

"네가 최근에 행복하지 않았다는 거 엄마도 알아, 로리."

난 여전히 경직된 상태로 엄마 품에 안겨 있었다.

"넌 정말 훌륭한 딸이야. 집에 돌아가면 나아질 거야. 확실해. 친구도 다시 사귀게 될 거야."

엄마가 내 머리를 쓰다듬고 두 손으로 내 뺨을 감쌌다.

"친구는 여기서도 사귀고 있어. 엄만 항상 일만 하니까 모르는 거야."

내가 이제는 약하게 몸을 떨면서 울먹였다.

"북극위원회가 오는 날짜가 잡혔어."

이렇게 말하는데 엄마 얼굴은 기운이 하나도 없어 보였다. 눈가 주름이 눈밭에 생긴 자국처럼 깊었다.

"며칠만 있으면 돼, 그때까지는 보고서를 쓰느라 코를 박고 있겠지만. 그걸로 여기 일이 끝나기만을 바랄 뿐이야. 집으로 돌아가는 교통편을 알아봐야지."

"집?"

난 화들짝 놀랐다. 집은 아주 멀게 느껴졌다. 아빠의 숲도. 그리고 아빠는 더더욱. 아빠가 그곳에서 그렇게 연락이 끊긴 게 화가 났고, 우리가 통화했을 때 아빠가 마지막으로 했던 질문이 계속 나를 괴롭혔다. 순록에 관해, 네 생각은 어떤데? 북극위원회가 그렇게 빨리 온다면, 진실을 밝힐 시간이 없다.

엄마가 부드럽게 고개를 끄덕이고는 나를 꼭 안아 주었다.

"그래 집. 근데 엄만 이제 가 봐야겠다. 보고서가 저절로 끝나지는 않을 테니까. 무슨 죄가 많아서 이렇게 일복이 터졌나 몰라."

"엄마."

엄마가 방문 가까이 갔을 때 내가 불렀다. 엄마 마음을 바꿀 수는 없다. 그린라이트의 손아귀에 완전히 잡혀 있으니까. 이제 내가 무엇을 해야 하는지 알겠다.

"새로 쓰는 방, 남는 열쇠 있어? 나도 가끔 그 방에서 엄마랑 같이 공부하면 안 돼? 어떨 땐 내 방에 혼자 있기 힘들어서 그래. 혼자 있으면… 소리도 나고, 알잖아?"

엄마가 안도의 미소를 지었다.

"당연하지. 엄마도 누구랑 같이 있는 게 좋아. 이곳이 외롭다고 한 피아 말이 틀리지 않았어. 그리고 네 말이 맞아, 최근엔 우리 둘이 얼굴도 제대로 보기 힘들었잖아?"

"그럼, 남는 열쇠 줄 수 있어?"

엄마가 무심히 고개를 저었다.

"문을 잠그지 않고 그냥 놔둘게. 그래도 괜찮을 거야. 아무도 여기 들어오지 않잖아? 네가 원할 때 언제든지 써.”

난 죄책감을 느끼며 미소를 지었다. 하지만 한편으론 기뻤다, 지도에 접근할 수 있는 길을 찾아냈으니까.

“고마워, 엄마.”

4

마을 반대편, 개 사육장에서 개들이 짖는다.

난 잠들지 못하고 누워 있었다. 머리가 윙윙거렸다. 옛 포경 기지 마을에 죽어 있던 순록의 눈이 머리를 떠나지 않았다. 만에서 헤엄치던 벨루가들도 생각났다.

곰이 순록의 사체를 발견하면 어떻게 될까? 그냥 바다로 떠내려가면 어떻게 되지? 그 어떤 위험한 화학 물질도 순록에서 끝나지는 않을 것이다. 게다가 생존을 위해 순록의 고기를 먹는 사람들은 어떻게 될까?

나는 일어나서 불을 켜고, 거울에 비친 내 얼굴을 보았다. 배를 타고 나갔다 와서 내 머리는 소금기에 헝클어지고 뻑뻑했다. 이 마을 출신 같다.

또 다른 얼굴이 내 옆에 나타났다. 마치 내 이미지의 반사 아니면 내 그림자 같다. 창백한 하얀 얼굴, 그러나 머리는 주홍색인 나와 달리 밝은 금발이다. 그 애는 갈색 눈으로 날 뚫어져라 바라보았다. 악한 건 아니고 뭔가 다른 느낌이 있다.

그 애를 찾아 뒤돌아섰다. 아무도 없었다. 나는 답답한 마음에 소리쳤다.

"누구야? 뭘 원하는 거냐고?"

방문을 열고 텅 빈 복도를 내다보았다. 계단이 동굴 입구 같아 보였다.

나는 가만히 귀를 기울였다. 위에서 뚜렷하게 발소리가 났다. 새들은 절대 아니다. 겨울이 한층 깊어지기 전에 새들은 모두 떠났으니까. 마을 밖 산비탈에 사는 뇌조만 빼고. 강인하고 충직한 뇌조는 검은 눈을 제외하고는 온몸이 하얗다.

이제 목소리도 들린다. 반쯤은 노래하는 것 같다.

'로리. 로리.'

계단을 따라 천장 위 다락으로 올라갔다. 깃털과 새똥, 버려진 온갖 물건들을 밟고 지나간다. 내가 이 위에 올라와서 예전의 삶을 침범해도 괜찮을까.

'로리. 로리.'

목소리는 내 머릿속에 있는 거야. 무언가가 내 눈길을 사로잡았을 때, 난 그게 안심해도 되는 건지 확신하지 못한 채 이렇게 중얼거렸다. 저기 창문 쪽이다. 불빛과 반사된 그림자.

아니, 불빛이 아니다. 그건 공기의 교란에 더 가깝다. 무언가가 펄럭인다.

난 오래된 물건 더미를 헤치고 살금살금 나아갔다. 모두 쓰레기다. 불빛은 아닌 듯한 그 빛이 사진 더미 위에 내려앉았다. 빛바랜 사진들. 여름에 햇빛이 들이쳐 오래된 잉크를 탈색시켰겠지.

사진들을 넘겨 보았다. 사진에서 피라미드를 알아보았을 때 뒤통수가 저릿했다. 파리, 런던, 문화 궁전. 물이 반짝거리는 수영장. 북극곰 모자이크. 경사면을 따라 노출 갱도가 설치되어 있는 어두운 회색빛 산. 사진 속 광산은 가동 중인 것 같다. 시커메진 얼굴로 해를 보며 웃고 있는 사람들이 보인다. 가슴속에 슬픔이 차올랐다. 이들 중에 광산이 붕괴했을 때 죽은 사람도 있겠지.

굴뚝에서는 연기가 피어오르고 집 밖에 순록 가죽을 고리에 걸어 놓은 오두막 사진도 있다. 마을 뒤편에 긴 조리대가 있고, 그 위에 죽은 동물이 여러 부분으로 토막 나 있다. 버려지는 건 하나도 없다. 심지어 무슨 의식을 치르듯, 피가 가득 담긴 양동이와 순록의 뿔이 삐죽 튀어나와 있는 냄비를 젓는 여자도 있었다.

그리고 살아 있는 순록 사진도 있다. 사람들과 순록이 같이 있는 사진. 한 아이가 순록을 타고 호기심 어린 눈으로 카메라를 응시하고 있다. 어린 순록에게 젖병을 물리고 있는 여자 사진도 있다. 동물은 이곳 사람들에게 매우 중요하다.

"너 여기 있는 거야, 이 사진 속에?"

나는 이렇게 속삭이며, 거울 속의 얼굴을 찾아 사진을 훑어보았다. 그래서 날 이 위로 데려온 걸까? 순록이 이곳에서 얼마나 중요한지 나한테 보여 주려고? 하지만 그 목소리는 이제 사라졌다.

잠시 후에 난 추운 내 방으로 내려와, 고래와 북극곰의 꿈을 꾼다. 200살 먹은 북극고래가 바다표범을 잡으러 얼음을 깨고 나오는 꿈. 툰드라에서 새끼들과 놀고 있는 어미 곰의 꿈. 죽은 순록의 고기를 찢어발기느라 곰들의 주둥이에는 피가 묻어 있다.

5

전날 밤 위층에 다녀온 뒤, 난 목적의식을 새롭게 다졌다. 그리고 아침을 먹으러 가기 전에 엄마의 새 사무실로 갔다. 엄만 카페테리아에서 아침을 먹고 있거나 이미 어딘가로 나갔을 거다.

엄마 책상 위에 주석이 붙어 있는 지도가 떡하니 펼쳐져 있었다. 엄마가 매일 쓰는 지도인 것 같다. 엄마는 이게 무엇인지, 순록과 어떤 관계가 있는지 왜 보지 못하는 걸까? 이런 생각을 하며 지도를 여러 부분으로 나눠 찍고, 지도 밑에 있던 도면과 도표도 사진으로 찍었다. 그러는 사이 마음속에서 피어오르던 거북한 죄책감이 사라졌다. 나는 피라미드 주변에 표시가 되어 있는 위치는 빼놓지 않고 다 찍었다.

방에서 나오는 길에 잉그리드와 마주쳤다.

"로리? 거기서 뭐 하고 있었어?"

잉그리드가 의심스럽다는 듯이 말을 걸었다.

"여기 엄마 사무실이에요. 엄마가 써도 된다고 해서…. 이제 저도 여기서 공부하거든요."

내가 우물거렸다.

잉그리드는 놀란 것 같았다.

"그래? 안드레이 대표는 몰라야 할 텐데. 엄마한테 방해가 되면 안 돼."

"당연하죠."

나는 약간 무례하게 잉그리드를 지나쳤다.

광장으로 나오자 하얀 점들이 굳은 땅 위로 흩뿌려지고 있었다. 미칼을 찾아 문화 궁전으로 가면서, 장갑 낀 손으로 눈송이를 잡아 보았다.

여태껏 함박눈은 본 적이 없었다. 가볍게 흩날리는 눈뿐이었고, 그조차도 마을 주민들은 통행로가 얼지 않게 매일 쓸어 냈다. 이 눈은 깃털처럼 내려앉는다. 나는 얼굴을 젖히고 혀를 내밀어 맛을 보았다. 눈은 눈꺼풀 위에도 떨어진다. 맛있는 부드러운 결정체. 축축하지도 않고, 매섭게 부는 바람을 타고 밀려올 때처럼 따갑지도 않았다. 바로 내가 바라던 눈이다.

문화 궁전 아래층을 재빨리 훑어보며 지나가는데, 미칼은 아무 데도 보이지 않고 건물 안에는 공허한 울림뿐이었다.

내가 막 나가려고 할 때, 위층에 있는 방에서 누군가가 언성을 높였다. 고개를 들자, 존이 휘청거리며 내려와 날 지나쳤다. 난 재빨리 반대편 문으로 갔다.

존은 나를 보지도 못한 것 같았다. 그의 등 뒤로 문이 닫혔고, 쾅 하는 소리가 조용한 방들 사이로 메아리쳤다. 위층에서 우는 소리가 들려, 난 그리로 향했다. 피아라는 걸 바로 알았다.

발끝으로 계단을 올라가 삐걱거리는 문을 열었다. 피아는 문 쪽으로 고개를 돌리다가 순간적으로 실망한 표정을 지었다. 그녀는 창가에 앉아 있었다.

내가 들어가자 피아가 눈물을 훔치며 말했다.

"우리 얘기 들었어?"

"아뇨."

난 재빨리 대답했다. 너무 빨랐다. 내 뺨이 빨갛게 달아올랐다. 나는 마저 설명했다.

"엿듣고 있었던 게 아니에요. 미칼을 찾고 있었어요."

피아가 상냥하게 웃었다.

"난 아이들이 여기를 난장판으로 만드는 게 좋아. 로리, 네가 마을 아이들이랑 가까워져서 다행이야. 네가 잘 어울릴 줄 알았어."

나도 미소를 지으며, 벽 앞에 있던 금속 의자 하나를 끌어당겼다. 의자가 바닥에 끌리며 끽끽 소리가 났다.

피아가 창밖으로 내리는 눈을 내다보며 말했다.

"존은 여전히 가장 친한 친구와 고래를 보러 뛰어다니던 그 나이였으면 하고 바라는 것 같아."

피아의 목소리에는 약간 씁쓸한 기색이 묻어났다.

찬바람이 건물 안으로 불어왔다. 존이 거칠게 나간 뒤로, 아래층에서는 문이 계속해서 쿵쾅거리며 부딪히는 소리가 들렸다. 문을 제대로 닫았을 리 없겠지.

피아가 두 팔로 자신을 감싸 안으며 몸을 떨었다.

"커피를 너무 많이 마셨나 봐. 잠을 제대로 못 잤어." 그러고는 아쉬운 듯 한숨을 쉬었다. "내 말 좀 들어 봐! 여름엔 여기가 이렇지 않았어. 믿기 힘들겠지만, 태양이 있었거든."

난 미소를 지으며, 어떤 반응을 보여야 할지 고민했다.

피아가 자기 얼굴 피부를 쓰다듬었다.

"난 이곳의 얼음같이 차가운 바람이 너무 힘들어. 머지않아 나도 저 오래된 산들처럼 풍화되고 말 거야."

우리 시선은 함께 저 위의 산으로 향했다. 눈 덮인 산비탈 자갈밭은 울퉁불퉁하고 단단해 보였다. 이곳은 서리가 양방향에서 산을 공격한다고 읽은 적이 있다. 지금은 눈발이 더 굵어지고 속도도 빨라졌다.

존과 미칼이 나한테 부탁한 일을 했다고, 휴대폰으로 지도를 찍었다는 얘기를 막 하려던 참이었는데, 피아가 내 손을 잡았다.

"존 말을 듣지 마, 로리. 너희 엄마를 곤경에 빠뜨리고 말 거야. 우린 여기서 일하기 위해 온갖 비밀 유지 조항에 서명했어. 안드레이 대표는 이미 화가 잔뜩 나 있어. 절대로 가만히 있지 않을 거야. 존이, 아니 우리가 부탁한 건 옳은 일이 아니야. 존이 그렇게까지 할 줄은 정말 몰랐어. 난 그저 너한테 빙하를 보여 주고 싶었을 뿐인데."

피아는 걱정스러운 듯 나를 바라보았다.

난 휴대폰을 그대로 주머니에 넣어 둔 채 잠자코 있었다. 이 사진들이 정말로 엄마를 곤경에 빠뜨릴까?

피아가 천천히 숨을 내쉬었다.

"난 존에게 정말 화가 나. 보다시피!"

"그것 때문에 존이랑 다툰 거예요?"

내가 어리둥절해져서 물었다. 존이 순록들을 구할 수 있도록 돕는 게 당연히 옳은 일이잖아?

"아니, 아니야. 사실 난 우리가 무엇 때문에 싸우는지조차 모를 때가 많아. 존은 계약이 체결돼서 이곳이 넘어가면 영영 변해 버릴 거라고 생각해. 절망인 거지. 존은 그런 사태를 막기 위해 내가 좀 더 많은 일을 해 주기를 기대해. 하지만 존은 우리 사무실이 어떤지 몰라. 지금은 모두가 겁에 질려 있어."

"그린라이트가 잘못하고 있다는 걸 우리 엄마가 안다고 생각해요?"

나는 존이 없는 자리에서 피아가 엄마에 대해 뭐라고 말할지 너무 궁금해서 대답을 졸랐다.

피아는 어깨를 으쓱했다.

"솔직히, 나도 자세히는 몰라. 하지만 너희 엄마가 여기 계셔서 다행이라는 건 알지. 우리한텐 로라 선생님 같은 사람이 필요했거든."

피아가 침을 꿀꺽 삼키고 눈물을 닦아 냈다.

난 엄마가 들뜬 기분으로 비행기에서 내리던 모습을 생각하며, 천천히 고개를 끄덕였다. 지금은 어떤 마음일까. 엄마의 가녀린 어깨는 바람에 휘어진 나뭇가지처럼 잔뜩 긴장되어 있다. 이곳이 엄마에게 그리고 우리에게, 무슨 짓을 한 거지?

"혹시 내가 여기서 아직 만나 보지 못한 애가 또 있을까요? 내 또래 여자앤데, 금발 머리예요."

갑작스런 내 질문에 피아가 머리를 갸웃했다.

"혹시 니나 아니야? 그 애 머리 색깔이 밝잖아."

"니나 말고요. 다른 애예요!"

나는 금속 의자의 양쪽 모서리를 움켜잡았다. 피아는 어리둥절한 것 같다.

"마을 애들은 네가 다 봤어. 빠진 애는 없는 것 같은데."

난 마지못해 고개를 끄덕이고는, 가려고 일어났다.

"네, 그럴 것 같았어요."

"괜찮니, 로리? 다 잘 될 거야. 어른들한테 맡겨 둬. 그 사람들 대부분은 나보다 더 나으니까!"

피아가 빨개진 눈을 비비며 웃었다.

나는 이미 마음을 굳혔지만, 미소를 지었다. 어제 낮에 오래전 포경 기지가 있던 해변에서 결심했고, 밤중에 파리의 꼭대기 층에서 재확인했다. 엄마도 스발바르 주민들을 더 심각한 파괴로 몰아넣는 프로젝트에 동의하고 싶진 않을 것이다. 피아가 동참하든 안 하든, 나는 존에게 사진을 넘겨줄 생각이다.

배신자

1

나는 광장으로 나가는 문을 힘껏 밀었다. 아이들은 눈을 모아 공 모양으로 굴리고 있었다.

고요한 공기 속에 함성과 웃음소리가 떠다녔다. 새로운 부드러움이 모든 것을 감싼 풍경 앞에서, 난 움직이는 형체들을 바라보며 누가 누구인지 분간하느라 그 자리에 잠시 얼어붙어 있었다.

"로리!"

미칼이 문 앞에 서 있는 나를 발견하고 소리쳤다. 내가 끼어드는 걸 다른 아이들이 어떻게 생각할지 몰라서 망설이는데, 눈덩이가 날아와 내 가슴을 쳤다. 이건 참을 수 없지. 내 평생 이런 눈을 기대하지 않았던가?

통행로에서 벗어나자 부츠에서 뽀드득거리는 소리가 났다.

난 몸을 굽혀 눈을 한 움큼 뭉쳐서 눈덩이가 날아온 쪽으로 힘껏 던졌다. 어떤 남자애가 웃음 섞인 비명을 지르며 복수를 위해 허리를 굽혔다. 카이쿠는 흥분해서 뛰어다니며 눈 속에 고개를 파묻었다. 잠시 후 나타난 카이쿠의 파란 코는 수정 같은 알갱이로 덮였고 입은 활짝 웃고 있었다.

"로리! 로리!"

어린애 두어 명이 명랑하게 외쳤다. 니나가 내 쪽을 힐끗 보았다. 그 애는 조준하기 전에 살짝 미소를 지었고, 난 그 대포알을 피하려고 옆으로 비켜섰다.

"두고 봐!"

니나가 낄낄거리며 소리쳤다.

오늘 나는 이들 중 한 명이다. 우리는 남녀로 나뉘어 전투를 벌였다. 우리 편인 나와 니나, 부파, 낸, 그리고 어린 여자애들 두어 명은 힘을 합쳐 남자아이들이 차지하고 있던 통행로 밖으로 그 애들을 몰아내고, 문화 궁전의 모퉁이를 돌았다.

"우리가 이겼다!"

여자애들이 외쳤고, 나도 목청껏 소리를 보탰다. 이 게임의 규정은 통행로를 차지하기 위한 전투라는 게 분명했다.

언젠가부터 격렬하게 날아다니던 눈덩이들이 잦아들었고, 나는 미칼이 눈으로 뭔가 형체를 만드는 일에 동참했다. 네 다리, 뾰족한 얼굴, 눈에 띄는 풍성한 꼬리를 가졌다.

"카이쿠, 이건 네 친구야!"

두 마리의 여우가 서로 코를 맞대고 있는 걸 보고 우린 웃음을 터뜨렸다. 눈으로 빚어진 하얀 여우와 생명력이 일렁이고 있는 푸른여우다. 우리 주변에서는 다른 아이들이 눈사람을 만들고, 돌멩이로 눈과 입, 이를 표시했다.

우리는 날이 얼마나 추운지, 뺨이 빨개지고 손가락이 얼얼하다는 사실을 갑자기 모두가 깨달은 듯, 뜨거운 음료를 찾아 카페테리아로 우르르 몰려갔다. 우리가 들어가자 문가 테이블에 앉아 있던 그린라이트 직원 몇 명이 큰 소리로 투덜거렸다. 이어서 그 사람들이 내 얘기를 하는 게 들렸다.

"로라 선생 딸…"

난 경멸하듯 노려보고 등을 돌렸다. 마을 아이들과 어울리는 게 자랑스러우니까. 엄마와 내가 여기 온 지 거의 4주가 지났는데도 대다수 그린라이트 사람들은 아직 내 이름도 모른다.

핫초코를 마신 뒤, 몇몇 아이들이 식당에서 술래잡기를 하다가 그린라이트 직원들 테이블에 부딪혔다. 커피포트가 테이블 위에 엎어졌다.

"맙소사! 여긴 유치원이 아니야!"

마크가 서류를 펄럭이며 벌떡 일어나 소리쳤다.

아이들은 큰 소리로 깔깔거리며 광장으로 뛰어나갔다. 나도 그 애들을 뒤쫓아 가려고 하는데, 마크가 발을 내밀어 막더니 내 팔을 붙잡았다.

"왜 그러세요?"

난 풀려나려고 발버둥 치면서 소리쳤다.

"너 저 애들이랑 뭐 하는 거야? 너한테 실망했어. 이게 너희 엄마에게 얼마나 나쁜 영향을 미치는지 알아? 지금이 우리 프로젝트의 중대한 단계야. 이렇게 방해하면 안 돼. 엄마 일을 망치고 싶은 거야?"

그의 목소리가 위협적으로 떨렸고, 난 가슴이 철렁 내려앉았다. 마크가 내 팔을 더 꽉 잡았다.

미칼이 카페테리아로 되돌아왔다. 그가 마크와 나를 번갈아 보더니 물었다.

"무슨 일이야? 로리, 괜찮아?"

마크가 내 팔을 잡은 손의 힘을 풀었고, 그 틈에 난 팔을 빼다가 뒤로 비틀거렸다.

"이 아가씨에게 자신이 누군지 상기시켜 주고 있었어. 그리고 자기가 누구의 계약에 딸려서 여기 와 있는지도! 너희 같은 구제 불능 떨거지들과 어울리고 다니다니…."

마크가 씩씩거리며 말했다.

미칼의 얼굴에 혼란의 빛이 스쳤다.

"우린… 구제 불능 떨거지가 아니에요!"

그 애가 흥분해서 말을 더듬거리자, 마크가 미칼의 발음을 비웃었다.

그러자 미칼이 이제 산비탈의 뇌조처럼 가슴을 내밀며 대들었다.

"여긴 우리 마을이에요! 왜 우리가 뛰어다닐 수 없다는 거예요? 이곳을 파괴하는 건 당신들이잖아요."

하지만 미칼의 말은 마크의 비웃음만 더 키울 뿐이었다. 마크의 행동은 기이하고 역겨웠다. 난 눈물을 글썽이며 미칼을 잡아끌었다.

"그럴 만한 가치가 없어. 내버려 둬."

"아니! 왜 우리가 이 사람들이 편하게 일하도록 비켜 줘야 하는데! 우리가 여기 먼저 왔어, 로리! 여긴 우리 마을이고, 우리 집이란 말이야!"

미칼이 화를 내며 소리쳤고, 급기야 발까지 동동 굴렀다.

"불법이야. 북극위원회가 평가를 내릴 때, 너희의 '정착'에 대해 뭐라고 할지 곧 알게 될 거야."

마크가 매몰차게 말했다.

"그게 무슨 말이에요?" 미칼은 몹시 분개한 듯, 마크의 대답을 기다리지도 않고 말을 이었다. "두고 봐요. 당신들이 무슨 짓을 하는지 우리가 증명…."

"미칼! 그만해!"

내가 애원했다.

마크는 내가 그 애를 진정시키기 위해 광장으로 끌고 나가는 동안에도 계속 미칼을 몰아세웠다. 환풍구가 윙윙거리는 문화 궁전 옆길에 순록 한 마리가 눈 위에 쓰러져 있었다. 우린 둘 다 그리로 달려갔다.

미칼이 그 동물 옆에 쪼그리고 앉아 노르웨이어로 부드럽게 달랬다. 그동안 배운 덕분에, 암컷이라는 걸 알 수 있었다. 순록이 숨을 헐떡였다. 벨벳처럼 부드러운 가지뿔 위에도 눈이 쌓여 있다. 순록은 우리가 밖에서 노는 동안 내내 여기 이러고 있었던 거다.

"라스모스 아저씨를 데려올게."

미칼이 내 말에 고개를 흔들고, 불안한 듯 자기 속눈썹을 잡아 뜯었다.

"소용없어. 이대로 내버려 두는 게 순록에게 더 나아. 순록이 죽으면 사람들이 데려갈 거야."

순록이 죽으면… 난 그게 무슨 뜻인지 알아들었다.

미칼이 냉정하고 딱딱한 표정과 목소리로 말했다.

"결정했어? 존 형이 너한테 부탁한 일 말이야. 난 그 사람들이 여기 있는 걸 참을 수가 없어. 우릴 무시하는 사람들. 자기들이 무슨 짓을 하는지 어떻게 모를 수가 있어? 넌 알잖아? 어떤 건지 봤잖아?"

난 잠자코 미칼에게 내 전화기를 건넸다. 그 애는 순록 옆에 그대로 쪼그리고 앉아 장갑을 벗고 손가락에 따뜻한 입김을 불었다. 그러고 나서 지도 사진을 스크롤했다.

"네가 이 사진 찍는 거 본 사람은 없어?"

미칼이 조용히 물었다.

"잉그리드가 왔지만, 별다른 의심은 하지 않았던 것 같아."

난 몸을 떨며 고개를 흔들고, 순록의 얼굴에서 눈을 털어 냈다. 순록의 따뜻한 숨결이 손가락에 느껴졌다.

"이것 좀 빌려 가도 돼? 형한테 보여 주려고."

미칼이 전화기를 들어 보이며 물었다.

"당연하지."

로라 선생의 딸인 내가 한 일을 마크와 안드레이가 알면 어떻게 생각할지 상상하자, 내 가슴에 작은 불이 댕겼다.

"미칼, 있잖아?"

그 애가 자리에서 일어나려고 할 때, 내가 불렀다. 이제 내가 부탁할 차례다. 미칼이 내 쪽으로 고개를 기울였다.

"나랑 9호관 건물 꼭대기 층에 같이 올라가 줄래?"

"파리에?"

미칼은 전혀 생각하지 못한 일인 듯 깜짝 놀랐다.

"그 위에는 아무것도 없잖아? 쓰레기만 잔뜩 있는걸."

"사진을 발견했어. 광산이 붕괴하기 전 사진이었어. 나랑 같이 가서 한번 봐 주면 좋겠는데."

내 목소리는 부자연스러웠지만 확고했다.

"무슨 일인데, 로리?"

그의 시선이 날 파고들었다. 난 순록에게 눈을 고정한 채 부드럽게 쓰다듬으며, 순록이 천천히 숨 쉬는 것을 지켜보았다.

"내가 봤다고 생각하는 그 여자애랑 관련 있는 거야. 그리고 내가 들었던 소리랑도. 지금은 매일 밤 소리가 들려."

난 침을 꿀꺽 삼켰다.

"옛날 사진에 그 여자애가 있을 거라고 생각하는 거야, 로리? 니나가 한 유령 얘기를 믿는 건 아니지?"

"물론 믿지 않아. 난 단지 여기 살았던 사람들에 대해 좀 더 알고 싶을 뿐이야."

난 미칼의 시선을 못 본 척하며 말했다.

"그렇다면 좋아. 이걸 형한테 갖다주고 바로 그리로 갈게."

미칼이 전화기를 손에 들고 일어나며, 나직이 속삭였다.

2

"으.으.으, 로리."

9호관 건물 꼭대기 층에 도착했을 때, 벽이 서서히 갈라지는 곳에 뭉쳐진 회반죽 덩어리와 새똥을 보고 미칼이 말했다.

"여긴 새똥 창고잖아. 아무도 올라오지 않는 게 당연해."

"저 끝에. 저기 창가 쪽이야. 얼른, 미칼. 내가 먼저 갈게."

내가 미칼을 재촉했다.

미칼은 초조한 듯 이리저리 눈을 굴렸지만, 버려진 물건들 사이로 나를 따라왔다. 발밑에서 마룻장이 삐걱거렸다. 미칼은 창문 옆 오래된 책과 종이 뭉치를 보고 낮게 휘파람을 불었다. 우린 무릎을 꿇고 사진 더미에 쌓인 회색 먼지를 불어서 날려 보냈다.

난 미칼에게로 사진 더미를 밀어 주었다.

"이 사람들 중 아는 사람이 있어?"

미칼이 조심스럽게 날 쳐다보았다. 미칼을 피라미든의 비극적인 역사로 끌고 들어가고 싶진 않지만, 그 여자애가 누군지 알아야 한다. 그 목소리와 발소리, 거울에 비친 얼굴. 그 애가 나에게 나타난 이유가 있을 거다.

맨 위에 있는 사진은 한 무리의 사람이 강당의 북극곰 모자이크 앞에 앉아 있는 사진이다. 아이들이 네 줄인데, 큰 애들 몇은 무릎에 아기를 안고 있다.

"존 형이야."

미칼이 그 애들 중 한 명을 가리키며 속삭였다. 존은 뒷줄에 서 있다. 긴 금발 머리가 어깨까지 내려오는 소녀를 보느라 고개를 돌리고 있어서 옆얼굴밖에 안 보인다.

"이 사람이 울리야야. 형이 울리야를 그린 그림이 형 방에 있어. 이런 사진이 있는 줄은 형도 모를 거야."

미칼이 나직이 말했다.

"존이 그림을 그려?"

미칼이 고개를 저었다.

"그렸었지. 지금은 동물 조각만 해."

"이 사람이 울리야라는 걸 어떻게 확신해?"

내가 다시 사진을 보며 물었다. 그 소녀도 얼굴이 제대로 보이지 않는다. 존을 보고 미소를 짓는 얼굴 일부만 나와 있다.

"울리야야, 맹세할 수 있어. 둘이 서로 바라보는 방식을 보면 알 수 있지. 우리 엄마도 늘 이 둘은 떼려야 뗄 수 없는 사이라고 했어."

미칼은 사진 속 사람들이 듣기라도 하는 것처럼 여전히 낮게 속삭였다.

"울리야…"

나도 속삭였다. 그녀는 연출 사진을 찍기 위해 줄을 서는 일

따윈 하고 싶어 하지 않는다. 광장으로 뛰어나가서, 숨바꼭질을 하거나 그네를 타고 하늘 높이 올라가고 싶어 한다. 아니면 개들을 데리고 나가서 개 썰매를 타든지. 나는 알 수 있다. 마치 내가 직접 느끼고 있는 것처럼 그 모든 걸 분명하게 알았다.

미칼이 사진을 뒤집어 뒷면의 날짜를 읽었다. 12년 전이다.

"광산이 무너지기 고작 며칠 전이야. 이건 모두 다 함께 찍은 마지막 사진 중 하나일 거야. 울리야는 그 사고로 죽은 사람 중 가장 나이가 어렸어."

미칼이 침울하게 말했다.

"울리야의 부모님은? 아직 이 마을에 사셔?"

"엄마가 그러는데 사고 후에 우크라이나로 되돌아갔대. 여기 남아야 할 이유가 없었을 거야. 우리도 떠났어야 했는데."

미칼은 마치 다른 삶을 상상하기라도 하는 것처럼 눈을 빠르게 깜빡이며 얼굴을 찡그렸다. 어쩌면 또래 친구들이 있는 학교를 생각하거나 도시 학교에 있는 과학실이나 음악실, 운동장 같은 걸 떠올리는 건지도 모르겠다. 근데 한 번도 본 적이 없는 장소를 상상할 수 있을까? 아마도 미칼은 숲을 상상하거나 자기 엄마의 종족이 그랬듯 순록을 따라 이동하고 있는지도 모르겠다.

"여긴 왜 올라왔던 거야?"

미칼이 새삼스럽게 날 바라보며 갑자기 물었다.

"몰라. 그냥 어떤 느낌이…"

"무슨 느낌이었는데, 로리?"

미칼이 더 가까이 몸을 기울이며 재촉했다. 우리 숨결 때문에 창문이 뿌옇게 흐려졌다.

"미칼! 미칼!"

미칼의 엄마다. 아래쪽 어디에선가 미칼을 부르고 있다. 미칼이 죄지은 것처럼 얼룩진 유리창을 통해 살며시 내다보았다.

"엄마가 걱정돼서 찾는 것 같아. 내가 다른 애들이랑 같이 있지 않다는 걸 알았나 봐."

"가."

내가 미칼을 떠밀었다. 하지만 나는 사진을 두고 이대로 갈 수 없다. 대답 없이는 안 된다.

"로리, 정말 괜찮겠어? 너 혼자 여기 두고 가고 싶진 않은데."

미칼이 마지못해 계단 쪽으로 걸어가면서 말했다.

"정말이야, 난 괜찮아."

난 억지로 미소를 지으며 미칼에게 다시 가라고 재촉했다.

나는 계속해서 남아 있는 사진 더미를 넘겨 보았다. 미칼이 계단 앞에서 잠시 주춤했다. 마치 내가 사진 속으로 끌려 들어가 시간 속에 갇혀 버릴까 봐 겁나는 것처럼. 하지만 그의 엄마가 부르는 소리가 다시 들렸다. 한층 다급해진 목소리였다. 미칼은 아래층으로 사라졌고, 한동안 멀어지는 발소리가 들렸다.

상자 아래쪽에는 인물 독사진이 있었다. 문화 궁전의 독특한 나선형 계단이 위로 휘어지기 시작하는 맨 아래쪽, 똑같은 지점에 한 사람씩 서서 찍은 사진이다.

몇 명은 사진 속에서 웃고 있다. 어떤 사람들은 좀 더 딱딱한 표정이거나 심지어 기분이 안 좋아 보인다. 마치 내가 여권 사진을 찍을 때 웃지 말라는 말을 들었을 때처럼.

난 하마터면 다음 사진을 떨어뜨릴 뻔했다. 대신 손전등이 바닥에 떨어져 새똥과 깃털 속에 나뒹굴었다. 나는 얼른 손전등을 집어 들고 그 얼굴을 비추었다.

손이 떨렸다. 여자애는 카메라를 똑바로 바라보고 있는데, 아래쪽에 작은 손 글씨로 이름이 쓰여 있었다. 고래 그림의 글씨와 필체가 똑같았다.

울리야.

영원히 열네 살인 소녀. 거울에 비친 그 얼굴이다.

3

형체가 무너진 눈사람들을 지나, 어쩌다 보니 나는 눈 덮인 광장에 들어와 있었다. 어디로 가야 할지 모르겠다. 미칼은 자기 엄마와 함께 안전한 집 안에 있겠지. 다른 아이들도 한껏 온도를 높인 히터 옆에 있으리라. 난 아직 내 방으로 돌아갈 준비가 되지 않았다.

존의 친구가 왜 내게 출몰하는 거지?

"로리!"

뒤에서 누가 날 불렀다.

"피아!"

돌아보는데, 마음이 놓였다. 달려가 그 품에 안기고 싶었다. 피아가 내 쪽으로 걸어오는데 등 뒤에 배낭을 메고 있는 게 보였다.

"어디 가요?"

내 목소리가 떨렸다.

"로리."

피아가 입을 여는데, 눈이 빨갛고 뺨에는 눈물이 반짝였다.

"떠나는 거예요?"

내 눈으로 보면서도 믿을 수가 없었다.

"겨우내 여기 머물 계획은 아니었어. 내가 말했잖아."

"그래서 그냥 간다고요? 북극위원회에서 방문하기 전에요? 우리 엄마를 버리는 거예요?"

내가 울먹였다. 눈이 따끔거리며 눈물이 솟았다.

"그런 건 아니야. 난 아무도 버리지 않아. 여기 빙하를 조사하러 온 건데, 알고 보니 안드레이 대표가 원하는 건 내가 그 일을 제대로 해내는 게 아니었어. 그 사람이 원하는 건 오로지 광산이 빙하를 훼손하지 않을 거라는 증명서일 뿐이었어."

"사실은… 훼손하는 거죠?"

내 질문에 피아가 움찔했다.

나는 어떻게 하면 푸른 얼음 위에 서서 얼음이 하는 말을 들을 수 있는지 생각했다. 피아는 마치 얼음의 심장 박동을 듣는 것처럼 몸을 숙여 귀를 기울였지. 미칼이 순록에게 말할 때도 그랬다.

피아가 체념한 듯 팔을 내밀었다.

"그럴지도 몰라, 로리. 아마 그럴 거야! 모든 것, 영국에 있는 네 세계와 스웨덴의 내 세계는 서로 연결되어 있어. 그렇지 않니? 모든 발전에는 언제나 대가가 따라. 마을 회의 때 존이 말한 것처럼. 그들은 결코 들으려고 하지 않지만. 그들은 절대로 듣지 않아!"

피아가 격분해서 소리쳤다.

피아 말이 맞는다는 걸 알기에 이를 악물었다. 안드레이는 그린라이트가 면허증을 받는 데 필요하다면, 얼마든지 자신들이 원하는 대로 보고서가 작성되게 만들 수 있다. 난 침을 꿀떡 삼켰다.

"엄마는 인제 와서 이 프로젝트를 포기하진 않을 거예요. 그러면 엄마의 평판이 손상을 입을 테니까요."

피아가 고개를 끄덕였다.

"무슨 말인지 알아. 왜 로라 선생님이 남아 있어야 한다고 생각하는지 나도 알아. 하지만 있잖아… 로리, 항구에 배가 와 있어. 리바이어던호 말이야. 너는 나하고 같이 가도 돼. 네가 간다면 선장님이 기다려 줄 거야. 그럴 분이니까."

항구 근처에 희미한 노란 빛이 보였다. 다른 세상에서 온 빛 같다.

9호관 건물의 창문을 돌아보았다. 혹시 내가 눈 속에서 길을 잃지는 않았을까 염려하며 엄마가 날 찾고 있을까? 엄마가 날 안으로 데리고 들어갈까? 아니면 혹시 가방을 꾸려서 피아와 함께 떠나라고 등을 떠밀지도 모르겠다. 사실은 엄마가 어떻게 반응할지 더는 모르겠다. 엄마는 이곳에 와서 변했다, 내가 변한 것처럼.

나는 고개를 저었다.

"엄마만 두고 갈 순 없어요."

"엄마도 이해하실 거야. 로라 선생님도 지금쯤은 이곳이 우리 같은 사람들에게는 맞지 않는다는 걸 아셔야 해. 내가 널 트롬쇠까지 데려다줄 수 있어."

나는 트롬쇠 공항의 환한 불빛과 마을이 내려다보이던 둥근 창을 떠올렸다. 그림책으로는 완벽하다. 이 정도면 모험으로 충분하다. 일생일대의 여행. 이렇게 먼 북쪽까지는 오지 말았어야 했다. 그린라이트도 여기 오면 안 되는 거였다. 산을 온통 다시 헤집으면 안 되는 거였다. 그래서 울리야가 밤에 내 방에 찾아오는 걸까? 그 애는 나에게 경고를 하려는 걸까, 아니면 도움을 청하는 걸까?

트롬쇠에서 영국으로 가는 비행기를 타면 숲속에 있는 아빠의 오두막에 갈 수 있다. 그곳엔 아직도 빨간색, 노란색, 황금색 자취가 남아 있을 거다. 하지만 내가 떠나는 게 엄마에게 도움이 될까? 그리고 순록은 어떡하지?

이제 막 그 애가 누군지 알아냈는데. 울리야. 고래를 사랑한 소녀. 존의 친구. 이 모든 이야기를 여기서, 얼어붙은 나무 통행로 위에 서서 피아에게 들려주는 건 불가능했다. 피아는 이미 떠나기로 마음을 굳힌 게 분명하다.

"너 떨고 있구나! 얼른 안으로 들어가."

피아는 날 재촉하면서도, 조금 더 가까이 다가와 엄지장갑을 낀 손으로 나를 끌어안았다.

"로리, 만나서 반가웠어."

난 이제 제대로 울음이 터졌다. 차갑게 얼어붙은 뺨에 따뜻한 눈물이 흘러내렸다.

"엄마한테 대신 작별 인사 전해 줘." 피아의 목소리가 살짝 갈라졌다. "로라 선생님 얘기를 너도 들었어야 했는데, 안드레이 대표에게 어떻게 맞섰는지 말이야. 엄마가 자랑스러울 거야."

부둣가에서 경적이 울렸고 피아가 날 놓아 주었다. 피아의 속눈썹에 서리가 맺혀 있었다.

"자, 로리, 들어가. 가서 몸 좀 녹여야겠다."

난 피아가 나무 통행로를 따라 걸어가는 걸 지켜보았다. 우리가 다시는 만나지 못하리라는 걸 안다. 피아는 자신의 삶 속으로 사라질 테고, 스발바르에서의 지난 몇 주는 세월이 흐르면 잊힐 것이다.

"나 잊지 마!"

피아는 이렇게 외치고, 집으로 돌아가는 길이 시작되는 나무 통행로를 서둘러 걸어갔다.

4

잠자리에 들기 위해 옷을 막 갈아입었을 때 엄마가 내 방에 들이닥쳤다. 엄마가 등 뒤로 방문을 쾅 닫았다.

"얘기 좀 해, 로리."

엄마가 신경질적으로 말했다.

"뭔데?"

온몸의 털이 곤두섰다. 존이 내가 찍은 사진으로 벌써 뭔가 한 걸까?

"오늘 엄마 사무실에 들어갔었니?"

"아니!"

"내가 저녁 먹으러 갔을 때 말이야, 안 들어갔어?"

엄마가 내 어깨를 잡고 살짝 흔들었다.

"엄마! 안 들어갔다니까! 왜 그래, 무섭게!"

내 심장 박동이 빨라지기 시작했다. 지도 사진을 찍는 걸 잉그리드가 본 게 틀림없다.

엄마가 방문 쪽을 돌아보았다.

"믿어도 돼, 로리?"

"당연히 믿어도 되지!"

대답하면서 속이 울렁거렸다.

엄마가 천천히 고개를 끄덕였다.

"내 보고서가 없어졌어. 완전히 사라져 버렸어."

"사라지다니?"

엄마가 무슨 말을 하는지 몰라서 내가 되물었다.

"사라졌어. 삭제돼서 흔적도 없어, 로리. 마치 아예 없었던 것처럼!"

엄마의 눈이 커다래졌다.

"난 안 그랬어, 엄마! 난 절대로… 내 말은, 엄마가 얼마나 고생했는지 아는데… 내가 어떻게!"

내가 더듬거렸다.

"로리, 사실대로 말해 줘. 네가 순록이나 광산에 관해 마을 주민들이 하는 이야기들 때문에 얼마나 불안해하는지 엄마도 알아."

"엄마, 난 절대로 엄마 보고서를 삭제하지 않아."

나는 발끈해서 엄마 말을 잘랐다.

엄마의 얼굴에 안도감이 떠올랐다. 엄마가 내 정수리에 입을 맞추었다.

"미안해, 로리. 물론 넌 그러지 않겠지. 엄마가 너무 지쳤나 봐. 미안해. 가여운 우리 딸, 이렇게 추운 방에서. 그런데 엄마가 널 의심하다니. 마크 말을 듣는 게 아니었어. 내 짐작이 맞았어, 존이라는 걸 바로 알았는데."

엄마가 깊게 한숨을 쉬고 두 팔로 나를 감쌌다.

"존? 존은 그런 짓 안 해."

난 엄마한테서 떨어지며 말했다.

"그 사람은 우리가 여기 있는 걸 싫어해. 마을 회의 때 그걸 너무도 분명하게 밝혔잖아. 존이 이 섬의 역사를 전부 파헤친

게 모든 일의 원인이야."

엄마가 열변을 토했다.

"존은 단지 이 지역과 이곳의 동물들이 얼마나 소중하고, 얼마나 다치기 쉬운지 확실히 밝히려고 했을 뿐이야. 엄마, 여긴 정말 놀라운 곳이야. 만약 엄마가 만에서 헤엄치는 고래들을 봤다면, 그리고 그 순록을 봤다면… 여기는 이제 채굴을 하면 안 돼. 어쩌면 예전부터도 광산 채굴을 해서는 안 되는 곳이었을 거야."

엄마가 날 슬픈 눈으로 보았다.

"엄마를 못 믿니, 로리? 북극위원회가 모든 정보를 가지고 올바른 결정을 내릴 수 있도록, 위원회 사람들이 전체 그림을 볼 수 있게 하려고 엄마가 얼마나 열심히 작업하는지 모르겠니? 그러려면 엄마 보고서가 꼭 있어야 하는데, 그게 공중으로 사라져 버렸다고."

"존이 삭제하지는 않았을 거야."

내가 옳다는 걸 알기에 난 다시 말했다. 그건 존의 방식이 아니다.

"백업까지 다 삭제됐어. 누가 그랬든 간에 철저하게 해치운 거야. 잘 아는 사람이 했어."

"다시 쓸 순 없어?"

"로리, 엄마가 얼마나 많은 시간을 보고서에 쏟아부었는지 알긴 하는 거야?"

엄마가 식식거렸다.

배신자

"난 그냥, 엄마가 적어 놓은 게 있으니까 혹시나 하고…."

엄마가 내 말을 끊었다.

"그게 그렇게 쉬웠으면 좋겠다. 수많은 관련 데이터도 다 날아갔어. 아, 로리! 내 노트를 다시 다 뒤져서 어떻게든 말을 만들 수 있는지 봐야지. 날 도와줄 피아 씨까지 없으니."

"어떡하지, 엄마."

엄마가 더 가까이 다가와 내 머리카락을 만지작거렸다. 북극 바람에 내 머리는 마구 엉켜 있었다. 엄마는 손바닥으로 내 뺨을 감싸고 얼굴을 들여다보았다.

"다크서클이 생겼네."

"그냥 햇빛이 부족해서 그래. 엄마도 있어."

내가 슬쩍 눈을 흘기며 말했다. 우리 둘 다 겉모습만 보면, 그리 잘 지낸다고 말하기는 어려울 거다.

"곧 집으로 돌아가게 될 거야, 약속해."

엄마가 날 안심시키려는 듯 말했다.

난 슬리퍼 속에서 발가락을 구부렸다. 돌아간다는 생각은 하고 싶지 않았다.

"여기가 나랑 잘 맞는다면 어떨 것 같아? 나 자신이 될 수 있는 바로 그런 곳이라면?"

내가 속삭였다.

엄마가 의아한 눈빛으로 나를 보았다.

"있잖아, 로리. 엄마 보고서는 걱정하지 마. 결국엔 다 잘될 거니까. 우리 둘이 시간을 많이 보내려고 했는데, 그러지 못해서 미안해."

"지금은 괜찮아. 난 여기서 진짜 행복하니까. 엄만 그냥 엄
마 일을 해."

입가에 엷은 미소를 띠며 내가 말했다.

5

아침을 먹으러 카페테리아에 들어서자마자 미칼이 날 불렀
다. 그 애는 상체를 꼿꼿이 세우고 앉아 있었는데, 잔뜩 흥분한
얼굴이었다.

"널 기다리고 있었어! 존 형이랑 니나 아빠가 개들을 데리
고 나갈 거야. 제대로 된 개 썰매 여행이지. 북쪽 지역에 있는
오두막에서 하룻밤 묵을 예정이야."

그러더니 의미심장한 표정을 지었다.

"너도 우리랑 같이 가야 해!"

"내가?"

난 이렇게 소리치고는, 다른 사람들을 곁눈질로 살폈다.

"여기 있는 동안 개 썰매를 경험해 봐야지. 여기 아니면 어
디서 타 보겠어!"

미칼이 테이블 위로 여봐란듯이 내 전화기를 건네주었다.
니나가 의심의 눈초리로 쏘아보았다.

"로리가 하룻밤 빌려 줬어. 엄마한테 숲 사진을 보여 줬지.

우리 엄마가 숲을 얼마나 그리워하는지 너도 알잖아. 형도 관심 있어 하더라."

미칼이 해명하듯 말하곤 나에게 한쪽 눈을 찡긋했다.

"존 오빠는 피아 언니가 떠난 것 때문에, 달리 정신 팔 데가 필요했던 것뿐이야. 언니가 작별 인사도 안 하고 갔다고 하더라고."

미칼은 니나의 투덜거림을 못 들은 척했다.

"로리, 썰매를 타고 나가 봐야 해. 그래야 이곳을 제대로 볼 수 있어."

"너희 형이 허락할 것 같아?"

나는 개들과 함께 달리며, 마침내 이곳에서 무슨 일이 벌어지고 있고 그린라이트가 무엇을 숨겨 왔는지 알아낼 수도 있다는 생각에 전율이 일었다. 게다가 마을을 벗어난다. 영국으로 영영 돌아가기 전에, 좀 더 북쪽으로 가 볼 수 있을 것이다.

"형은 내가 설득할게. 근데 지금 같이 가야 해. 형이랑 아저씨가 준비하고 있을 거야."

6

"왜 따라가고 싶다는 거야?"

우리가 개 사육장으로 찾아가자, 존이 물었다. 개들도 여행을 간다는 낌새를 맡았다. 기대에 부풀어 꼬리가 한껏 위로 치켜 올라갔다.

"내 눈으로 직접 보고 싶어요."

난 혹시 일을 그르칠까 봐 먼저 침을 꿀꺽 삼키고 입을 열었다. 존의 각진 얼굴이 오늘따라 더 어두워 보였다. 피아가 떠났다는 생각에, 새삼 슬픔이 밀려왔다. 그녀가 버린 건 엄마와 나뿐만이 아니었다.

내가 말을 계속했다.

"우리 엄마가 이곳을 제대로 볼 시간이 없다면, 엄마 대신 나라도 가야 할 것 같아서요."

존은 여전히 개들을 챙기느라 바빴다. 여행에 선발된 개들을 한 마리씩 끌어내 하네스를 채웠다.

"그리고 로리가 우리한테 지도를 갖다줬잖아. 로리한테 빚을 진 거야."

미칼이 자기 형에게 상기시켜 주었다.

"아니. 우린 누구에게도 빚진 거 없어."

존이 미칼을 노려보며 단호하게 말했다. 그러고는 진지하게 나를 돌아보았다.

"로리, 밖에 나가면 내가 너의 안전을 책임질 수 없다는 거 알지?"

"물론이죠."

내가 조용히 대답했다.

"너희 엄마도 아셔?"

난 얼른 고개를 끄덕였다. 비록 아직은 엄마를 어떻게 설득할지 미처 생각해 보지도 않았지만 말이다.

"좋아. 그럼, 뭘 챙겨 가야 할지 아이반 아저씨에게 물어봐. 한 시간 뒤에 출발할 거야."

존은 이미 저만큼 걸어가면서, 어깨 너머로 오두막 하나를 가리키고 퉁명스럽게 말했다.

"넌 피아가 왜 떠난 것 같아?"

아이반이 있는 오두막으로 가면서 내가 미칼에게 물었다.

"형은 피아 누나 얘긴 안 하려고 해. 내 생각엔 형이 누나를 쫓아 버린 것 같아. 형은 좀 더 친절해지는 법을 배워야 해. 우리 엄마가 하는 말도 그거야."

난 슬쩍 고개를 돌려 존이 본채로 성큼성큼 걸어가는 모습을 지켜보았다. 그는 세상의 모든 짐을 어깨에 짊어지고 있는 것처럼 보였다. 여전히 존이 엄마 보고서를 삭제했다고는 생각하지 않지만, 누가 그랬든 간에 우리에게는 조사할 시간을 좀 더 벌어 준 셈이다. 보고서 삭제가 피아의 이별 선물은 아니었을까? 피아는 분명히 존을 사랑하고 있었다.

피아가 아무리 이 지역을 구하기 위해 그랬다고 하더라도, 엄마를 배신했다고 생각하니 마음이 편치 않았다. 하지만 애써 그런 감정을 밀어냈다. 지금 당장은 진정한 겨울 황무지로 여행을 갈 수 있게 해 달라고 엄마를 설득해야 한다.

7

"절대 안 돼! 엄마 없이 너 혼자 정착지를 벗어날 순 없어!"

엄마 말에 난 잔뜩 실망해서 대꾸했다.

"아직 어떤 계획인지도 듣지 않았잖아? 하룻밤만 자고 올 거야. 존이 우릴 데려갈 거야, 그리고 아이반 아저씨도."

"존이라고? 그러면 엄마가 안심할 거라고 생각했니? 지난번 마을 회의 이후로 이곳의 상황이 더 나빠졌어."

"엄마, 존은 그날 마을 사람들의 대변인으로 말한 거였어! 의문을 제기하는 건 좋은 거잖아? 여기서 엄마가 하는 일도 그런 거 아냐? 엄마가 대표에게 용감하게 맞섰다는 얘기를 피아한테 들었어. 내가 엄마를 자랑스러워할 거라고 했단 말이야!"

엄마는 내 말의 마지막 부분에서 표정이 조금 누그러지긴 했지만, 고개를 흔들었다.

"그 탐험을 이끄는 사람이 누구든지 간에, 문제는 안전이야. 어둠과 얼음, 아무도 살지 않는 황무지인 데다가 곰까지… 더 계속해야겠니?"

"아이반 아저씨랑 존은 그런 거에 익숙해! 평생 여기서 살았으니까."

"맞아. 하지만 넌 아니잖아, 로리. 넌 교외 주택가에서 자랐어."

"교외 주택가에서만 산 건 아니야. 지금은 숲속에서도 지내잖아."

난 엄마가 분명 내 삶의 일부인데도 이런 식으로 그 부분을 무시하는 게 마음에 들지 않았다.

"그건 절대로 같다고 할 수 없어! 영국의 삼림 지대를 북극의 황무지에 댈 수는 없어!"

"엄마, 잠깐만이라도 이 건물에서 벗어나고 싶어. 내가 학교 때문에 불안해했을 때, 엄만 나한테 달리기나 수영 같은 걸로 그런 긴장된 에너지를 내보내라고 했잖아. 지금이 바로 그런 식으로 에너지를 써야 할 때인 것 같지 않아? 내가 요새 얼마나 잠을 못 자는지 엄마도 알잖아."

나는 엄마의 허락을 받기 위해 전술을 바꿔서 필사적으로 매달렸다.

"체육관에 가는 건 어때⋯?"

엄마가 제안했다.

"체육관은 난방도 안 되고 수영장엔 물도 없어. 엄마! 왜 다 알면서 그래! 엄마가 스키두를 타고 나가 있는 동안 난 여기 갇혀 있었다고. 너무 불공평해! 나도 모험을 할 자격이 있어."

엄마의 표정에는 변화가 없었다.

"엄마가 약속했잖아."

내가 슬쩍 덧붙였다.

엄마가 내 눈을 똑바로 마주 보았다.

"존이 기꺼이 널 책임지겠다는 거지?"

"당연하지."

대답하는데 일말의 죄책감이 느껴졌다. 나는 단순히 개 썰매를 타고 싶다는 이유로 존을 난처하게 만들려는 게 아니다. 이건 그 이상이다. 나는 갈 수밖에 없다고 느꼈다. 순록들에게 무슨 일이 일어나고 있는지 증명해 낸다면, 결국 엄마는 진실을 알게 될 것이고 북극위원회에 정확한 정보를 제출할 수 있을 것이다. 엄마의 머릿속에 전체 그림을 볼 수 있는 여유가 있다면, 거기 한 줄기 빛이 비친다면, 엄마도 알게 될 거다.

엄마의 결심이 흔들리는 게 보였다.

"엄만 앞으로 며칠간은 정말 미친 듯이 바쁠 거야. 날아가 버린 보고서 때문에… 게다가 피아가 갑자기 떠나 버렸잖아. 피아가 그렇게 가 버리다니, 아직도 믿을 수가 없어."

엄마는 창문 밖으로 오래된 광산 쪽을 가만히 바라보았다. 엄마 보고서를 삭제한 범인에 대해 엄마도 나랑 같은 생각을 하는지 궁금했다.

"그러니까… 가도 돼? 개 썰매 말이야."

내가 재촉했다.

"아무래도 네 아빠랑 같이 의논해야 할 것 같은데. 위성 전화를 다시 작동시킬 수 있다면, 아니면 이메일을 보내거나."

엄마가 중얼거렸다.

"그럴 시간이 없어, 엄마! 존이랑 아이반 아저씨는 바로 출발하려고 준비하고 있어. 최대한 빛이 있는 시간을 이용해야 하니까."

내가 울먹거렸다. 마을 저편에서 개들이 짖는 소리가 들렸다. 나 없이 가 버리면 어떡하지?

엄마가 깊게 한숨을 내쉬었다.

"알았어, 로리. 하지만 너 엄마랑 약속해. 절대로 그 사람들 시야에서 벗어나지 않을 거고 뭐든 지시하는 대로 꼭 따르겠다고. 너한테 무슨 일이라도 생기면, 엄만 결코 나 자신을 용서할 수 없을 거야."

"그럴 일 없어."

난 고마운 마음에 엄마를 껴안았다.

엄마는 나를 보며 안도에 가까운 미소를 지었다. 조금 전까지만 해도 난 엄마가 허락해 주기를 간절히 바랐는데, 막상 허락을 받자 묘하게도 버림받은 기분이 들었다.

울리야

1

미칼과 난 서둘러 개 썰매 쪽으로 갔다. 카이쿠는 귀를 쫑 긋 세우고 꼬리는 위로 치켜올린 채 우리 발치에서 빠르게 걸 었다. 카이쿠도 이게 예사 여행이 아니라는 것을 감지했다.

"너희 엄마가 우리 배웅하러 오시지 않을까?"

미칼이 물었다.

"그러진 않을 거야."

나는 9호관 건물을 돌아보고 잠시 그대로 있었다. 이제 막 날이 밝아지기 시작했다.

"엄만 다시 광산에 갔을 거야. 자료가 없어져서, 몇 가지 측 정을 다시 해야 하거든. 북극위원회 대표단이 며칠 안에 도착 하니까."

"우리가 뭔가 찾아내면 너희 엄마가 보고서에 포함시킬

까?"

엄마가 보고서를 다시 작성하게 되었다고 말하자, 미칼은 기쁨을 감추지 않았다.

"실제로 증거가 있다면…."

나는 긍정의 의미로 고개를 끄덕이고, 코트와 스웨터 두 겹 아래에 안전하게 걸려 있는 노란 카메라를 어루만졌다. 휴대폰도 완전히 충전해서 전원을 끈 채 가방에 넣어 두었다. 아이반은 최대한 짐을 가볍게 꾸려야 하니 필수적인 보온 용품과 식량만 가져오라고 지시했지만, 이런 방법이 아니면 어떻게 다른 사람들이 우리 말을 믿게 할 수 있겠는가? 사진은 천 마디의 말을 대신할 수 있다.

"미칼! 로리! 서둘러! 이제 출발해야 해."

존이 개 사육장 안에서 우리를 훑어보며 짜증을 냈다.

라스모스가 문을 열어 주었다. 아래로 튀어나온 문짝 기둥이 눈을 긁으며 문이 열렸다.

"춥지 않게 많이 껴입었겠지? 정착지 밖으로 나가는 순간 기온이 곤두박질칠 거야."

라스모스가 먼 산과 하얀 설원을 번갈아 두리번거리며 내게 말했다.

"준비됐어요."

난 혹시나 그들이 마음을 바꿔 날 데려가지 않는다고 할까 봐, 짐짓 용감한 척 대답했다.

개들은 흥분해서 혀를 내민 채, 우리를 에워싸며 달려들었다. 짖는 소리가 더욱 커졌고 목줄에 달린 작은 종이 울렸다.

"종이 있어서 잃어버릴 염려가 없어. 마을을 벗어나, 해안에서 멀어지면 눈이 더 깊이 쌓여 있을 거야."

라스모스가 설명했다.

"개들은 춥지 않아요?"

허리를 굽혀 개를 쓰다듬으며 내가 물었다. 불어오는 바람에 털이 잔물결처럼 일렁였다.

"이놈들은 추위에 강한 종이야. 추우면 추울수록 더 좋아하지! 이놈들이 가장 좋아하는 계절을 찾아가는 거야."

그중 한 마리가 따뜻한 코를 내게 들이밀었다. 그러더니 내 발치에서 뒹굴며 하얗고 부드러운 배를 드러내 보였다.

"그놈은 아약스야. 이제 겨우 두 살쯤 됐어. 썰매 하나를 아약스가 이끌 거야. 네가 머셔를 해 볼래, 로리? 아약스는 널 선택한 것 같은데."

"머셔요?"

난 아약스의 배를 활기차게 쓰다듬으며 차가운 파란색과 호박색으로 짝짝이가 진 눈을 응시한 채 되물었다. 두 눈의 색깔이 다른 개는 처음 보았다.

"안녕, 아약스."

내가 다정하게 말을 걸었다.

"머셔는 개 썰매를 조종하는 썰매꾼을 부르는 말이야."

그때 갑자기 아이반이 나타나서, 환영한다는 듯 내 어깨를 가볍게 두드리며 말했다.

올리야

"한번 해 봐, 로리. 정말 재미있을 거야."

"아, 아니에요, 전 못 할 것 같아요. 저는 아직… 전 한 번도 이런 걸 타 본 적이 없어요."

난 주춤주춤 뒤로 물러나다가 다른 개들에게 걸려 하마터면 넘어질 뻔했다.

"이건 꼭 해 봐야 해. 너 개를 무서워하는 건 아니지?"

미칼이 부드럽게 날 앞으로 밀었다.

"개는 안 무서워!"

큰소리쳤지만, 거품을 물고 컹컹대는 개들을 보니 어쩐지 불안한 기분이 들었다.

"너희 둘이 같이 탈 거야."

존이 옆으로 와서 선언하듯 퉁명스럽게 말했다. 그러고는 우리 대신 결정을 내려 주었다.

"미칼이 몰 거야. 안전하니까 걱정 마. 미칼은 우리 마을 최고의 머셔 중 한 명이야. 로리, 넌 저기 바구니에 타면 돼. 카이쿠는 네 무릎에 앉히고. 로리, 여우가 못 뛰어내리게 잘 잡아."

존이 순록 가죽으로 안을 댄 썰매 아래쪽 좌석을 가리켰다.

난 고분고분하게 바구니에 자리를 잡았다. 내 짐은 발치에 집어넣고 라스모스가 알려 준 대로 가죽끈으로 고정시켰다.

미칼이 내 뒤, 썰매 끝에 자리를 잡고 서며 소리쳤다.

"어쨌든 너 나중에 꼭 해 봐야 해. 머셔 말이야! 이번에 내가 하는 걸 보고 배워!"

"개들은 네 마리가 한 무리가 되어서 달려. 아약스와 오나가 앞장서고, 로켓과 업이 바로 그 뒤에 설 거야."

아이반이 세 마리를 더 데리고 와서 하네스를 채우고 각자 자기 자리에 매어 놓았다.

"아이반 아저씨랑 난 따로따로 썰매를 타고 앞에서 달릴 거야. 어쨌든 개들은 지시하지 않아도 알아서 잘 따라와."

존은 이렇게 말하고, 미칼에게 소총 한 자루를 건넸다.

"우리가 헤어지지는 않겠지만, 각자 하나씩 가지고 다니는 게 좋아."

단호한 어조였다.

카이쿠는 확실히 절차를 잘 아는 것 같았다. 내 무릎으로 뛰어오르더니, 빙빙 돌며 편안한 자리를 찾아 자세를 잡았다. 난 카이쿠의 목덜미를 가볍게 주물러 주었다. 썰매를 타는 동안 여우의 익숙한 온기를 느낄 수 있어서 다행이었다.

우리가 출발할 때, 난 충동적으로 '멈춰' 하고 소리를 지를 뻔했다. 하지만 막상 출발하고 나자 식식거리는 호흡을 뱉어 내느라 그 충동은 순식간에 사라졌다. 아약스와 오나가 앞장서고 로켓과 업이 바로 뒤에서 하네스를 팽팽하게 당기며 달렸다. 가라앉은 색조의 희미한 형체들, 개들이 내딛는 발에서 눈이 날렸다.

우린 쌩하고 눈 덮인 마당을 넘어서 어느새 정착촌의 낯익은 건물들을 지나갔다. 난 코너를 돌 때 자연스럽게 몸을 기울였다. 건물들이 흐릿하게 멀어진다. 하얀 눈으로 덮인 건물 주위를 눈사람들이 유령처럼 둘러싸고 있다. 눈사람, 우리가 진정한 황무지로 나가기 전에 마지막으로 본 형상이다.

미칼의 웃음소리가 맑은 공기 속을 떠다니고 칼바람이 우리를 스쳤다. 난 귀를 덮기 위해 모자를 더 내려썼다.

흔히 보이던 대로 고개를 숙이고 있는 순록 두 마리를 지나쳤다. 순록들은 먹이를 찾느라 발굽으로 눈을 차고 있다. 우리가 지나갈 때, 순록의 검은 눈이 우리를 올려다보았다.

그리고 카이쿠 같은 북극여우들도 있었다. 다만 이 여우들은 털이 하얀색이다. 나는 그저 새까만 코와 눈이 있을 법한 위치에 동그란 점을 언뜻 보았을 뿐이었다. 한 마리가 눈 속을 껑충껑충 뛰며 잠시 우리 썰매와 나란히 달렸다. 카이쿠는 내 무릎에서 일어나, 귀를 쫑긋 세우고 뾰족한 주둥이를 씰룩거렸다.

"카이쿠 잡아! 뛰어내리지 못하게!"

내 뒤에서 미칼이 소리쳤다. 목소리에서 당황한 기색이 느껴졌다.

난 엄지장갑을 낀 손으로 카이쿠의 따뜻한 몸을 좀 더 단단히 감싸 안고, 상체를 숙여 여우의 정수리에 입을 맞추었다.

"오늘은 날뛰면 안 돼, 꼬맹아."

북극여우의 부드러운 귀에 대고 내가 속삭였다.

우리는 카이쿠의 야생 친척들이 우리에게 길을 비켜 주고, 겨울 풍경 속으로 점점 더 멀리, 더 빠르게 물러나는 것을 지켜보았다.

분홍색과 보라색 톤으로 붉게 물든 산에 비하면, 우리 썰매는 너무 작고 보잘것없어 보였다. 우린 더 많은 순록과 땅을 쪼고 있는 뇌조들을 지나쳐 날듯이 달려갔다.

"천천히! 워워!"

앞에서 외치는 소리가 들렸고 내 뒤에서 미칼이 따라 했다.

"워워!"

마지못한 듯 개들이 속도를 늦추었고, 미칼이 브레이크 페달을 밟자 우리 뒤쪽으로 무언가가 눈 속에서 끌렸다. 개들은 불만스러운 듯 낑낑거렸다. 아직 질주는 시작도 안 했기에 간절히 떠나고 싶다고 보채는 것 같다.

"로리, 어땠어? 나 잘하지?"

미칼이 신이 나서 날 불렀다.

"마치 나는 것 같았어. 이렇게 빨리 달린 건 처음이야. 이런 기분도 처음이고."

내가 말을 마구 쏟아 냈다.

미칼이 자랑스러운 듯 함박웃음을 지었다.

"진짜 기분 최고지? 계속 달리면 이 세상 끝까지 갈 수 있을 거야!"

앞에서 존과 아이반이 썰매를 빙 돌려서 우리 쪽으로 왔다. 두 사람은 개들이 어디 가지 못하도록 금속 갈고리를 눈 속에 던졌다.

"개들을 잠깐 쉬게 할 거야. 썰매에 있어, 그게 더 따뜻해."

존이 우리에게 말했다.

미칼이 썰매 바구니로 들어와 내 반대쪽, 우리 배낭 위에 앉았다. 존은 우리 각자에게 뜨거운 수프가 담긴 보온병을 하나씩 건네고 나서, 휴대용 난로를 조작하기 시작했다.

"형은 개들한테 눈을 녹여 주려는 거야. 달리면 목이 마르니까."

"진짜 빨랐어, 믿을 수 없을 정도로."

기다렸다는 듯 우리의 리더 아약스가 내 곁으로 왔다. 아약스가 축축한 코를 내 무릎에 들이밀자, 카이쿠는 못마땅한 듯 자리를 떴다. 카이쿠는 대신 미칼의 보온병을 쿵쿵거렸다.

"쯧! 카이쿠, 이건 너 줄 거 아냐!"

미칼이 카이쿠를 다시 내 쪽으로 밀었다.

"로리, 카이쿠가 네 거에는 관심 없을 거야. 우리 엄마가 너한테는 특별히 고기를 안 넣은 걸로 만들어 줬거든!"

"정말?"

보온병의 뚜껑을 돌려서 열자, 콩과 여러 가지 채소를 섞어서 만든 아주 먹음직스러운 수프 냄새가 났다.

"맛있어. 너희 엄마, 정말 다정하신 것 같아."

수프를 할짝거리며 내가 말했다.

"우리 엄마가 널 좋아하거든. 엄만 내가 새로운 친구를 만나서 기쁜가 봐."

"광산이 곧 보일까?"

내가 물었다.

거리가 영 가늠이 안 되었다. 나로서는 도로나 나무, 집 같은 익숙한 기준이 없으니까, 아무것도 측정할 수가 없다.

"빙 돌아서 곧 해안 쪽으로 다시 나가게 될 거야. 개들을 내

류으로 먼저 달리게 해 주고 싶었거든."

우리 얘기를 엿들은 듯 아이반이 말했다. 그가 다정하게 개를 쓰다듬었다.

"이제부터 로리가 운전할 거예요."

미칼이 아이반에게 말했다. 나는 존이 자기 동생 얘기에 어떻게 반응하는지 보았지만, 존은 아무 대꾸도 하지 않았다.

머셔를 한다는 생각에 심장이 마구 쿵쾅거렸지만, 그걸 시도하지 않는다면 분명 후회할 거라는 생각이 들었다. '로리, 용감해지고 싶었잖아.'

내가 거부하지 않자, 아이반이 썰매 위에 서 있는 법과 줄의 어디를 잡아야 하는지, 눈 속으로 스파이크가 파고들어서 썰매를 멈추게 하는 브레이크 페달이 어디 있는지 가르쳐 주었다.

이번에는 개들이 내 명령을 기다리지도 않고 먼저 출발해 버렸다. 질주, 날아가는 것 같다. 달리려는 야생의 충동이 줄을 통해 그대로 전해졌다.

나는 당황했다. 마치 카이쿠가 눈밭에서 뛰어오를 때 그러는 것처럼, 나도 그대로 날아올라 눈 속에 거꾸로 처박힐 것 같았다.

"커브를 돌 때 몸을 더 기울여야 해, 로리!"

미칼이 내 앞에 있는, 순록 가죽을 깔아 놓은 썰매 바구니에 웅크리고 앉아 크게 외쳤다.

"워워!"

나는 속도를 늦추려고 개들에게 고함을 질렀다.

"로리, 진정해!"

미칼은 이제 웃음을 터뜨리고 즐거운 비명을 질렀으며, 나도 마찬가지였다. 이런 해방감을 느낀 건 난생처음이었다.

흐릿하게 가라앉은 하늘과 산, 온 세상이 텅 빈 것 같은 느낌. 내 앞에 달리던 썰매가 속도를 늦추자 내가 얼마나 실망했는지, 스스로 깜짝 놀랐다.

나는 페달을 힘껏 밟았다. 브레이크가 드드득거리며 눈에 걸리는 게 느껴졌다.

"워워!"

어딘가에 도착했다. 풍경이 바뀌었고, 마치 누군가 단면을 잘라 낸 듯 땅속 모습이 드러나 보였다.

"새 광산이야. 여기가 중심 현장이고."

아이반이 말했다.

우리 오른쪽으로 움푹 팬 구덩이가 있었다. 뒤집힌 산처럼 우묵하게 파인 툰드라의 구덩이가 사과 껍질을 돌돌 벗겨 놓은 것처럼 깎여 있었다. 뇌조와 여우들 방식은 아니지만, 광산도 눈 덮인 나선형으로 겨울 위장을 했다.

개들이 다시 출발하고 싶은 듯 컹컹거리며 안달을 냈다. 나는 줄을 잡은 채 긴장을 늦추지 않았다. 존과 아이반은 벌써 자신들의 썰매에서 뛰어내려 썰매를 눈 속에 단단히 고정했다.

미칼도 뛰어내려서 그쪽으로 갔지만, 난 개들과 카이쿠 옆에 남아 있었다. 카이쿠는 바람을 피해 배낭 사이에 웅크리고 있다. 여우가 눈을 깜빡였다. 꿈꾸는 듯한 눈빛이다.

구덩이 가장자리에 서 있는 존과 아이반, 미칼이 아주 작아 보였다. 광산은 거대하고 낯설고 조용했다. 나는 온몸에 전율을 느꼈다.

해가 지면서 풍경이 점점 새파래졌다. 나는 순간적으로 그 애의 목소리가 들리는 듯해서 주위를 둘러보았다. 울리야.

유령이 개 썰매를 타고 여행할 수 있을까? 그 애가 내 머릿속에 있는 거라면, 내가 데려온 걸까? 아니면 스발바르 어디에나 그 애가 있는 걸까? 그 애는 이 섬에 생긴 새로운 상처를 어떻게 생각할까?

미칼이 손을 비비며 다시 돌아왔다.

"우린 이제 북쪽으로 갈 거야. 계속 해안선에 붙어서 가는 거지. 형이 지도를 봤는데, 광미 적치장이 있을 가능성이 가장 큰 장소가 두어 시간 거리래. 그리고 여기서 멀지 않은 곳에 우리가 오늘 밤에 머물 오두막이 있어."

난 잠자코 있었다. 직접 광산을 보니, 세 사람과 나 사이가 더 벌어진 것 같다. 엄마가 이곳에 온 이유가 결국 이것이었다. 툰드라를 절단하는 건 시작일 뿐이다. 엄마 책상에 펼쳐져 있던 도면을 이미 보았으니까. 나는 이것들이 얼마나 더 넓어질지 안다. 한 지점에서 다른 곳으로, 그리고 또 다른 곳으로 옮겨 갈 거란 사실도.

"로리! 내가 방금 말한 거 하나라도 들었어?"

미칼이 짜증을 냈다.

내가 재빨리 고개를 끄덕였다.

"그냥 추워서."

이제는 진짜로 몸이 떨렸다. 개 줄을 꽉 움켜잡고 있느라 장갑 속의 손가락은 저리고 코끝은 떨어져 나갈 것만 같다.

미칼의 표정이 걱정스럽게 바뀌었다.

"이번엔 네가 바구니에 타. 남은 길은 내가 몰게."

나는 고마운 마음으로 썰매의 우묵한 자리로 들어갔다. 순록 가죽과 내 가슴에 안기러 오는 카이쿠의 온기가 반가웠다.

미칼이 줄을 잡았고, 우리는 계속 나아갔다. 눈길을 달리며, 별과 녹색 유령 같은 오로라 아래에서 추적을 계속한다.

2

오두막 안으로 들어가, 아이반이 천장에 매달린 석유램프를 만지작거리자 부드러운 주황색 불빛이 우리를 비췄다. 존은 밖에서 개들을 정비하고, 미칼은 분주하게 움직이며 구석에 쟁여 둔 석탄을 가져와 거대한 구식 난로에 집어넣고 성냥을 그었다. 세 사람은 어떻게 그렇게 금방 손가락을 마음대로 움직일 수 있는지 모르겠다. 엄지장갑을 벗었을 때 나는 마치 불에 덴 것처럼 손이 화끈거렸는데 말이다.

이층침대 두 조(모두 네 개의 침상)가 직각으로 벽에 붙여져 있다. 또 다른 벽에는 선반이 있는데, 아래쪽으로 손잡이 냄비가 걸려 있고 다양한 종류의 찌그러진 음식 통조림이 놓여 있었다.

"대구 곤이, 고등어, 간 파테(고기나 생선을 곱게 다지고 양념해 빵 등에 펴 발라 먹음–옮긴이), 피시볼…."

미칼은 불이 타오르기 시작하자, 날 위해 통조림에 붙은 상표를 영어로 번역해 주었다.

"아, 이건 너한테 괜찮겠다, 로리. 혼합 야채, 복숭아 슬라이스, 어때? 그래도 우리 엄마가 널 위해 수프를 만들어 줘서 다행인 것 같아!"

정말 고마웠다. 나는 동의의 뜻으로 고개를 끄덕이고, 썰매에 있던 순록 가죽을 그대로 몸에 두른 채 의자에 주저앉았다. 카이쿠는 뜨거운 물병처럼 내 품에 안겨 자고 있다. 나도 잘 수 있으면 좋겠다. 썰매를 타느라 체온이 떨어지고 마침내 광산을 보게 되자, 내 모든 에너지가 소진되었다.

"로리, 불 가까이 가. 몸이 얼었어. 입술이 파랗잖아!"

존이 안으로 들어서면서 지시하듯 말했다.

나는 고분고분하게 앞쪽으로 다가갔다. 이제 난로에서는 불꽃이 탁탁 소리를 내며 타고 있다. 따뜻하고 매혹적이다. 연기가 방 안에 피어올랐고, 아이반은 손잡이 냄비를 난로 위에 올리고 통조림 두 개를 쏟아부었다.

"누가 여기에 음식을 가져다 두나요?"

마을에서 이렇게 먼 곳에 있는데도 오두막에 물건들이 잘 갖춰져 있는 게 신기해서 내가 물었다.

"우리가 떨어지지 않게 관리하고 있어. 누군가 길을 잃었을 때를 대비하는 거야. 생명줄인 셈이지. 이 굴뚝은 손을 좀 봐야 겠는데. 그린라이트 때문에 올여름엔 정신이 좀 산만했어."

아이반이 새까만 연기구름을 짜증스러운 듯 손으로 날려 보내며 걸걸하게 웃었다.

우리는 금속 식기에 음식을 담아 먹었다. 나는 소금물에 절 인 완두콩, 양배추, 당근이 담긴 혼합 야채와 미칼의 엄마가 특 별히 날 위해 만들어 준 스튜를 뜨끈하게 다시 데웠다. 마지막 으로 복숭아 깡통을 땄다. 복숭아는 지나치게 달고 부드러웠 지만 어쨌든 우린 게걸스럽게 먹어 치웠다. 몸을 따뜻하게 유지 하려면 연료가 필요하다는 걸 알았으니까.

추운 날씨에 밖에서 아주 오래 있었던 뒤라 모두 피곤했기 때문에, 아무도 말을 많이 하지 않았다. 하지만 존과 아이반은 광미 적치장이 있을 만한 다른 후보지들에 대해 이야기를 나 누었다. 두 사람은 내가 보여 준 지도를 보고 몇 군데 가능한 장소를 특정했다.

"광미 적치장은 어떻게 생겼어?"

미칼이 물었다.

존이 어깨를 으쓱했는데, 그의 검은 눈동자는 멍하니 불을 바라보고 있다. 피아를 생각하는 걸까?

"직접 보면, 알 수 있을 거야."

아이반이 대신 대답하고는, 나를 흘깃 건너다보았다.

나는 계속 불길을 응시했다. 광미 적치장을 찾기를 바라는 만큼이나 두려움도 컸다. 그게 나와 피라미든 사람들 사이에,

넘기 힘든 큰 장벽이 되지나 않을까 걱정스러웠다.

3

나는 아래쪽 침상에서 미칼이 코 고는 소리에 잠에서 깼다.

오두막 벽에 노란색 석유등 불빛이 반짝였다. 난롯불 덕분에 벽 위에 얼어 있던 얼음층은 다 녹아 사라졌다.

밖은 아직 어둡지만, 아침인 것 같다. 카이쿠가 문을 긁고 있었고, 오두막에 딸린 별채에서 개들이 낑낑거리는 소리가 들렸다.

"개들을 내보내 줘야 하는데."

존이 소리를 내서 말하는 바람에 난 화들짝 놀랐다. 그는 난로에서 재를 쓸어내고 있었는데 손이 시커멓게 더럽혀져 있었다.

아이반은 건너편 이층침대의 위 침상에서 아직 자고 있다.

"우린 늘 오두막을 원래대로 해 놓고 떠나. 누가 올지 모르지만, 다음 사람들을 위해서야."

존이 내게 설명했다.

우리 말소리가 들린 듯, 개들은 더 시끄럽게 짖었고 카이쿠는 흥분해서 내 다리로 뛰어올랐다. 아이반이 뒤척이더니 팔을 쭉 뻗었다.

"잘 잤니, 로리. 기분은 어때? 어젠 머셔를 꽤 잘하던걸."

눈을 뜷고 쏜살같이 달리면서, 줄을 통해 개들과 교감했던 어제의 느낌을 떠올리자 자부심이 온몸에 퍼졌다. 나는 움푹 팬 광산의 이미지가 떠오르려는 걸 애써 밀어냈다.

"네가 가서 개들을 내보내 줄래?"

존이 개들이 있는 별채 쪽을 가리키며 말했다.

"도망가지 않아요?"

존이 살짝 미소를 지었다.

"밥 먹기 전에는 아무 데도 안 가. 내가 미칼한테 먹이랑 물을 가져다주라고 할게."

존이 흔들어 깨우자, 미칼은 피곤한 듯 앓는 소리를 냈다.

개들은 밖으로 내보내 주자, 코를 킁킁거리며 돌아다녔다. 분명히 인간을 반기는 것 같다. 내가 오두막 앞에 펼쳐진 해안 쪽으로 걸어가는데 개들이 날 따라왔다. 오두막 바로 앞이 피오르였다.

"미안, 나한테는 먹이가 없어. 미칼이 곧 고기를 갖다줄 거야! 정말이야!"

개들이 내 다리를 휘감고 코를 씰룩거리는 걸 보고 내가 말했다.

건물이라고는 아주 작은 오두막밖에 없는 이곳의 아침 어둠은 달랐다. 여기서는 진짜 여명을 볼 수 있다. 해는 여전히 수평선 아래에 가라앉아 있지만, 묘하게 어슴푸레한 빛을 던지고 있었다. 해안에는 유령 나무가 지난번보다 더 많고, 구멍이 숭숭 뚫린 벨루가의 뼈와 순록의 가지뿔로 된 아치들이 보인다. 사물들은 서로 녹아들었고 해안의 커다란 바윗덩어리들은 거의 산 같았다.

뭔가가 내 뒤에서 날아와 물가의 얼음에 부딪혔다. 재빨리 둘러보았지만 미칼밖에 없다. 미칼이 돌멩이를 던진 거였다. 개들이 오두막 앞에 내놓은 고기 그릇으로 몰려갔다.

"진정한 황무지에서의 첫날 밤은 어땠어?"

미칼이 물었다.

"살아남았지."

내가 몸을 떨며 말했다. 이곳의 공기는 내가 여태껏 경험한 중에서 가장 예리하다. 피라미드 9호관 건물의 온수 생각이 간절했다. 보일러가 작동한다고 해도 더운물이 나오는 시간은 절반밖에 안 됐지만.

"미칼! 로리! 와서 밥 먹어! 얼른 썰매를 묶어야겠다. 폭풍이 올지도 몰라. 기회가 있을 때 그곳을 찾아야 해."

존이 외쳤다.

눈 덮인 툰드라를 향해 출발할 때 나는 다시 머셔가 되었다. 오늘 나는 더 용감하고 더 능숙하고 더 빠른 머셔다. 우린 눈을 가로질러 날아갔고, 수평선에 걸린 노란 얼룩처럼 보이는 곰을 지나쳤다.

"북극곰이야!"

바람 속에서 내가 소리쳤다. 되돌아가서 곰을 자세히 보고 싶은 마음과 곰을 그대로 지나쳐서 정말 다행이라는 깊은 안도감이 동시에 느껴졌다. 지난번에 산비탈에서 곰을 마주쳤던 일은 죽을 때까지 잊지 못할 것이다.

갈수록 바람이 더 강해졌고 더 차가워졌다. 이제 얼굴에 얼얼한 통증이 느껴졌다. 하지만 우리는 더 많은 여우와 뇌조와 순록을 지나쳐서 계속 나아간다. 슬픈 눈으로 우리를 바라보는 순록들은 마치 더 빨리 가야 한다고 재촉하는 것 같다.

갑자기 미칼이 비명을 질렀다.

"카이쿠! 세워! 로리, 세워! 개들을 멈추라고! 카이쿠! 카이쿠를 놓쳤어!"

미칼이 정신없이 사방을 두리번거렸다.

개들의 발길에 눈이 흩날렸다. 존과 아이반은 우리 앞에서 달려가고 있다. 내가 무슨 수로 아약스가 이끄는 이 무리를 멈춰 세울 수 있겠는가?

"로리! 멈춰!"

미칼의 얼굴에 눈물이 얼어붙었다.

나는 앞서가는 어른들을 겨우 알아보았다. 청회색 형체가 눈보라 속으로 사라져 갔다. 우리는 폭풍 속으로 썰매를 몰아가고 있었다.

"로리! 발로 밟아! 브레이크!"

미칼이 소리쳤다.

오른발로 금속 막대를 밟아 보았다. 줄이 좀 더 팽팽하게 당겨졌지만, 개들은 여전히 앞으로 달려 나갔다. 이 개들은 앞에 있는 썰매를 따라가도록 훈련을 받았다. 내 명령 같은 건 기다리지 않는다는 걸, 나는 깨달았다.

"로리! 더 세게 밟아!"

미칼이 이제 성난 목소리로 외쳤다.

나는 온몸의 무게를 오른발로 옮겨 싣고 브레이크 막대기를 바닥까지 힘껏 눌러, 브레이크의 금속 스파이크를 얼음과 눈 속으로 밀어 넣었다.

"워워! 워!"

미칼이 나보다 더 노련하게, 더 필사적으로 허스키들에게 소리쳤다. 아니면 브레이크 덕분이었는지도 모르겠지만, 개들은 마지못해 멈춰 섰다.

"존! 아이반 아저씨!"

난 당황해서 목청껏 불렀다.

우리 개들은 자기들 무리에서 떨어진 것 때문에 울부짖었고, 미칼은 정신이 나가 있었다. 썰매 바구니에서 뛰쳐나와 썰매의 자국을 따라 뒤로 달리기 시작했다.

"미칼, 뭐 하는 거야?"

"카이쿠가 뛰어내렸어! 뇌조를 쫓아갔다고."

"미칼, 아저씨랑 너희 형은 가 버렸잖아."

나는 이제 잔뜩 겁이 났다. 우리 개 네 마리가 울부짖는 소리가 더 커졌다. 아약스가 하울링을 시작했다.

"우린 아저씨랑 존을 잃어버렸어!"

카이쿠는 작은 몸집에 생존력이 충분하다. 카이쿠는 전적으로 야생에 속하니까. 하지만 존과 아이반을 잃어버리면, 우리는 어떻게 될까?

"두 사람은 우리가 따라오지 않는다는 걸 깨닫는 순간 바로 되돌아올 거야. 형은 눈 속에서 작동하는 육감이 있어."

미칼이 아무렇지 않다는 듯 말했다. 그 애는 계속해서 우리 썰매 자국을 따라 뒤로 가면서, 카이쿠의 이름을 미친 듯이 불렀다.

가시거리는 겨우 몇 미터도 채 안 된다. 결국 나도 썰매에서 뛰어내려 미칼에게 다가갔다. 눈으로 뒤덮인 황야에 개들하고만 남아 있는 건 아무래도 두려웠으니까. 우리가 출발한 뒤로 개들은 더더욱 늑대를 닮아 갔다. 여전히 아름다웠지만, 너무 야생적이어서 겁이 났다.

"어디로 갔지?"

미칼의 목소리에서 두려움이 느껴진 건 처음이었다. 그만큼 미칼은 그 여우를 사랑했다.

나는 막연하게 눈보라 속으로 손을 뻗었다. 카이쿠는 어디로든 갈 수 있다. 청회색 털이지만 이런 날씨라면 보이지 않을 것이다.

"목줄을 하거나 했어야지."

속상한 마음에 난 이렇게 말했다.

존과 아이반은 얼마나 멀어졌을까? 두 사람은 우리가 뒤따르지 않는다는 걸 알기나 할까?

미칼이 짜증 난 얼굴로 쳐다보았다.

"목줄이라고? 카이쿠는 야생 동물이야."

"그럼 왜 썰매를 세우라고 한 거야? 야생 동물이니까 제가 알아서 하지 않겠어?"

미칼은 내 말을 반박하려고 입을 열다가, 갑자기 공포에 질려 얼어붙었다.

"로리, 개는?"

"개?"

나는 미칼의 말을 따라 하며 천천히 돌아섰다.

그곳엔 아무것도 없었다.

내 눈앞엔 오직 바람과 눈뿐이었다. 개들이 낑낑대는 소리와 목줄에 달린 종이 울리던 소리는 사라져 버렸다.

미칼과 나는 무기력하게 서로를 바라보았다. 끔찍한 깨달음이 우리를 덮쳤다.

"어떡해?"

내 말을 듣고도, 미칼은 공포에 질린 큰 눈으로 그저 나만 바라볼 뿐이었다.

"미칼!"

나는 그 애를 잡고 흔들었다.

한자리에 가만히 서 있는 건 절대로 해서는 안 되는, 최악의 행동이다. 그랬다간 광장에 늘어서 있던 눈사람같이 되고 말 거다.

무언가 내 다리 사이로 쑥 들어왔다. 부드러운 청회색 털이 일렁였다.

"카이쿠! 돌아왔구나."

미칼이 소리치며, 안심한 듯 여우를 품에 끌어안았다. 여우는 겁에 질린 듯 낑낑거리며 미칼의 외투 안으로 파고들었다.

"괜찮아."

미칼이 여우를 부드럽게 쓰다듬으며 달랬다.

나는 북극성이나 달, 아니면 뭐라도 우리에게 방향을 알려 줄 만한 것이 있는지 보려고 하늘을 올려다보았다. 하지만 보이는 건 온통 눈밖에 없다.

"이제 어떡해?"

내가 소리쳤다.

"존 형이 우리를 찾아서 되돌아올 거야. 썰매 자국을 따라오면 되니까."

우리는 눈이 내리는 하늘과 눈이 쌓인 바닥을 번갈아 바라보았다. 썰매의 흔적은 이미 사라졌고, 그 위로 바람이 불었다.

"가던 방향대로, 앞으로 걸어가면 되지 않을까? 가만히 있으면 안 돼. 얼어 버릴 거야!"

난 미칼이 가리키는 방향을 보았다. 근데 거기가 앞이 맞아? 우린 이제 방향을 잃어버렸다. 게다가 어두워졌다. 우린 각자 주머니를 더듬어 깊숙이 넣어 두었던 손전등을 꺼냈다.

우리 둘 다, 막상 걷기 시작했을 때 느꼈던 절대적인 공포는 입 밖에 내지 않았다. 저체온증, 곰, 극야의 완전한 어둠…. 그때 앞에서 무슨 소리가 들렸다. 그건 목소리라기보다는 어떤 존재감 같은 건데, 나는 머리가 쭈뼛쭈뼛 서는 듯한 느낌에 휩싸였다.

"들었어?"

내가 잔뜩 신경이 곤두서서 물었다.

미칼이 놀라서 내 쪽으로 몸을 획 돌렸고, 손전등을 내 얼굴에 비췄다.

"앞에 누가 있어. 아니 뭔가."

내가 듣고, 느끼고, 알게 된 걸 뭐라고 말해야 할지 몰라서 난 그저 얼버무렸다. 어둠 속에 뭔가가 있다. 우리 가까이 어딘가에. 미칼의 눈이 의아함으로 휘둥그레졌다.

"저거 발자국이야?"

나는 덜덜 떨리는 이를 악물고, 손전등으로 눈 위에 거칠게 나 있는 자국을 비추었다. 미칼은 불안해했지만, 내 질문에 고개를 흔들었다.

"썰매 자국 아닐까, 누군가 다른 사람들이 지나간?"

혹시나 하는 마음으로 내가 다시 물었다.

"개 썰매 자국이 아니야."

미칼의 대답은 단호했다.

"그럼 발자국이네. 스노부츠 자국. 우리를 찾느라 내려서 걸어 다녔나 봐. 그런 것 같지 않아? 너희 형이라면 그러지 않았을까? 그랬을 거야!"

내가 우기듯 말했다.

"곰이면 어쩌려고?"

미칼이 되물었다.

"나도 이게 곰 발자국이 아니라는 것쯤은 알아."

이렇게 말했지만, 그 흔적을 보면서 나는 아무것도 확신할 수 없다는 사실을 깨달았다.

또 소리가 들렸다. 가까운 곳, 옆이다. 눈 위에 난 발자국 부근에서 난다. 썰매 자국은 아닐지도 모르겠다. 어쩌면 진작부터 우리를 훔쳐보고 있던 북극곰의 발자국일지도 모른다. 나는 장갑 낀 손을 귀에 갖다 대고, 그게 무슨 소리인지 더 잘 들어 보려고 애썼다.

미칼은 불안한 얼굴로 날 지켜보았다.

"목소리 같아, 우리 이름을 부르잖아. 너도 들려? 미칼, 잘 좀 들어 봐!"

나는 미칼에게 그 소리를 들어 달라고 애원했다.

미칼이 내 얼굴에 자기 입김이 닿을 정도로 가까이 몸을 기울였다. 카이쿠는 이제 그의 외투 안으로 완전히 들어가 보이지 않는다.

"눈보라 소리 말고는 아무것도 안 들려."

미칼이 울먹였다.

"존일 거야."

아니라는 것을 알면서도 나는 억지를 부렸다. 이 목소리는 더 높고, 더 어리다. 울리야다.

'미칼! 로리!'

"이 소리를 따라가야 해."

내 말에 미칼은 불안한 듯 고개를 흔들었다. 나를 전혀 믿지 못하겠다는 듯, 공포에 질린 눈빛으로 날 보았다. 롱위에아르비엔의 호텔에서 본 스발바르의 사냥꾼과 덫 사냥에 관한 책에서, '타이가 신드롬'이라는 게 있다는 이야기를 읽었다. 그건 겨울에 북극에서 덫 사냥꾼들이 마치 무언가에 홀린 듯, 눈 덮인 황무지로 걸어 나가 죽거나 바다에 몸을 던지는 기이한 현상을 가리키는 말이다. 책에서는 일종의 광기라고 했다.

'미칼! 로리!'

우리를 부르는 소리가 다시 들렸다. 계속 걸어가라고 재촉하는 것 같다.

미칼은 내 얼굴을 보고, 내가 정말로 소리를 듣는다는 걸 알아챘다. 하지만 그 애는 이제 체념한 것 같다. 내가 이상한 것에 사로잡혔다 해도, 가만히 있으면 어차피 죽는다는 걸 알았으니까.

4

우리는 바람 속에서 허리를 굽히고 비틀거리며 나아갔다. 한발 또 한발. 이것이 눈보라 속을 걷는 방식이다. 필요하다면 네발로 기어갈 것이다.

한발 한발 끝없이 내딛다가 스피츠베르겐섬의 눈보라 속에 갇혀서 죽는다면, 영원히 여기 남아 있게 될까? 죽었다는 걸 우리 스스로 알기는 할까? 울리야가 오래된 건물의 복도를 뛰어다니고 그네를 타고 공중으로 높이 솟구치는 것처럼, 우리도 그렇게 되는 걸까?

눈꺼풀이 얼어서 붙어 버릴 것 같다. 눈을 깜빡일 때마다, 눈을 다시 뜨기 위해 의식적인 노력이 필요했다.

비록 우리가 이렇게 된 원인은 카이쿠였지만, 나는 미칼이 가슴에 그 작은 온기 뭉치를 안고 있는 게 부러웠다. 이제 더는 맹렬히 타오르는 난롯불과 노란 석유 등불이 비추는 오두막 안에 있는 게 아니니까.

여전히 누군가가, 아니면 무엇인가가 우리 앞에서 가고 있다. 발자국이 나 있긴 하지만 눈보라에 가려져서, 그게 다른 사람의 발자국인지 아니면 원을 그리며 돌고 있는 우리 자신의 자취인지 분간을 못 하겠다.

우리가 뒤따르고 있는 게 존과 아이반이 아니라는 건 안다. 나는 추위를 느끼는 능력을 제외하고는 내 몸의 모든 감각을 잃어버렸다. 밤에 들리던 소리, 9호관 건물 복도에 나타난 보이지 않는 그림자, 어쩌면 그것들이 나를 여기 스발바르 한복판에 있는 어둠으로 이끌었는지도 모르겠다.

얼음, 주변엔 온통 얼음뿐이다. 저 멀리 하늘에서 얼음이 폭발한다. 우리 귀와 코와 눈에도 얼음과 눈 결정이 있다.

바람은 칼날 같은 얼음 날개를 달고 세상 끝에서 불어온다. 나는 갑자기 빙하에서 본 크레바스 같은 게 있을까 봐 불안해졌다. 바닥이 없는 깊은 구덩이.

내가 막 절망에 빠지려는 순간, 저 앞에 뭔가 보였다. 집이다. 어젯밤 우리가 머물렀던 것 같은 오두막. 처음에 나는 저체온증에 걸린 뇌 때문에 헛것을 보는 것이라고 생각했다. 완전한 절망이 불러낸 환영일 것이라고. 하지만 미칼도 같은 걸 본 게 틀림없었다. 눈 속에서 비틀거리던 그의 발걸음이 방향을 잡았다. 그건 확실히 사람이 만든 구조물이었다. 황무지 한가운데에 있는 대피소였다.

오두막은 보기보다 멀었다. 휘청거리며 한참을 걸었지만, 오두막은 쉽사리 가까워지지 않았다. 마침내 우린 필사적으로 눈을 발로 차 내고 힘을 합쳐 문을 열었다. 우리 둘의 체중이 실리자 겨우 문이 움직였다. 바람이 문을 날려 버릴 듯한 기세로 몰아치자, 미칼이 문을 꽉 잡았고 난 그 사이로 비집고 들어갔다.

한 사람이 겨우 지나갈 만큼 아주 작은 복도 같은 공간이 나왔다. 보통 부츠와 외투를 벗어서 두는 곳이다. 하지만 미칼과 나는 우리가 들어온 출입문을 쾅 닫고 곧장 안쪽 문을 열고 들어갔다.

"형! 형!"

미칼은 자기 형이 여기서 기다리고 있을 거라고 확신한 듯 기대에 차서 불렀다. 아무런 대답이 없다. 우리는 손전등을 켜서 사방을 비추었다.

오두막은 어제 것보다 작았다. 가구도 벽에 붙여 놓은 이층 침대 한 조와 금속 난로뿐이다. 난로의 높고 시커먼 굴뚝은 지붕으로 이어져 있었다. 선반에다, 고리도 몇 개 있었는데, 거의 비어 있었다. 하지만 통조림 몇 개가 보여서 마음이 놓였다. 적어도 굶지는 않을 것 같다.

"나무도 있어."

미칼이 구석에 쌓인 나뭇더미를 발견하고 속삭였다. 그 애는 난로에 나무를 쌓고 외투 밑으로 손을 넣어 작은 꾸러미를 꺼냈다. 나는 미칼이 얼어붙은 손가락으로 왁스 코팅된 보자기를 풀고 작은 성냥갑을 꺼내는 것을 지켜보았다.

미칼이 성냥 하나를 긋자 곧바로 불꽃이 일어났다. 미칼은 그걸 난로 안에 던져 넣고 옆에 있던 금속 부지깽이로 나무를 쑤시고 바람을 불어넣어 불을 붙였다.

불빛과 온기의 기적적인 상승효과 덕분에 난 안도의 눈물을 흘렸다. 나는 아래쪽 침상에 있던 순록 가죽을 불 쪽으로 끌어다 놓았다. 우린 젖은 외투와 방수 바지를 말리기 위해 고리에 걸어 널어놓았다.

순록 가죽을 누에고치처럼 말고 불 앞에 자리를 잡자, 비로소 카이쿠가 미칼의 스웨터에서 기어 나왔다.

"이 망할 여우 같으니, 너 때문에 죽을 뻔했잖아."

미칼의 말은 과장이 아니었다.

카이쿠가 다정하게 눈을 깜빡였다. 밖에서는 바람이 사납게 울부짖는다.

"미안해, 로리. 난 너무 무서웠어."

미칼이 불을 가만히 바라보며 나지막이 말했다.

내가 고개를 끄덕였다.

미칼이 계속했다.

"너와 개들만 두고 가는 게 아니었는데. 너는 겨우 두 번째로 머셔를 해 본 거였잖아. 아주 잘했는데!"

"내가 개들을 놓쳤어. 머셔의 가장 중요한 일이 개들을 잡고 있는 건데, 내가 놓치고 말았어."

나는 비참한 기분이 들었다.

미칼이 내 손을 꼭 잡았다.

"아니야, 훈련을 더 잘 시켰어야 했어. 멍청한 개들 같으니. 늑대보다 나을 게 하나도 없어!"

난 살며시 웃었다. 연통으로 들어온 외풍에 불길이 춤추며 탁탁 소리를 냈고, 때때로 유난히 맹렬한 돌풍이 집 안으로 들이쳐 불을 꺼뜨릴 듯 위협하기도 했다.

"개들은 괜찮을까? 개들도 길을 잃었으면 어떡해?"

나는 아약스와 다른 개들이 걱정스러웠다.

"허스키들은 이런 데서 생존하기에 적합한 종이야. 개들은 괜찮을 거야."

밖에서 눈이 쌓이는 동안, 우리는 무시무시한 신음 같은 바람 소리를 들으며 침묵 속으로 빠져들었다.

"존이 우리를 찾아낼 수 있을까? 여기가 존이 들르려고 했던 오두막일까?"

밤이 다가오면서 내 목소리에는 새로운 절망감이 묻어난다.

"그럴 거야. 내일이면 형이 올 거야."

미칼이 자신에 찬 목소리로 말했다. 하지만 그의 눈에 서린 두려움에서 나는 미칼이 거짓말을 하고 있다는 걸 알아챘다. 미칼도 여기는 와 본 적이 없다.

5

나는 얼음과 어둠, 크레바스를 지나 차가운 바다에 빠지는 꿈을 꾼다. 저 깊은 곳에 거대한 그림자가 보인다. 북극고래 아니면 그린란드상어다.

"로리, 로리! 꿈이야."

미칼이 어깨를 잡아 흔들며 날 깨웠다.

어두워서 그의 얼굴을 제대로 알아볼 수가 없다. 잠시 난 아빠의 숲속 오두막에 돌아가 있다. 지붕을 두드리는 나뭇가지, 머리 위에서 까마귀들이 깍깍거리는 소리, 장작을 때는 연기, 안전하다. 그런데 몸이 떨렸다. 내가 상상하고 있던 따뜻함이 전부 사라졌다. 우린 불 옆에서 잠들었는데.

"네가 자꾸 흐느껴서."

미칼이 툴툴거렸다.

"미안해."

내가 덜덜 떨며 말했다. 카이쿠가 우리 사이에서 꿈틀거리더니, 다시 자리를 잡고 몸을 좀 더 웅크린 채 잠에 빠진다.

나는 난로 쪽으로 비틀거리며 다가가 불 속에 나무를 더 집어넣었다. 이런 황야에서 장작이 얼마나 버틸 수 있을까? 내일 존과 아이반이 오지 않으면 어떻게 될까?

어쩌면 벌써 내일이 됐는지도 모르겠다. 지금은 처음 스피츠베르겐섬에 도착했을 때와는 다르다. 아침이 왔는지 분간하기도 힘들고, 해가 뜨기까지 너무 오래 걸린다. 나는 시커먼 사각형 창으로 밖을 내다보았다. 북극성이 보인다면 아빠가 나를 내려다보는 것처럼 느껴지겠지만, 하늘은 여전히 눈으로 흐려져 있다.

"어젯밤에 그게 뭐였던 거 같아? 밖에서 헤맬 때 말이야."

미칼이 속삭였다.

"너도 여자애 목소리 들었어?"

나는 이렇게 물으며 재빨리 미칼의 얼굴을 살폈다. 확실히 어젯밤에는 미칼이 그 얘기를 하고 싶어 하지 않는다는 인상을 받았다.

"여자애?"

미칼이 어리둥절해하며 물었다.

난 초조한 마음에 침을 꿀꺽 삼키고 말했다.

"그 소녀인 것 같아, 미칼. 존 친구. 울리야 말이야."

미칼이 이상한 눈으로 날 쳐다보았다.

"그래서 나한테 사진을 봐 달라고 한 거구나. 맞지? 유령을 찾으려고?"

"그 소녀가 날 이리로 이끌었어. 나한테 자기가 누군지 말해 주고 싶었던 것 같아. 나한테 보여 주려고 한 거야."

공포인지 불신인지, 혹은 또 다른 무엇인지, 희미한 불빛 속에서 미칼의 표정을 읽어 낼 수가 없다.

"그 소녀는 우리에게 해를 주려는 건 아니야. 우릴 도우려는 거야. 나하고는 친구 같은 사이가 됐어. 내가 외롭다는 걸 알았던 것 같아. 처음부터."

내가 속삭였다.

"미안해, 로리. 우리가 널 싫어해서 그런 건 아니었어. 왜냐하면…."

"난 그린라이트 편이니까."

내가 미칼 대신 그의 말을 마무리했다.

미칼이 천천히 고개를 끄덕였다.

"하지만 그래야 할 이유는 없었어, 너한테는. 우리 엄마 말이 옳았어. 우린 굳이 적이 될 필요가 없었어."

미칼의 엄마를 생각하자, 내 얼굴에 미소가 번졌다. 아빠의 숲 사진을 보고 놀라던 잉거마리 아줌마.

"네 여우의 말을 들었어야지. 카이쿠는 처음부터 내가 친구가 될 만하다는 걸 알았는데."

"카이쿠 얘긴 하지 마! 누구 때문에 길을 잃었는데. 난 아직 용서가 안 돼. 울리야가 아니었다면 우린 밖에서 얼어 죽었을 거야!"

미칼은 카이쿠가 영 못마땅하다는 듯 대꾸했다.

마지막 항해

1

눈보라가 그치고, 미칼과 난 다시 외투를 입고 쌓인 눈 무게에 맞서 문을 밀었다. 있는 힘껏 민 끝에 겨우 문이 열렸다.

우리가 묵은 오두막은 얕은 물가에 있었다. 툰드라가 깎여서 생긴 새 피오르였다. 하지만 이 피오르는 스피츠베르겐섬의 다른 자연 풍광들처럼 잿빛을 띠고 있지는 않았다. 그와 달리 어두운 주황색과 노란색이다. 지표층은 검게 변했고, 그 위에는 서리가 원을 그리며 덮고 있었다. 마치 스발바르 제도가 나름대로 최선을 다해 그걸 덮으려고 한 것 같다. 하지만 썩 잘해내지는 못했다.

광미 적치장, 틀림없다. 그린라이트의 소중한 땅속 금속을 산과 화학 물질을 써서 추출하고 남은 찌꺼기이다. 그들이 존재하지 않는다고 부인한 바로 그거다. 한쪽에는 눈을 배경으로 괴물같이 거대한 주황색 공사 트럭이 버려져 있고, 반쯤 눈으로 덮인 커다란 웅덩이 가장자리에 순록 예닐곱 마리가 죽어 있었다.

"우리가 찾아냈어."

미칼이 나직이 말했다.

봄에 얼음이 녹으면, 모두 피오르로 들어가 멀리멀리 흘러갈 테고 물고기와 바다표범, 바다코끼리와 고래를 죽일 것이다.

나는 비틀거리며 앞으로 나아갔다.

"울리야가 우리를 이곳으로 데려온 거야."

내가 옳았다. 울리야는 나한테 이곳을 보여 주려고 자기 존재를 믿게 만들었다. 그 소녀는 내내 광미 적치장이 어디 있는지 알고 있었던 걸까?

나는 손을 앞으로 내밀었다. 얼어붙은 장갑에 울리야의 손끝이 와서 닿는 상상을 해 본다. 혹은 고맙다는 뜻으로 눈을 깜박이며 얼음 밖을 응시하는 소녀의 얼굴이 떠오르기도 했다. 하지만 울리야는 여기 없다. 이곳에는 생명이라곤 존재하지 않는다. 공기조차도 독에 오염되어 죽은 것 같다.

미칼은 카이쿠를 지키려는 듯 품에 꼭 안고 이 모든 걸 바라보았다.

"어떻게 이럴 수가 있지? 그 사람들은 아무 상관 안 해. 그들은 자기들이 원하는 걸 땅속에서 파내면 미련 없이 떠나. 심지어 피아 누나도 그랬어. 존 형 말이 맞았어. 그들은 고래잡이들과 다를 바 없어."

그 애는 눈밭에 침을 뱉고 나를 돌아보았다. 희미한 빛 속에서 미칼의 눈이 커졌고 불신이 가득 차 있었다.

"피아는 이걸 본 적 없어. 만약 봤다면 가만히 안 있었을 거야. 소리 내어 크게 외쳤을 거라고."

나는 빙하에 서 있던 피아의 모습을 떠올리며, 분명하게 말했다.

미칼은 힘없이 어깨를 으쓱할 뿐이었다.

"내 생각엔 우리 엄마 보고서를 삭제한 게 피아인 것 같아. 너희 형을 위해 그리고 이 지역을 위해, 또 우리 엄마를 위해서."

내 말에 미칼은 놀란 듯 나를 흘깃 쳐다보았다.

"우리 엄마가 끔찍한 실수를 저지르는 걸 막으려던 거지."

"너희 엄마도 뭔가 벌어지고 있다는 걸 눈치채고 있을 거야. 틀림없어, 로리."

미칼이 중얼거렸다.

나는 고개를 저었다. 엄마가 마크나 다른 사람들과 같이 답사를 나갔을 때, 그들이 엄마를 여기로 데려왔을 리는 없지 않은가? 엄마는 이곳을 보지 못했기 때문에 여전히 광산이 문제 없다고 생각했다.

하지만 순록에게는 분명히 문제가 생겼다. 미칼은 카이쿠를 내게 건네더니, 쓰러져 있는 순록들에게로 다가가 몸을 숙였다.

난 카이쿠를 팔로 감싸 안았다. 보통 그러면 여우는 빠져나가려고 버둥거리는데, 오늘은 안겨 있는 게 좋은가 보다.

나는 순록들이 일어나 도망갔으면 하고 바랐다. 마을에서 본 순록이 그랬던 것처럼. 순록은 본디 위험을 감지하는 순간 바로 달아날 준비가 되어 있는, 경계심 많고 잘 놀라는 동물이니까. 순록은 북극곰보다 더 빨리 달릴 수 있고, 어둡고 추운 겨울에도 살아남을 수 있다. 그렇게 생존하도록 만들어졌으니까. 순록들은 질척거리는 웅덩이 옆에서 이런 식으로 죽어서는 안 된다.

몸을 숙이고 있는 미칼의 등 뒤로 어떤 떨림 같은 게 나타났다. 몸집이 가장 작은 순록이 고개를 들고, 까만 눈으로 우리를 탐지하듯 강렬하게 바라보았다. 우리가 자기를 도와주러 왔다고 생각할까? 그 옆에 죽어 있는 순록이 분명 어미일 것이다.

미칼은 그 작은 동물의 목을 쓰다듬으며, 흙먼지와 눈물이 뒤범벅된 얼굴로 무언가 말을 건넸다. 그 애가 무슨 말을 하는지 궁금했다. 미칼에게 사냥과 같은 죽음은 익숙하지만, 이건 다르다. 이런 종류의 질병은 아니다.

내 주머니 속 휴대폰과 우리가 사는 아파트의 전등과 냉난방이 그 어느 때보다도 뚜렷하게 의식되었다. 현대 세계의 모든 것, 우리가 쓰는 가전제품과 편리한 기기들이 어떻게 가능한지.

"사람들한테 이곳을 알려야 해."

난 코를 킁킁거렸다.

"어떤 사람들? 그린라이트 사람들 말이야? 너희 엄마? 로리, 그들은 알고 있어. 그들이 한 일이니까. 그들은 이 일의 일부야. 형 말이 맞았어. 우린 너희 같은 사람은 아무도 믿지 말

앉았어야 해."

미칼이 얼음 너머로 고약한 단어들을 내뱉었다.

"네가 틀렸어. 우리 엄마는, 내가 알아. 우리 엄마가 이걸 본다면 가만히 있지 않을 거야. 북극위원회도 그렇고. 이 지역을 보호하는 게 그 위원회의 일이니까."

난 이제 확신이 들었다.

"아니, 위원회 사람들은 우리 형이 말한 것처럼, 돈만 충분히 받으면 외면할걸."

"그래서 증거가 필요한 거야. 우리가 돌아가서 보여 줄 증거 말이야."

나는 휴대폰을 켜 보려고 했지만, 전혀 아무런 반응이 없었다. 배터리가 방전됐거나 추위 때문에 문제가 생긴 것 같다.

"어쨌든 그 사람들은 듣지 않을 거야. 우리 얘기가 뭐가 중요하겠어."

미칼이 불퉁하게 말했다.

"우리가 이 장소를 찾아냈으니까 이제는 들어야 할 거야. 사진을 보여 주면 돼. 우리 엄마나 피아 같은 사람들은 멋진 곳에서 멋진 일을 하기 위해서 왔어. 파괴의 한 부분을 담당하는 건 원하지 않을 거야. 그리고 북극위원회가 곧 최종 결정을 위해 올 거잖아. 위원회는 이런 사실을 무시할 수 없어."

내가 강하게 주장했다.

미칼은 내 목에 걸려 있는 노란 줄을 바라보았다.

"그건 제대로 작동할 것 같아?"

"해 봐야지. 빙하에 갔을 때도 됐으니까…. 최대한 따뜻하게 하려고 옷 속 깊이 넣어 두었어."

내가 웅덩이 주위를 돌아다니는 동안 미칼은 그 어린 순록 곁에 남아 있었다.

나한테는 필름이 한 통밖에 안 남아 있었다. 그러니까 작은 사각형 인화지 다섯 장뿐이다. 소중하게 써야 한다. 나는 뒤로 물러나, 그 현장을 최대한 넓게 잡아서 사진을 두 장 찍었다. 서쪽에 있는 원래 피오르의 위치와 공사 차량과 눈 덮인 파이프 더미를 사진에 담았다. 그런 다음 조명을 위해 플래시를 켜고, 순록 쪽으로 다가갔다. 순록들이 전부 나오게 해서 두 장을 찍고, 가장 어린 순록 사진으로 마무리했다. 어린 순록은 잇몸에 변색이 일어났고, 눈은 불투명하고 노랬다.

"그거면 될 것 같아?"

미칼이 물었다.

"이게 증거니까. 그들이 뭐라고 하든, 이 사진이 아무것도 아니라고 우길 수는 없을 거야. 그러면 북극위원회가 와서 직접 눈으로 보게 되겠지."

나는 결의에 차서 말했다.

미칼이 순록을 마지막으로 한 번 더 쓰다듬고는 내게로 돌아왔다.

사진을 찍을 때 내 머릿속에서 뭔가 찰칵하는 게 있었다. 갑자기 머릿속이 명료해졌다. 오두막과 이 피오르의 형태, 반대편에 보이는 산.

"여기가 어딘지 알 것 같아. 존이랑 아이반 아저씨가 가려던 곳은 아니야. 하지만 지도에 십자 표시가 되어 있었어."

"로리 네 말은, 또 다른 느낌 같은 건 아니라는 거지? 울리야도 아니고?"

미칼이 마지못해 물었다.

"이번엔 아니야. 내가 맞는다면…." 난 침을 꿀꺽 삼켰다. "우린 존이 원래 가려고 했던 곳보다 더 서쪽으로 왔어. 여기서 북쪽으로 다른 오두막이 있을 거야. 해안선을 따라가면 찾을 수 있어. 존이랑 아이반 아저씨를 따라잡는 거지."

미칼이 내 말을 믿어야 할지 어쩔지, 망설이는 표정으로 날 쳐다보았다. 그 애는 빛이 기껏해야 두어 시간밖에 남아 있지 않다는 걸 안다.

"로리, 우리가 북쪽으로 더 올라갔는데 네가 틀린 거면…."

미칼은 결론을 말하지 않은 채, 오두막을 돌아보았다. 마침내 미칼이 한숨을 쉬었다.

"우리 먼저 뭐 좀 먹어야 해. 오두막에 있는 오래된 통조림 가운데 네가 먹을 수 있는 것도 있을 거야." 잠시 사이를 둔 다음, 미칼이 말을 이었다. "그러고 나서, 떠나자. 네 말이 맞아. 누군가에게는 우리가 찾은 증거를 보여 줘야 해."

2

오늘은 따라오라고 내 귀에 대고 속삭이는 울리야가 나타나지 않았다. 하지만 북쪽을 향해 출발하면서 미칼과 난 둘 다 새로운 목적의식을 느꼈다. 우리는 안드레이와 마크가 그토록 오랫동안 숨기고자 애썼던 광미 적치장을 발견해 냈다.

걸어가면서 미칼이 말했다.

"그들이 너한테 엄청나게 화를 낼 거야, 로리."

그 애는 어깨에 총을 걸치고 있었는데, 실제보다 더 나이 들어 보였다.

"로라 선생의 딸." 난 마크의 목소리를 흉내 냈다. "그들은 날 과소평가했어. 그리고 미칼 너도."

미칼이 만족스러운 듯 미소를 지었다. 이곳은 눈이 두껍게 쌓여서 발이 푹푹 빠졌다. 해는 진정한 극야가 되기 전, 빛이 있는 마지막 며칠 중 또 하루를 보내며 수평선 위에 걸려 있었다. 주위는 온통 백조처럼 하얗고 아름다웠다. 참혹한 광산 현장을 목격한 우리 눈을 정화해 주는 것 같다. 스발바르 제도는 이런 모습이어야 했다. 나는 바로 이렇게 기억하고 싶었다.

오두막이 보이기 전, 개들이 짖는 소리가 먼저 들렸다. 이미 어두워진 하늘 위로 가느다란 연기가 나선형으로 피어올랐다. 가슴속에서 안도감이 반짝 켜졌다.

밖에서 썰매에 짐을 싣고 있던 존이 우리 손전등 불빛을 발견하고 달려 나왔다.

미칼은 자기 형의 품 안에 몸을 던졌다.

나는 뒤에 처져서, 희미한 개들의 그림자를 세어 보았다. 모두 다 여기 와 있었다. 다행이다.

아약스가 내 옆으로 오더니, 순한 양처럼 내 다리를 스쳤다.

"우리만 두고 떠나다니!"

나는 두 팔로 아약스를 끌어안고 털 속에서 눈물을 흘리며, 마음껏 꾸짖었다.

"한참 동안 너희를 찾다가 방금 왔어. 이제 다른 방향으로 가 보려고 막 출발하려던 참이었는데. 너희를 영영 잃어버린 줄 알았어!"

존이 미칼을 안은 채 말했다. 그는 몸을 떨고 있었고, 일어날 수 있는 그 일이 실제로 일어났을까 봐 겁에 질린 듯 눈을 크게 뜨고 있었다. 그는 이미 삶에서 너무 많은 사람을 잃었다.

내가 끼어들었다.

"내가 잘못한 거예요. 머셔로서는 최악이었어요. 개들을 놓쳤으니까요."

"로리, 아니야. 우리 둘 다 누구 잘못인지 알잖아. 말 안 듣는 여우 때문이었잖아!"

미칼이 진지하게 내 말을 가로막았다.

마치 대답이라도 하듯 카이쿠가 미칼의 외투 안에서 뾰족한 주둥이를 내밀더니 개들에게로 뛰어내렸다.

"자, 그만 애들을 데리고 들어와!"

아이반이 우리를 맞이하러 문 앞에 나와 소리치고는, 우리 둘을 따뜻하게 안아 주었다.

"그런 눈보라 속에서 너희 둘은… 끝이라고 생각했어. 간밤에는 도대체 어디서 지냈니?"

오두막 안에서 미칼은 우리가 발견한 오두막과 광미 적치장과 순록들 소식을 전했다. 나는 내가 찍은 폴라로이드 사진을 한 장씩 돌렸고, 존과 아이반은 공포와 안도감이 뒤섞인 표정으로 서로 시선을 주고받았다. 북극위원회는 지금 여기서 무슨 일인가 벌어지고 있다는 사실을 무시할 수 없을 것이다. 우리가 그들을 현장으로 바로 안내할 테니까.

"같이 가서 직접 보여 드릴게요."

내가 제안했지만, 아이반이 거세게 고개를 흔들었다.

"엄마가 걱정하실 거야, 로리. 우린 너희 둘을 무사히 데려다줘야 해. 그리고 나도 니나가 기다리고 있어. 그 애는 내가 집을 비우는 걸 좋아하지 않거든."

우리는 시간을 허비하지 않고 곧장 출발했다. 존과 아이반이 머셔다. 미칼은 자기 형 썰매를 탔다. 당분간은 존이 동생을 자기 시야 밖으로 벗어나게 하지 않을 거라는 생각이 들었다. 나는 아이반과 같이 탔고, 우리 썰매 뒤로 세 번째 썰매를 연결해 뒤따르게 했다. 빈 썰매는 우리가 눈 덮인 풍경 속을 달리는 동안 구덩이와 언덕이 나올 때마다 퉁겨 나갈 듯 위태롭게 덜거덕거렸다.

눈을 뜨고 있기가 힘들었다. 추위와 눈보라 속에 있다는 두려움이 새삼 나를 사로잡았다. 울리야가 아니었다면 미칼과 난 결코 그곳에서 살아 나올 수 없었을 것이다. 존과 아이반이 아무리 열심히 우리를 찾아다녔다고 해도, 그런 조건에서라면 결국 너무 늦었을 거다.

엄마한테 어젯밤에 겪은 일을 전부 털어놓을 수는 없다. 엄마는 너무 이성적이어서, 내가 그런 환각에 빠지게 된 게 엄마 잘못이라고 자책할 것이다. 하지만 언젠가 아빠한테는 말해 볼 생각이다. 아빠는 나의 스발바르 모험에 대해 모든 걸 다 알고 싶다고 했으니까.

목소리에 잠이 깼다. 고함치는 소리와 개 짖는 소리, 주위가 소란스러웠다. 얼어붙은 속눈썹을 문지르며 억지로 눈을 떴다. 또 다른 썰매가 우리 옆으로 다가왔다. 라스모스였다. 라스모스가 흥분해서 우리 이름을 부르고 있다.

"점점 걱정이 돼서 말이야. 아이반, 로리도 같이 있는 거지? 걔 엄마가 제정신이 아니야. 니나도 그렇고."

나는 앉은 채로 몸을 좀 더 세웠다. 지금은 엄마와 온기가 너무 그립다. 아이반과 존이 썰매를 광장으로 몰고 갔다.

엄마는 미칼의 엄마, 니나와 함께 문화 궁전 밖에 서 있었는데, 세 사람은 걱정으로 하나가 되어 있었다. 셋이 동시에 앞으로 뛰쳐나왔다. 미칼과 난 썰매가 채 속도를 줄이기도 전에 쿵하고 눈 위로 뛰어내렸다.

엄마가 날 끌어안았다.

"로리, 우리 딸. 눈보라가 시작됐을 때 엄마가 널 얼마나 걱정했는지…"

"엄마, 엄마."

이 말 외에는 다른 어떤 말도 떠올릴 수가 없었다. 엄마가 날 더 세게 안았다. 그린라이트의 직원들, 마크와 잉그리드, 다른 기술자들의 목소리도 어렴풋하게 들렸다. 존의 목소리가 커졌다. 아이반도 딸을 품에 안고 있었지만, 같이 목소리를 높였다. 두 사람이 뭐라고 외쳤는데, 미칼과 내가 발견한 걸 이야기하고 있는 게 틀림없었다.

엄마 얼굴에 당혹스러운 표정이 떠올랐다.

"로리, 저 사람들이 뭐라고 하는 거야? 거기서 뭘 봤는데?"

문화 궁전 안에서 누군가가 뜨거운 음료를 나눠 주고 있었고, 나도 고마워하며 하나를 움켜잡았다. 엄마가 날 소파로 이끌었다. 계단 밑에 감춰진 내 자리 말고, 난방기 옆에 소파 여러 개가 놓여 있는 자리였다. 거기서 미칼의 엄마는 거의 질식시킬 듯 자기 아들에게 키스를 퍼붓고 있었다.

"사진을 찍었어. 존이 가지고 있는데, 엄마, 우리가 다른 현장을 발견했어. 광미 적치장 말이야. 그 웅덩이 주변에 순록들이 죽어 있었어."

"무슨 말이야?"

"마을 사람들이 말한 대로였어, 엄마. 순록들은 중독돼서 죽은 거야."

엄마 얼굴이 어두워졌다.

"광산을 본 거 아냐?"

내가 고개를 저었다.

"광산 얘기가 아니야. 광산도 보긴 했는데, 웅덩이는 거기에서 북쪽에 있었어."

우리가 무엇을 발견했는지에 대한 내 설명은 뒤죽박죽이었다. 미칼이 끼어들어 자세히 설명했다.

"그린라이트가 나한테 거짓말을 했어."

엄마는 이 말을 계속 반복했다. 나는 그린라이트의 은폐 정보가 모든 사람 앞에서 밝혀지는 순간, 엄마가 심한 충격을 받는 걸 미칼과 니나 둘 다 현장에서 목격해서 다행이라고 생각했다.

처음에는 마크가 그것을 초기에 발생한 오류, 아무런 해도 없는 실수로 돌리려고 했다. 하지만 몇몇 기술자가 마크의 말을 반박하고 나섰고, 마크는 곧 자리를 떴다. 안드레이는 아예 오지도 않았다. 갑자기 엄마가 이 사태를 통제하게 되었다.

나는 순록 가죽으로 덮인 소파에 그대로 깊숙이 앉아 있었다. 엄마는 아이반, 존과 함께 내일 북극위원회의 대표단을 광미 적치장으로 데려갈 계획을 세웠다. 리바이어던호가 아침에 대표단을 싣고 온다고 했다.

내가 다시 졸았던 것 같다. 엄마가 날 흔들어 깨웠다.

"로리, 이제 그만 파리로 돌아갈래? 잉그리드가 널 위해 뜨거운 목욕물을 받아 놨어."

"보일러가 돌아가?"

내가 믿지 못하겠다는 듯 물었다.

"행운이 따랐네. 뜨거운 목욕과 침대라니. 오늘 수고 많았어. 우리가 여기 온 이후로 사실 넌 다 잘해 냈어."

엄마는 슬픈 미소를 지으며 날 일으켜 세우더니, 소파의 순
록 가죽을 다시 정리했다. 미칼은 이미 가고 없었다. 아마 자기
네 아파트로 자러 갔겠지. 엄마와 난 얼어붙은 광장을 가로질
러 함께 걸었다. 엄마는 한순간도 내 어깨를 감싼 팔을 내리지
않았다.

3

스피츠베르겐섬에서의 마지막 날이다. 미칼이 자기 형은 개
사육장에 있다고 말해 주었다. 그날 눈보라 속에서 내가 듣고
느끼고 경험한 것을 존에게 이야기하지 않고는 떠날 수가 없었
다. 그게 무엇이었든지 간에 말해야 한다. 그 소녀, 울리야 덕분
이었으니까.

내가 다가가자, 존은 마치 내가 올 줄 알았다는 듯이 날 보
고 고개를 끄덕였다. 난 사육장 문 너머로 몸을 숙이고 손을 내
밀었다. 개들이 시끄럽게 뛰어오르며 나를 반겼고, 따뜻하고 부
드러운 털이 만져졌다. 난 존에게 그런 얘기를 어떻게 해야 할
지 몰라서 잠시 아무 말 없이 그대로 있었다. 세상을 떠난 그의
가장 친한 친구의 유령이 날 찾아온 것 같다는 이야기. 그 소녀
가 나와 미칼의 목숨을 구한 것일지도 모른다는 그런 이야기
말이다.

존이 먼저 입을 열었다.

"아주 잘했어, 로리. 사람들이 내 말은 듣지 않았을 거야. 하지만 네 덕분에, 네가 방법을 찾아낸 덕분이었어."

나는 고개를 끄덕였다. 섬에는 작업 중지 명령이 내려졌고, 눈이 녹는 늦봄 동안에 철저히 조사하라는 지시가 있었다. 안드레이와 마크는 이미 떠났다. 내일은 엄마와 나도 대다수 기술자와 함께 섬을 떠난다. 스피츠베르겐섬에서의 우리 시간은 거의 끝나 가고 있다.

"옛 포경 기지 마을에 데려가 줘서 고마워요. 그런 자극이 있었기에 여기에서 벌어지는 일을 완전히 믿을 수 있었어요."

존이 부드럽게 웃었다.

"넌 그게 단지 널 위한 일이었다고 생각한 거야?"

난 무슨 말인지 몰라서 눈썹을 치켜올렸다.

"내가 따라간다고 해서 화가 나 있었잖아요." 나는 말을 잠시 멈추었다. "존을 탓하는 건 아니에요."

존이 한숨을 쉬었다.

"그날 내가 뭘 한다고 생각했는지 모르겠지만, 사실 로리 널 위해 한 일이 아니었어."

갑자기 모든 게 이해되었다.

"피아를 위한 거였죠? 맞죠?"

존이 쓸쓸하게 미소 지었다.

"어떻게든 피아의 마음을 바꾸고 싶었어."

내가 머리를 갸우뚱했다.

"피아는 아니라고 했지만, 난 분명히 피아가 광미 적치장을 알고 있을 거라고 생각했거든." 존이 고통스러운 표정으로 말을 이었다. "왜 난 피아를 좀 더 믿지 못했을까. 빙하에서 피아가 어땠는지 너도 봤잖아. 그녀가 얼마나 이곳을 사랑하는지."

"네. 피아는 정말로 빙하를 아꼈어요."

내가 조용히 대답했다. 피아 덕분에 빙하도 더 빛났다. 나는 사실 지금은 피아가 엄마 보고서를 삭제했다고 확신한다. 이 마을을 위해 좀 더 시간을 벌어 주려고.

존이 눈 속에서 발을 이리저리 움직였다.

"우리 엄마 말이 맞았어. 이곳에서 자라면 다른 사람들과 어울리는 법을 잊어버리게 돼. 피아가 떠난 것도 당연해. 난 같이 어울릴 만한 사람이 못 되니까. 피아는 나한테 과분한 사람이야."

아약스가 그의 손을 핥으며 충성스럽게 올려다보았지만, 거기 그러고 서 있는 존은 비참해 보였다. 존이 고개를 들었다.

"미칼이 나보다 나아. 너희 둘이 친구가 되어서 다행이야."

"피아는 존을 아주 좋아했어요. 존이 피아를 행복하게 해 주었잖아요. 그건 나도 알아요. 피아는 존을 떠난 게 아니에요. 피아가 떠난 건 안드레이와 마크 같은 사람이 있는 피라미든이에요."

내 입에서 말이 쏟아져 나왔다.

존이 고맙다는 뜻으로, 눈을 찡긋했다.

"이곳은 가끔 무시무시할 때가 있어. 유령이 있거든."

나는 차가운 공기에 몸을 떨며 잠시 뒤를 돌아보았다. 그런 다음 심호흡을 하고, 존에게 파리의 복도에서 발소리가 났다는 얘기를 털어놓았다. 거울 속에 보이던 얼굴, 노랫소리 이야기도 들려주었다. 가끔은 그 소녀가 내 이름을 불렀다는 얘기도 했다. 존은 아무 말 없이 내 이야기에 집중했다.

"내 방 문 앞에 고래잡이 책을 놓고 간 사람이 존이었어요?"

이곳에 도착한 첫날을 되돌아보며 내가 물었다.

존이 고개를 저었다.

"로리, 그 책이 누구 것이었는지 알아?"

차가운 공기가 내 기관지를 타고 폐 속으로 들어왔다.

"친구 책이었군요. 울리야."

나는 바로 알았다. 마치 책 앞장에 그 소녀의 필체로, 울리야라는 이름이 깔끔한 대문자로 쓰여 있기라도 한 것처럼 확신했다.

존이 고개를 끄덕였다.

"누군가가 그 책을 이곳으로 가져왔나 봐. 박물학자나 관광객, 어쩌면 광부가 가져왔을지도 모르지. 울리야가 우리 작은 도서관에서 발견했어. 울리야는 이 지역의 고래들에게 일어난 일을 결코 잊어버릴 수가 없었어. 인간이 없었다면 피오르에는 여전히 고래들이 헤엄치고 있었을 거라는 걸 알게 됐지."

"존이 울리야한테 그려 준 거죠? 내 방에 있는 고래 그림 말이에요. 존이 예전에 그림을 그렸었다고 미칼이 말해 줬어요."

이 말을 하는 순간, 마음의 눈으로 볼 수 있었다. 포경 기지 마을 해변에 있는 두 사람. 울리야가 장엄한 생명체를 손가락으로 가리키고, 존은 추위로 손가락이 곱아지기 전에 재빨리 그것들을 스케치한다.

존이 조용히 웃었다.

"네 방을 정할 때, 피아가 많은 방 중에서 울리야가 쓰던 방을 골랐어. 피아는 자기가 무슨 일을 한 건지 전혀 몰랐어. 자기가 어떤 일을 시작한 건지."

"그럼 존은, 내가 지어낸 얘기라고 생각하지 않는 거예요?"

내 가슴이 마구 뛰었다. 다른 누군가가 그 소녀의 존재를 인정하는 게 나한테 얼마나 중요한 일인지 깨달았다.

"로리, 난 네가 울리야 얘기를 지어냈다고 생각하지 않아."

"여기 왔을 때, 난 외로웠어요. 아주아주 오랫동안 외로웠죠. 울리야는 나한테 친구가 필요하다고 생각했던 것 같아요."

그게 내가 생각한 이유였다.

존은 손가락으로 자기 머리카락을 훑어 내렸다.

"나도 외로웠어. 그런데 올여름 그린라이트가 와서 다시 채굴을 시작하자, 뭔가가 달라졌어."

"피아군요."

내가 속삭였다.

존이 천천히 고개를 끄덕였다.

"울리야의 목소리가 더는 들리지 않는다는 사실을 갑자기 깨달았어. 그 애가 가 버린 거였어. 12년의 세월이 지났으니 때가 된 건지도 모르지만, 그 애를 배신했다는 죄책감이 들었어."

존은 잠시 망설이다가 말을 이었다. "그 애가 로리 널 찾아내서 다행이야."

"울리야는 어떤 친구였어요?"

존의 눈은 추억에 잠긴 듯하다.

"울리야는 고래에 푹 빠져 있었지. 고래를 무척 사랑했어. 고래들을 보려고 해변을 걸어 다니거나, 빙하 쪽을 바라보며 산비탈에 앉아 있곤 했어. 울리야의 엄마는 늘 곰이 나타나서 그 애를 채 갈까 봐 걱정이었지." 존이 부드럽게 웃었다. "나도 그림을 그린다고 같이 다녔어. 그림이 아니어도, 그 애는 그냥 함께 있는 게 너무 좋은 사람이었어. 그 애가 나를 웃게 했지. 우리 둘이 있으면 정말 재미있었어."

나는 두 사람의 우정을 상상하며 미소 지었다. 나한테 베티가 그랬다. 그런 친구가 생기는 건 언제나 행운이다.

존이 소리 나게 침을 삼켰다.

"그날 광산에는 내가 갔어야 했어. 아버지한테 점심을 가져다드렸어야 했거든. 그림을 그리다가 시간 가는 줄 몰랐어. 엄마는 어린 미칼 때문에 갈 수가 없었고. 울리야가 지나가다가 우리 엄마한테 자기가 대신 가겠다고 했지."

슬픔에 잠겨 그의 목소리가 가늘게 떨렸다.

"그 애는 겨우 열네 살이었어, 로리. 거의 살아 보지도 못했어. 울리야는 광산도 싫어했어. 어둠을 싫어해서 늘 빛을 찾아 다녔지. 그런데 바로 거기에 그 애가 묻혀 있다니…."

"아니에요, 울리야는 이제 거기 없어요." 나는 절박함에 사로잡혀 말을 쏟아 냈다. "그 얘길 하러 온 거예요. 그날, 눈보라 속에서, 울리야가 우리랑 함께 있었어요. 저랑 미칼이랑 같이요. 울리야가 광미 적치장 옆에 있는 오두막으로 우리를 안내해 줬어요. 나한테 그 순록들을 보여 주려고 했던 것 같아요. 그러면 이곳에서 광산 때문에 무슨 일이 벌어지는지 알게 될 테니까요. 하지만 다른 한편으로는, 미칼을 살리기 위해서 그랬다고도 생각해요. 울리야는 존을 위해 미칼을 구한 거예요."

"울리야가 그곳에 너랑 같이 있었다고?"

존이 몸짓으로 마을 밖 눈 덮인 들판을 가리켰다.

나는 확신에 차서 고개를 끄덕였다.

"울리야가 우리를 구했어요."

존이 잠시 눈을 감았다. 나는 내 곁으로 다가와 장갑 낀 손에 주둥이를 들이미는 아약스를 내려다보았다. 나를 위로하는 것 같다. 어쩌면 숨겨진 간식을 찾는 것인지도 모르지만.

"로리, 아직도 그 애 목소리가 들려?"

존이 조용히 물었다.

"아뇨." 난 잠시 사이를 두었다가 말했다. "그날 이후로는 없었어요. 아마 존과 나에게 이제 더는 자기가 없어도 된다는 걸 아는 거겠죠. 그리고 순록과 고래도 안전할 거라고 생각하나 봐요."

존이 천천히 숨을 내쉬며 눈물을 닦았다.

"미칼은 우리가 이곳을 떠나길 바라. 핀란드에 주택을 마련해 준다는 북극위원회의 제안을 받아들이자는 거지. 위원회에서는 최소한의 생존을 위한 순록 사냥권은 줄 수 있다고 이야기하고 있어. 그곳 순록은 무리가 더 커. 그러면 미칼도 학교에가서 제대로 된 교육을 받을 수 있겠지."

그가 대답을 기다리듯, 고개를 들고 나를 보았다.

"정확히 우리 엄마가 하는 말 같아요!"

내가 농담처럼 말했다.

"그래, 너희 엄마 말이 맞아. 누구에게나 당연히 기회가 있어야 해. 아이들은 더더욱 자신이 살고 싶은 삶을 살 수 있는 선택권이 있어야 해."

존이 단호하게 말했다.

나는 드넓은 소나무 숲속에 있는 미칼을 상상한다. 나무들 사이로 빛이 스며들고 봄이면 땅에서 꽃이 피어나는 걸 바라보는 미칼. 아니면 배움에 목말라하며 새로운 친구들을 사귀고 싶어 하는 미칼, 그가 학교에 가는 모습을 상상한다.

나는 존의 눈을 마주 보았다.

"존도 이제 살고 싶은 삶을 살아야 해요. 열다섯 살이던 어느 날 아버지의 도시락을 가져다드리지 않았다고 해서, 계속 자신을 탓할 수는 없어요. 광산 회사를 비난해야죠. 아니면 이곳을 탓하든지. 자신을 비난해서는 안 된다고 생각해요."

그가 공허하게 웃었다.

"아버지, 울리야, 우리 형들. 난 그들을 떠날 수 없어."

나는 다시 용기를 최대한으로 끌어 올렸다.

"그건 울리야가 원하는 게 아니라고 생각해요. 존은 의무감 때문에 여기 남아 있는 거잖아요. 울리야는 존이 행복하기를 바랄 거예요. 그리고 존의 아버지가 우리 아빠와 같다면, 그분도 존이 행복하길 바랄 거고요."

난 호주머니에 손을 집어넣어, 사진이 들어 있는 작은 봉투를 꺼냈다. 북극위원회에 증거로 내지 않은 것과 내 여행 일지에 실리지 못한 사진이었다. 지난 며칠 동안 나는 가지고 있던 필름을 전부 다 써 버렸다. 다시는 이곳에 올 기회가 없을 테니까.

문화 궁전과 텅 빈 수영장, 금속 침대가 놓이고 벽에 한가득 고래 그림이 붙어 있는 내 방이자 울리야의 방. 그리고 밖에서 만난 순록과 산비탈에 보이는 뇌조. 아름답고 푸른 카이쿠. 카이쿠 사진만으로도 공책 한 권을 다 채울 수 있을 것이다.

빙하에서 찍은 존과 피아의 사진을 찾아냈다.

"존 거예요."

나는 그 사진을 존에게 내밀었다.

그가 작은 사각형 속 사진을 응시했다.

"우리 행복해 보인다."

존이 놀랍다는 듯 한마디 했다. 그날은 그걸 몰랐다는 건가? 두 사람은 함께할 운명이라고 느꼈는데.

나는 그 사진을 그의 손에 쥐여 주었다.

"마을 사진을 잘 찍었구나, 로리."

"기억하고 싶거든요. 여기서 본 건 전부 다, 영원히 기억하고 싶어요."

스발바르는 아마도 학교에서 안 좋은 일이 있을 때, 내가 적응을 잘 못 한다고 느낄 때 떠올리는 장소가 될 것이다. 혹은 도시에 갇혀서 숨 쉴 공간이 부족하다고 느낄 때도. 상상 속에서 나는 북극해 한가운데에 있는 바위투성이 섬으로 간다. 겨울이 다가오면 햇빛이 하루 두어 시간밖에 안 나는 섬, 하지만 내 머릿속은 그 섬에 대한 추억으로 가득 차 있다.

4

부두에서는 거대한 바다 괴물 같은 리바이어던호가 우리를 집으로 데려가려고 기다리고 있었다.

존과 미칼이 우리에게 가방을 건네주었고, 나는 두 사람과 작별의 포옹을 했다. 존과는 조심스럽고 어색하게, 그런 뒤 미칼은 꼭 껴안고 눈물을 흘렸다. 다른 사람들까지 와서 부두가 가득 찼고, 나는 한 사람씩 차례로 껴안았다. 니나는 약간 조심스러워하는 것 같았다.

"우리가 좀 더 시간을 같이 보냈으면 좋았을걸. 그럼 친구가 될 수 있었을 텐데."

내가 새로 생긴 용기를 다시 끌어 올려 말했다. 이곳에 아무런 후회도 남기고 싶지 않았으니까.

니나가 미소 지었다.

"그날 재밌었는데, 눈싸움했을 때 말이야."

나도 행복하게 고개를 끄덕였다. 그날이 내가 가장 좋아하는 추억 중 하나가 될 것이다.

마지막 포옹은 카이쿠였다. 난 여우가 거의 으스러지도록 꼭 안아 주었다. 카이쿠는 이상하다는 듯 나를 쳐다보았다. 작고 뾰족한 얼굴은 이게 얼마나 중요한 순간인지 전혀 모르는 것 같다.

"카이쿠, 보고 싶을 거야."

나는 여우의 촉촉한 코에 마지막으로 입을 맞추고 눈물을 흘리며 웃었다.

엄마와 나는 선미에 서서 돌아서 가는 마을 사람들에게 손을 흔들었다. 배가 떠날 때까지 기다리기에는 너무 추운 날씨였으니까. 미칼만은 오랫동안 남아 있었다. 그의 밝은 목소리가 청명한 공기를 뚫고 날아왔다.

"잘 가, 로리! 언젠가 숲에서 만나!"

리바이어던호는 출렁거리며 파도를 헤치고 나아간다. 바다에는 이제 본격적으로 얼음이 형성되고 있었다. 타륜을 잡은 선장은 부빙을 헤치고 배를 모는 일에 온 신경을 집중했다. 나는 조용히 갑판에 앉아 난간 너머로 바다를 바라보았다.

잠시 뒤 선장이 눈을 빛내며 물었다.

"극야가 너무 힘들었던 거야?"

"아뇨. 집에 갈 때가 되었을 뿐이에요. 아빠가 절 기다릴 거예요."

내 목소리는 분명하고 자신감이 있었다.

내 마음은 숲속 내 작은 방으로 돌아가고 싶은 그리움으로 가득 찼다. 별이 보이는 네모난 천장 아래, 아기 침대처럼 난간이 달린 나무 침대가 놓여 있는 방.

심지어 학교조차도, 산과 피오르가 광활하게 뻗어 나간 이곳에서 생각하니, 어떻게든 감당할 수 있을 것 같다. 내게 새로운 종류의 명료함이 생긴 느낌이다. 주중에는 학교, 주말엔 숲에서 재충전. 그다지 나쁜 타협안은 아닌 것 같다.

엄마는 냉기를 막기 위해 목도리를 얼굴에 둘렀다.

"안 춥니? 추우면 언제든지 갑판 아래로 내려가서 몸을 녹이자."

나는 고개를 흔들었다. 마지막 항해를 놓칠 순 없다.

'안녕, 울리야.'

나는 바다 위로 속삭였다. 그 소녀는 내 말을 듣지 못하겠지. 울리야는 이제 가고 없다. 부디 자유로워졌기를. 어쩌면 울리야는 신들의 세계와 인간들의 세계를 연결하는 무지개다리를 저 별들로 가져가서, 스스로 마법 같은 초록빛의 일부가 되었는지도 모른다.

스발바르에는 여전히 유령들이 있다. 어디를 가든 유령이 있다. 이 바다를 헤엄치고 있어야 할 고래들의 유령도 있다. 하지만 고래들은 돌아오고 있고, 계속해서 돌아올 것이다. 세상의 끝에서 헤엄쳐 올 것이다.

차가운 물이 내 얼굴로 튀었고, 나는 냉기의 충격 때문에 숨이 턱 막혔다. 그 순간, 커다란 머리가 얼음을 뚫고 나오더니 거대한 회색 형체가 물 밖으로 튀어 올랐다.

북극고래다.

손을 뻗으면 만질 수도 있을 것 같다. 바다 깊은 곳에서 찾아온, 지구의 북쪽 끝에서 사는 생명체.

비린내 나는 입김이 우리를 둘러쌌다.

사진을 찍기 위해 주머니에서 휴대폰을 꺼내려고 했지만, 이미 늦은 뒤였다. 북극고래는 깊고 차가운 자신의 세계로 돌아가 버렸다.

상관없다. 북극고래의 눈을 들여다봤다는 사실만큼은 내 마음속에 남아 있으니까. 고대로부터 이어진, 완전한 힘과 아름다움과 고요함을 간직한 생명체가 북극해를 느릿느릿 헤엄치고 있다.

북극고래는 배의 우현에서 미끄러지듯 떠나갔고, 엄마와 나는 아무 말도 하지 않았다. 우린 서로에게 바짝 붙어서, 우리를 집으로 데려다줄 너울 위를 떠간다.

작가의 말

1999년 12월 말, 대학 친구들과 핀란드 북부로 여행을 간 적이 있었다. 우린 북극권 이북의 외딴 통나무집에서 행복한 며칠을 보내며, 2000년을 맞이했다. 숲속을 걷거나, 눈밭에서 뒹굴고, 북극광(오로라)을 보았다. 또한 사우나에서 몸을 녹인 뒤 얼음 같은 냉탕에 뛰어들어 보겠다고 호기를 부렸지만, 대부분 실패했다. 그 지역은 풍광만으로도 이미 특별한 곳이었지만, 북쪽의 야생 지대와 바싹 붙어 있다는 점이 더 매혹적으로 느껴졌다. 20년 뒤 다시 찾은 그곳은 여전히 내 가슴을 두근거리게 만들기에 충분했다. 이 두 차례의 여행이 내 북극 경험의 총합이다. 이 정도로는 스발바르에 대한 책을 쓸 자격이 있다고 큰소리치기는 힘들지만, 그 여행 덕분에 나는 먼 북쪽을 동경하게 되었고 이 책의 아이디어를 얻을 수 있었다.

《스발바르의 순록》은 노르웨이와 북극 중간쯤에 있는 스발바르 제도의 피라미든이라는 마을을 배경으로 한다. 피라미든은 스발바르 제도 중 가장 큰 섬인 스피츠베르겐에 있는데, 옛 소련 시절 석탄을 캐던 탄광 마을이었다. 피라미든이라는 이름은 마을 위로 어렴풋이 보이는 피라미드 모양의 산에서 따 왔다.

광부들은 북극의 바람을 누그러뜨리려고 모서리를 둥글려 지은 밋밋한 러시아식 아파트에서 살았다. 영하의 기온과 겨울이면 24시간 어둠이 지속됨에도 불구하고, 돈벌이하기 좋은 곳이라고 이름이 나 있었기에 온 가족이 함께 와서 생활을 꾸려 나갔다. 공산주의의 '유토피아'로서 피라미든은 콘서트홀과 발레 연습장, 농구 코트, 도서관이 있는 문화 궁전을 비롯해 여러 웅장한 건물을 자랑한다. 그 외에도 따뜻한 물로 채운 수영장, 축구장, 온 마을 사람이 이용하는 커다란 카페테리아도 있었다. 또한 세계 최북단에 있는 초등학교, 세계 최북단에 있는 그랜드피아노가 있는 곳이었다.

1998년 마지막 석탄 채굴이 끝난 뒤, 피라미든은 유령 마을이 되었다. 소련은 이미 붕괴되었고, 그렇게 먼 지역에서 석탄을 캐는 건 수익성이 없었다. 끔찍한 사고도 있었다. 1996년 모스크바에서 출발한 비행기가 악천후 속에서 착륙을 시도하다가 추락해, 어린이 3명을 포함해 탑승자 141명 전원이 사망했다. 피라미든 전체 인구의 약 10퍼센트에 해당하는 숫자였다. 마을 사람들과 광산 회사의 의욕은 땅에 떨어졌고, 아예 조업을 중단하기로 결정했다. 1998년 10월, 겨울 극야가 다가오기 전에 마지막 주민이 피라미든을 떠났다.

오늘날 피라미든은 스발바르의 추운 환경 속에서, 대부분

과거 모습을 그대로 간직한 채 시간 속에 갇혀 있다. 새들과 북극여우 외에 몇 안 되는 외로운 관리자들이 이곳을 보금자리로 삼고 있고, 해마다 호기심 많은 소수의 관광객이 방문할 뿐이다. 그리고 또 다른 방문자는 북극곰이다! 나는 이 책을 쓰고 연구하는 동안 피라미든에는 상상 속에서밖에 가 본 적이 없지만, 그 마을은 끊임없이 내 호기심을 불러일으켰다.

피라미든은 그 자체로 이야기를 꾸미기에 환상적인 배경이지만, 일종의 창작 면허를 가진 사람으로서 여기 나오는 피라미든은 (물론 나의 오해나 실수가 있을 수도 있지만) 내가 만들어 낸 펜폴트 버전의 피라미든이다. 피라미든의 실제 사진과 비교해 보면, 이 책 속의 피라미든은 완전히 달라 보일 것이다.

물론 이 책에 나오는 스발바르 제도 역시 나의 상상이 가미된 새로운 공간이다. 스발바르를 상상하는 데는 다음과 같은 책이 도움이 되었다. 롤프 스탠지의 《스피츠베르겐-스발바르 가이드북》(여기에 더해 그의 훌륭한 웹사이트도 참고함. www.spitsbergen-svalbard.com), 제마 워덤의 《빙하여 안녕》, 낸시 캠벨의 《얼음 도서관》, 크리스티안 리터의 《극야의 여인》, 배리 로페즈의 《북극을 꿈꾸다》 등이다.

스발바르에는 토착민이 없지만, 이 책에 나오는 미칼의 부모는 북부 스칸디나비아 출신의 사미족으로 설정했다. 나는 에리카 라슨의 사진집 《사미족, 순록과 함께 걷다》도 즐겨 보았다.

나무픽션 7
스발바르의 순록

초판 1쇄 발행 2023년 5월 30일

지은이 니콜라 펜폴드
옮긴이 조남주
표지 일러스트 변영근
펴낸이 이수미
편집 김연희
북 디자인 이지선
마케팅 김영란, 임수진
종이 세종페이퍼   인쇄 두성피엔엘   유통 신영북스

펴낸곳 나무를 심는 사람들
출판신고 2013년 1월 7일 제2013-000004호
주소 서울시 용산구 서빙고로 35, 103동 804호
전화 02-3141-2233   팩스 02-3141-2257
이메일 nasimsabooks@naver.com
블로그 blog.naver.com/nasimsabooks
인스타그램 instagram.com/nasimsabook

ISBN 979-11-90275-98-9 44840
        979-11-90275-27-9(세트)